In Search of Peace
स्वयं का सामना

हरक्युलिस की आंतरिक खोज

स्वयं का सामना – हरक्युलिस की आंतरिक खोज

© Tejgyan Global Foundation

All Rights Reserved 2010.

Tejgyan Global Foundation is a charitable organization with its headquarters in Pune, India.

सर्वाधिकार सुरक्षित

वॉव पब्लिशिंग्ज् प्रा. लि. द्वारा प्रकाशित यह पुस्तक इस शर्त पर विक्रय की जा रही है कि प्रकाशक की लिखित पूर्वानुमति के बिना इसे व्यावसायिक अथवा अन्य किसी भी रूप में उपयोग नहीं किया जा सकता। इसे पुनः प्रकाशित कर बेचा या किराए पर नहीं दिया जा सकता तथा जिल्दबंद या खुले किसी भी अन्य रूप में पाठकों के मध्य इसका परिचालन नहीं किया जा सकता। ये सभी शर्तें पुस्तक के खरीददार पर भी लागू होंगी। इस संदर्भ में सभी प्रकाशनाधिकार सुरक्षित हैं। इस पुस्तक का आंशिक रूप में पुनः प्रकाशन या पुनः प्रकाशनार्थ अपने रिकॉर्ड में सुरक्षित रखने, इसे पुनः प्रस्तुत करने की प्रति अपनाने, इसका अनूदित रूप तैयार करने अथवा इलेक्ट्रॉनिक, मैकेनिकल, फोटोकॉपी और रिकॉर्डिंग आदि किसी भी पद्धति से इसका उपयोग करने हेतु समस्त प्रकाशनाधिकार रखनेवाले अधिकारी तथा पुस्तक के प्रकाशक की पूर्वानुमति लेना अनिवार्य है।

प्रथम आवृत्ति : जनवरी 2010
पाँचवीं आवृत्ति : जून 2014
रीप्रिंट : दिसंबर 2015
रीप्रिंट : जनवरी 2017
रीप्रिंट : सितंबर 2017
प्रकाशक : वॉव पब्लिशिंग्ज प्रा. लि., पुणे

Swayam Ka Saamna - Hercules Ki Aantarik Khoj
by **Sirshree** Tejparkhi

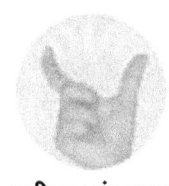

स्वीकार मंत्र मुद्रा

तेजज्ञान ग्लोबल फाउण्डेशन
स्वयं का सामना
हरक्युलिस की आंतरिक खोज

In Search of Peace

सरश्री - अल्प परिचय

सरश्री की आध्यात्मिक खोज का सफर उनके बचपन से प्रारंभ हो गया था। इस खोज के दौरान उन्होंने अनेक प्रकार की पुस्तकों का अध्ययन किया। इसके साथ ही अपने आध्यात्मिक अनुसंधान के दौरान अनेक ध्यान पद्धतियों का अभ्यास किया। उनकी इसी खोज ने उन्हें कई वैचारिक और शैक्षणिक संस्थानों की ओर बढ़ाया। इसके बावजूद भी वे अंतिम सत्य से दूर रहे।

उन्होंने अपने तत्कालीन अध्यापन कार्य को भी विराम लगाया ताकि वे अपना अधिक से अधिक समय सत्य की खोज में लगा सकें। जीवन का रहस्य समझने के लिए उन्होंने एक लंबी अवधि तक मनन करते हुए अपनी खोज जारी रखी। जिसके अंत में उन्हें आत्मबोध प्राप्त हुआ। आत्मसाक्षात्कार के बाद उन्होंने जाना कि अध्यात्म का हर मार्ग जिस कड़ी से जुड़ा है वह है - समझ (अण्डरस्टैण्डिंग)।

सरश्री कहते हैं कि 'सत्य के सभी मार्गों की शुरुआत अलग-अलग प्रकार से होती है लेकिन सभी के अंत में एक ही समझ प्राप्त होती है। 'समझ' ही सब कुछ है और यह 'समझ' अपने आपमें पूर्ण है। आध्यात्मिक ज्ञान प्राप्ति के लिए इस 'समझ' का श्रवण ही पर्याप्त है।'

सरश्री ने ढाई हज़ार से अधिक प्रवचन दिए हैं और सौ से अधिक पुस्तकों की रचना की है। ये पुस्तकें दस से अधिक भाषाओं में अनुवादित की जा चुकी हैं और प्रमुख प्रकाशकों द्वारा प्रकाशित की गई हैं, जैसे पेंगुइन बुक्स, हे हाऊस पब्लिशर्स, जैको बुक्स, हिंद पॉकेट बुक्स, मंजुल पब्लिशिंग हाऊस, प्रभात प्रकाशन, राजपाल ॲण्ड सन्स इत्यादि।

सरश्री द्वारा रचित श्रेष्ठ पुस्तकें

१. इन पुस्तकों द्वारा आध्यात्मिक विकास करें

– **निःशब्द संवाद का जादू** – जीवन की १११ जिज्ञासाओं का समाधान
– **रहस्य नियम** – प्रेम, आनंद, ध्यान, समृद्धि और परमेश्वर प्राप्ति का मार्ग
– **विचार नियम** – आपकी कामयाबी का रहस्य
– **ध्यान नियम** – ध्यान योग नाइन्टी
– **मोक्ष** – अंतिम सफलता का राजमार्ग
– **तुम्हें जो लगे अच्छा वही मेरी इच्छा** – भक्ति नियामत
– **सद्‌गुरु नानक** – साधना रहस्य और जीवन चरित्र
– **ए टू ज़ेड २६ सबक** – 26 Lessons of life
– **सत् चित्त आनंद** – आपके 60 सवाल और 24 घंटे
– **संत ज्ञानेश्वर** – समाधि रहस्य और जीवन चरित्र
– **शिष्य उपनिषद्** – कथाएँ गुरु और शिष्य साक्षात्कार कीं

२. इन पुस्तकों द्वारा स्वमदद करें

– **विकास नियम** – आत्मविकास द्वारा संतुष्टि पाने का राज़
– **इमोशन्स पर जीत** – दुःखद भावनाओं से मुलाकात कैसे करें
– **समग्र लोकव्यवहार** – मित्रता और रिश्ते निभाने की कला
– **नींव नाइन्टी** – नैतिक मूल्यों की संपत्ति
– **स्वसंवाद का जादू** – अपना रिमोट कंट्रोल कैसे प्राप्त करें
– **निर्णय और ज़िम्मेदारी** – वचनबद्ध निर्णय और ज़िम्मेदारी कैसे लें
– **आलस्य से मुक्ति के ७ कदम**
– **असफलता का मुकाबला** – काबिलीयत रहस्य

३. इन पुस्तकों द्वारा हर समस्या का समाधान पाएँ

– **स्वास्थ्य के लिए विचार नियम** – मनः शक्ति द्वारा तंदुरुस्ती कैसे पाएँ
– **सुनहरा नियम** – रिश्तों में नई सुगंध
– **स्वीकार का जादू** – तुरंत खुशी कैसे पाएँ
– **समय नियोजन के नियम** – समय संभालो, सब संभलेगा

४. इन आध्यात्मिक उपन्यासों द्वारा जीवन के गहरे सत्य जानें

– मृत्यु पर विजय **मृत्युंजय**
– **जीवन की नई कहानी मृत्यु के बाद** – G1 का पारटू एक कहानी से सीखें

समर्पित

दुनिया वैसी नहीं है
जैसी आपको दिखाई देती है
बल्कि वैसी है जैसे आप हैं।
यह पुस्तक समर्पित है
उस दुनिया (आइने) को,
जिसने इंसान को उसका
असली चेहरा दिखाया है,
स्वयं का दर्शन
करवाया है।

॥ पुस्तक का लाभ कैसे लें ॥

१) कहानी का अंत पहले न पढ़ें।

२) प्रस्तुत पुस्तक में 'खोज' इस विषय को कहानी के माध्यम से प्रस्तुत किया गया है। कहानी के किरदारों में जहाँ आप स्वयं को पाते हैं, उससे संबंधित अध्याय ध्यान से पढ़ें।

३) हो सकता है पुस्तक में लिखी कुछ बातें आपको समझ में न आएँ। उसे किनारे रखकर पढ़ना जारी रखें। अंत तक पहुँचते हुए आपको स्पष्टता जरूर मिलेगी।

४) हरक्युलिस के किरदार को अच्छे ढंग से समझने के लिए परिशिष्ट में दी गई कहानी 'हरक्युलिस के बारह कार्य' (पृ.256) को पहले पढ़ा जा सकता है।

५) इस पुस्तक द्वारा सेल्फ शिविर का लाभ लिया जा सकता है। पुस्तक को ३० दिनों में विभाजित किया गया है। हर दिन एक भाग पढ़कर अपनी आंतरिक खोज करें।

६) समाज में आज अधिकांश लोग विचारों से परेशान हैं तो कुछ लोग शारीरिक अस्वस्थता से पीड़ित हैं। कुछ लोग अपने जीवन में अन्याय के शिकार है तो कुछ नौकरी-व्यवसाय में आनेवाले जानलेवा तनाव से ग्रस्त हैं। घर परिवार जो हमारी खुशियों का स्रोत होना चाहिए, आज वादविवाद का अखाड़ा बनकर रह गया है।

इंसान छोटी-छोटी मान्यताओं में फँसकर अज्ञान में ही जिंदगी बिता देता है। वह जिस कार्य के लिए पृथ्वी पर आया है, उसे जाने बिना ही पृथ्वी से लौट जाता है। इन सभी विषयों पर खोज करने के लिए पुस्तक के पीछे दी गई संपूर्ण विषय सूची (पृ.259) की मदद लें।

भूमिका

सरश्री भारत के आध्यात्मिक गुरु हैं, जिनकी स्पष्ट और बोधगम्य शिक्षाओं ने हजारों खोजियों को जाग्रत किया है। उन्होंने ज्ञान देने की ऐसी विशिष्ट प्रणाली बनाई है, जो खोजियों को आत्मसाक्षात्कार से आत्मस्थिरता की ओर ले जाती है। सरश्री इस अवस्था को प्राप्त करने के बड़े ही प्रभावशाली तरीके सिखाते हैं।

मानवता कृषि क्रांति से औद्योगिक क्रांति में और आज के जानकारी के दौर की क्रांति की तरफ परिवर्तित हो चुकी है। मानवता अब चेतना के उच्चतम अवस्था तक पहुँचने की नई क्रांति के लिए तैयार है। विश्व चेतना के उदय होने के साथ, आध्यात्मिक शिक्षाएँ- इस चिरस्थायी तत्त्वज्ञान के साथ मिलकर यह विश्वास दिलाती हैं कि सचमुच इस तरह की चेतना क्रांति आ रही है। इसके अतिरिक्त मैं व्यक्तिगत रूप से खोजियों और अन्य लोगों को देखता हूँ कि वे कितनी आसानी से सरश्री की शिक्षाओं के साथ, सत्य को अनुभव करते हैं और मन के खेलों को समझते हैं। यह देखकर मुझे विश्वास हो जाता है कि विश्व में जागरूकता लानेवाली क्रांति अब आकार ले रही है। साल २०१२ इस क्रांति में मात्र एक मील का पत्थर होगा।

इस पुस्तक का प्रकाशन इसी चेतना क्रांति का एक हिस्सा है। यह पुस्तक १० अक्तूबर २०१० (१०.१०.१०) के दिन, हिंदी सहित १० अन्य भाषाओं में प्रकाशित होने जा रही है। यह पुस्तक आपको अपने भीतर की शांति पाने का मार्ग दिखाती है। यह तेजज्ञान का निचोड़ है यानी हमेशा उपलब्ध रहनेवाला ज्ञान, जिसे हर कोई अपने अंदर शांति प्राप्त करने के साथ पा सकता है। यह उस स्थिरता का बिंदु है जो हमारे अंदर और बाहर है, इसी के भीतर हम सभी रहते हैं। हमारा स्रोत, केंद्र उस परम

मौन से दिप्तमान रहता है। जब हम उस अवस्था को प्राप्त कर लेते हैं तब जो ज्ञान हमें मिलने लगता है, उसे तेजज्ञान कहा गया है। तेजज्ञान ऐसा ज्ञान है, जो ज्ञान और अज्ञान के परे है। यह संपूर्ण ज्ञान का स्रोत है। तेजज्ञान को जानने व आत्मसात करने से जीवन संपूर्ण बन जाता है। 'तेजज्ञान' ज्ञान की वह उच्चतम अवस्था है, जहाँ पर कुछ भी छिपा नहीं रह सकता, वहाँ से सब स्पष्ट दिखाई देता है।

लोगों की यह धारणा है कि जीज़स और बुद्ध जैसे महात्मा शांतिप्रिय थे इसलिए हमें भी शांतिप्रिय बनना चाहिए ताकि हमें सत्य प्राप्त हो। परंतु लोगों को यह मालूम नहीं है कि सत्य, ज्ञान प्राप्ति के बाद वे इतने शांतिप्रिय बने। जीज़स ने ज्ञान प्राप्त किया, उसके बाद उनमें दया-करुणा के भाव उभरे। उसका उलट नहीं था। यही 'विशिष्ट ज्ञान' तेजज्ञान है।

यह वही ज्ञान है, जो सरश्री प्रदान करते हैं। इसी ज्ञान से सत्य का अनुभव मिलता है। इसे आप आत्मसाक्षात्कार कहें, आत्मबोध कहें या ईश्वर प्राप्ति कहें या इसे किसी भी नाम से पुकारें। ईश्वर या सेल्फ का अनुभव पाना संभव है, जरूरत है केवल सही तरीका अपनाने की। तेजज्ञान यही तरीका है, यहाँ वही समझ प्रदान की जाती है। यह समझ मात्र 'सत्य के श्रवण' से प्राप्त की जा सकती है। यदि सही प्रणाली से सत्य का श्रवण किया जाए तो स्वअनुभव संभव है।

तेजज्ञान में सही प्रणाली द्वारा, सत्य श्रवण करवाया जाता है। यह सत्य श्रवण 'महाआसमानी महानिवासी' शिविरों के माध्यम से करवाया जाता है। इस संस्था की कार्यप्रणाली 'सिस्टम फॉर विजडम (System for Wisdom)' पर आधारित है, जिससे हम आत्मविकास से आत्मसाक्षात्कार तक पहुँच पाएँ।

शांतिदूत बनने के लिए आपका अभिनंदन! शांति के इस अभियान में आपका स्वागत है।

कृष्णा अय्यर

mail@tejgyan.com

9921008060

दिव्य आवाज और स्वदर्शन

प्रस्तावना

आइने में देखकर इंसान स्वयं के शरीर को तो देख पाता है लेकिन यदि उसे अपने स्वभाव का दर्शन करना हो तो वह किस आइने में देखे? ऐसा कौन सा आइना है, जो उसे अपनी मान्यताओं और सोच प्रणाली का दर्शन करवाए? वह आइना है यह संसार यानी आपके आस-पास रहनेवाले लोग तथा दिन-प्रतिदिन होनेवाली घटनाएँ। रिश्तों को निभाते समय, जीवन की घटनाओं में मन में उठनेवाले विचार आपके वैचारिक ढाँचे का आइना हैं। मजे की बात यह है कि इंसान जानता ही नहीं कि संसार उसका आइना है। अतः उसमें अपनी छवि देखना तो दूर, वह आइने में ही उलझकर रह जाता है।

आइना देखकर अकसर इंसान सोचता है 'काश...! मेरी आँखें सुंदर होतीं... मेरी नाक तीखी होती... मेरे कान इतने बड़े न होते... होंठ ऐसे होते... त्वचा गोरी होती...।' इंसान की खोज पूरी होने पर वह कहेगा- 'मेरी आँखें कितनी सुंदर हैं, जो अच्छे-बुरे दृश्यों के पार

देखती हैं... मेरी नाक कितनी तीखी है, जो हमेशा सत्य की महक का आनंद उठाती है... मेरे कान कितने अच्छे हैं, जो सामनेवाले द्वारा बोली गई वाणी से सिर्फ सत्य का ही श्रवण करते हैं... मेरी त्वचा अपने छिद्रों को खोलकर अधिक से अधिक प्राणवायु ले रही है और बह्माण्ड की सकारात्मक ऊर्जा के लिए ग्रहणशील हो गई है। वाह...! मैं कितना खूबसूरत हो गया हूँ।

...तो यह है खोज की मौज।

'स्वयं का सामना - बारहवाँ कौन' यह न कोई जासूसी उपन्यास है, न खौफनाक कथा और न ही हत्या-षड्यंत्र से भरी उत्तेजनात्मक पुस्तक। फिर इसकी विषय-वस्तु क्या है? बारहवाँ कौन है?

इस पुस्तक में है- न्याय, स्वास्थ्य, खुशी और रिश्तों पर अनोखी समझ देनेवाली अद्‌भुत खोज। यह पुस्तक है- आंतरिक अनुसंधान का एक अभूतपूर्व अनुभव... चैतन्य की यात्रा की समझ... एक आध्यात्मिक दास्तान।

आज तक आपने 'स्वयं की पूछताछ' संबंधी बहुत सी किताबें पढ़ी होंगी लेकिन इस पुस्तक में एक अनोखे ढंग से आत्मपरीक्षण तथा आत्मदर्शन करवाया गया है। हँसते-खेलते छोटे-छोटे कथानकों के माध्यम से इस सत्य को प्रकाश में लाया गया है कि किस तरह से दूसरों के प्रति की गई शिकायत की जड़ हमारे अंदर ही छिपी होती है। पुस्तक में भिन्न-भिन्न किरदारों द्वारा जीवन में होनेवाली उन सामान्य घटनाओं पर खोज करवाई गई है, जो आए दिन उन्हें दुःख देती रहती हैं।

इस आध्यात्मिक उपन्यास की कहानी 'हरक्युलिस' नामक किरदार के आगे-पीछे घूमती नजर आती है। इसमें चित्रित किया

गया है कि किस तरह एक साधारण समझ व सोच रखनेवाला इंसान, जीवन में घटनेवाली घटनाओं के माध्यम से अपनी खोज करके चेतना के उच्च स्तर पर पहुँचकर संपूर्ण समाज को बदल सकता है। क्या आप जानते हैं कि पारिवारिक झगड़े, नौकरी की परेशानियाँ, स्वास्थ्य संबंधी तकलीफें, भिन्न-भिन्न क्षेत्रों में इंसान पर होनेवाले अन्याय, नकारात्मक विचारों की दिक्कतें, मान्यताओं की दीवार इन सबके पीछे कौन है...? ये सारी दिक्कतें जीवन में क्यों, कैसे व कौन लाता है...? क्या खोज कर इनसे उबरा जा सकता है...? यदि हरक्युलिस उबर सका तो क्या आप हरक्युलिस नहीं हो सकते...? दिव्य आवाज का अनुसरण कर, जरूर हो सकते हैं...!

हर इंसान को भीतर से एक 'दिव्य आवाज' द्वारा मार्गदर्शन मिलता रहता है, जिससे इंसान अनजान है। हरक्युलिस उस दिव्य मार्गदर्शन का अनुसरण करके जीवन में आई परिस्थितियों के सही संदर्भ समझकर अपनी सभी वृत्तियों, संस्कारों से मुक्ति पाकर औरों के जीवन में परिवर्तन ला पाता है। क्या आप अपने भीतर की 'दिव्य आवाज' सुनकर नहीं करना चाहेंगे, स्वयं का सामना शांति की तलाश में?

तो उठाएँ हरक्युलियन टास्क... बारहवाँ कौन से हटाएँ मास्क... यह पुस्तक है आपके साथ... जान लें विश्व में शांति लाने का राज़!

विषय संकेत

1	**दिव्य आवाज और स्वदर्शन** – प्रस्तावना	9
2	**नई कहानी** – हरक्युलिस की खोज	13
3	**पहला कार्य** – पारिवारिक सुख-शांति	27
4	**दूसरा कार्य** – नौकरी और व्यवसाय	60
5	**तीसरा कार्य** – न्याय और अन्याय	90
6	**चौथा कार्य** – बीमारी और स्वास्थ्य	136
7	**पाँचवाँ कार्य** – विचारों का रहस्य	172
8	**छठवाँ कार्य** – मान्यताओं के पार	207

हरक्युलिस की खोज
नई कहानी

दूर-दूर तक फैला स्याह अंधेरा; उस पर ठिठुरनभरी ठंढ, वातावरण को और अधिक डरावना बना रही थी। ऐसे में सन्नाटे को चीरती हुई, हवा से बातें करती दौड़ी जा रही थी हरक्युलिस की बाइक। उसका मन व्याकुल था। पत्नी राधा से हुए विवाद ने उसके मन-मस्तिष्क में विचारों की उथल-पुथल मचा रखी थी। वह स्वयं को नितांत अकेला और उदासी से घिरा हुआ महसूस कर रहा था।

हरक्युलिस के विचारों की गति बाइक की गति से भी तेज थी। विचारों से उपज रही पीड़ा को बहा देने के लिए उसने बाइक का एक्सीलेरेटर और तेज कर दिया लेकिन उसकी सारी कोशिशें नाकाम साबित हो रही थीं। विचारों को मन-मस्तिष्क से निकालकर यहाँ-वहाँ फेंक डालने के उसके सारे जतन असफल थे। विचार थे कि उसके आगे-आगे ही दौड़ रहे थे। चिंतन-मंथन की धुँध से उसे यूँ प्रतीत होने लगा, मानों आँखें भी देखने की शक्ति खोती जा रही हों। द्रुत गति से भागती बाइक पर सवार, शहर के टेढ़े-मेढ़े रास्तों से गुजरते हुए हरक्युलिस हाइवे की ओर मुड़ गया। अचानक उसकी

बाइक किसी चीज से टकराई। उस एक पल में क्या हुआ, हरक्युलिस को कुछ समझ में नहीं आया। हाँ, एक हृदयविदारक चीख जरूर उसका पीछा करती रही। वह सिहर उठा। अज्ञात भय से उसके माथे पर पसीना उतर आया। ठंढ की ठिठुरन को तो जैसे वह भूल ही गया।

चर...चर...चर... हरक्युलिस ने ब्रेक पर पूरे जोर से पैर रख दिए। बाइक असंतुलित सी होते हुए चू...चू...चर...चर... करते हुए खड़ी हो गई। उसने पलटकर देखा, सड़क पर खून से लथपथ कोई औरत अस्त-व्यस्त पड़ी तड़प रही थी। औरत के समीप ही एक स्कूटर भी पड़ा हुआ था। कुछ पल पहले जिस दिमाग में सैकड़ों-हजारों विचार उमड़-घुमड़ रहे थे, पता नहीं अचानक वे सब कहाँ गुम हो गए? हरक्युलिस शून्य सा खड़ा रह गया। अचानक फिर से उसके मन-मस्तिष्क में एक संग कई रस-भाव जैसे अविश्वास, करुणा, भय, आत्मग्लानि आदि... पारे से पिघलते हुए जलन पैदा करने लगे।

इसके पहले कि हरक्युलिस कुछ सोचता-समझता, देखते ही देखते वहाँ कई लोग इकठ्ठे हो गए। भीड़ चिल्ला पड़ी- 'पकड़ो-पकड़ो... मारो-मारो... भागने न पाए।' हरक्युलिस को करंट सा लगा। कुछ पल में ही उसके दिमाग ने परिस्थितियों का आकलन कर लिया और उसने वहाँ से भागने में ही भलाई समझी। उसने बाइक का एक्सीलेरेटर पूरे जोर से मरोड़ डाला। बाइक फिसलते हुए, भर्र...भर्र... की आवाज करते हुए फिर से हवा के संग उड़ चली।

हरक्युलिस अपने मित्र के घर जा रहा था लेकिन यकायक हुई इस दुर्घटना ने उसे बेमन से अपने घर लौटने पर विवश कर दिया। उसके विचारों में अब खून से लथपथ, सड़क पर तड़प रही उस औरत का दृश्य घूमने लगा था। वह खुद से सवाल करने लगा- 'क्या उस औरत को असहाय अवस्था में छोड़कर मैंने ठीक किया...? क्या

वापस लौटकर उस औरत को अस्पताल ले जाना चाहिए...? लेकिन क्या अब तक वह जीवित होगी...?' उस औरत की मौत का खयाल आते ही हरक्युलिस भीतर तक काँप उठा। उसकी आँखों में जेल की सलाखें उतर आईं।

इस उथल-पुथल में ढेर सा वक्त गुजर चला था। वह अपने मन को काबू में नहीं कर पा रहा था। उसके होंठ फड़फड़ाए- 'पहले ही क्या कम मुसीबतें थीं, जो अब एक नई उठ खड़ी हुई।' उसकी आँखों के सामने किसी चलचित्र की भाँति तमाम परेशानियाँ एक के बाद एक होकर गुजरने लगीं। उसका गला भर्रा उठा। वह बुदबुदाया- 'मैं किसी को दुःख पहुँचाना नहीं चाहता लेकिन ऐसा क्यों हो जाता है? हे ईश्वर! उस औरत की हत्या का पाप लेकर मैं कैसे जीऊँगा? मुझे अपराध बोध के चंगुल से बाहर निकालिए।'

आखिरकार हरक्युलिस ने शहर छोड़ने का निर्णय ले लिया। पश्चाताप के चलते हरक्युलिस ने सौगंध खाई- 'जब तक मैं अपने पाप का प्रायश्चित नहीं कर लेता तब तक अपने शहर में कदम नहीं रखूँगा।' उसने अपना घर-बार, कपड़े-लत्ते सब कुछ त्याग दिया। सिर्फ चेकबुक, क्रेडिट कार्ड और कुछ रुपए रखकर हरक्युलिस ने घर को ताला लगाया और निकल पड़ा- जाने-अनजाने हुए उस पाप को धोने, पश्चाताप की अग्नि को ठंढा करने, आत्मग्लानि को मिटाने, शांति की तलाश में... एक अज्ञात, अनजानी राह पर...।

❄ ❄ ❄

हरक्युलिस का एक इलेक्ट्रॉनिक उपकरणों का बड़ा सा शोरूम था, जिसे वह अपने एक मित्र के संग मिलकर चलाता था। एक सफल और सुविधा संपन्न व्यक्ति था हरक्युलिस, जिसने अपने जीवन में भरपूर धन-दौलत कमाई थी। उसकी पत्नी राधा एक सुशील और

पढ़ी-लिखी औरत थी। उन्हें हिमांशु और हिमानी नामक दो प्यारे से बच्चे थे। ...पर उसके जीवन में कुछ ऐसा अवश्य था, जिसके कारण राधा अपने बच्चों के संग अलग रहने लगी थी।

फौलादी बदन का धनी हरक्युलिस में आत्मविश्वास कूट-कूटकर भरा हुआ था। वह हर परिस्थिति का सामना करने को तैयार रहता था। वह अपने भौतिक जीवन में एक सफल इंसान था लेकिन धन और बल ने उसके भीतर क्रोध की जड़ें जमाना शुरू कर दी थीं। वह तनिक-तनिक-सी बात पर अपना आपा खो बैठता था। उस वक्त उसे अच्छे-बुरे का ज्ञान ही नहीं रहता था।

शनैः-शनैः गुस्से के विष ने उसके अंदर माइग्रेन की बीमारी को जन्म दे डाला। जब-तब उसका सिर असहनीय दर्द से भर उठता था। उस पल उसके सोचने-विचारने की क्षमता दम तोड़ने लगती थी। ऐसे वक्त में उसका क्रोध चरम सीमा पर पहुँच जाता था, नतीजन उसने धीरे-धीरे अपनों को खोना शुरू कर दिया। पहले मित्र और फिर एक दिन राधा भी उसके बरताव से तंग आकर घर छोड़कर चली गई।

ठंढे दिमाग से जब कभी हरक्युलिस सोचने बैठता तो उसे आभास होता कि कहीं न कहीं वह गलत है लेकिन अगले ही पल अहंकार उसकी इस सोच पर पानी फेर देता था। वह राधा से क्षमा माँगना चाहता था लेकिन उसका अहंकार आड़े आ जाता। दूसरी ओर उसके व्यावसायिक भागीदार से भी उसकी अनबन बढ़ती जा रही थी। उसकी शिकायत थी कि हरक्युलिस अपने क्लाइंट्स से अच्छा व्यवहार नहीं करता। इसके कारण बड़ी-बड़ी कंपनियों के ऑर्डर समय पर पूरे नहीं हो पा रहे थे। शोरूम निरंतर घाटे में चल रहा था। हरक्युलिस के बिजनेस पार्टनर ने कई बार उसे समझाने की कोशिश

की लेकिन परिणाम कुछ नहीं निकला। धीरे-धीरे वे भी हरक्युलिस से दूरी बनाने लगे थे। हरक्युलिस के घमंड और गुस्से के कारण उसके पड़ोसी, मित्र-परिचित, नाते-रिश्तेदार कोई भी उससे संबंध रखना नहीं चाहता था। लोगों की उपेक्षा के कारण हरक्युलिस के अंदर निराशा का अंधेरा पैर पसारने लगा था।

राधा के साथ हुए वाद-विवाद के विचारों में उलझकर गाड़ी चलाते हुए वह इतना बेखबर हो गया कि एक महिला की मृत्यु का कारण बना।

बहरहाल, हरक्युलिस उसी रात घर छोड़कर निकल पड़ा और रेल्वे स्टेशन जा पहुँचा। वहाँ विश्रामगृह में बैठे-बैठे उसने ठंढे दिमाग से सोचा- 'क्या मैं वाकई लोगों का बुरा करता हूँ? अगर नहीं तो फिर लोग मुझसे कटे-कटे, नाराज से क्यों रहते हैं?'

हरक्युलिस पछतावे में जलने लगा- 'मैंने अपनों को दुःख पहुँचाया, दूसरों को परेशान किया... मैं इतना स्वार्थी, अहंकारी, निर्दयी कैसे हो सकता हूँ? मैं इतना लापरवाह कैसे हो गया कि मुझे सामने से आता स्कूटर तक नहीं दिखाई दिया? पता नहीं, उस महिला के रिश्तेदार किस हाल में होंगे? उनके दिल पर क्या बीत रही होगी? हे देवी माँ! मुझसे यह क्या हो गया?' अपराधबोध की ज्वाला में जलते हुए हरक्युलिस अपनी आराध्य देवी माँ को सहायता के लिए पुकारने लगा।

ट्रेनों की घड़घड़ाहट और इंजन की तीव्र सीटियों की गूंजों के बीच आँखों ही आँखों में विश्रामगृह में सारी रात कैसे कट गई, हरक्युलिस को पता तक नहीं चला। सुबह अचानक हरक्युलिस को लगा कि उसके सामने प्रचंड प्रकाश पुंज प्रकट हुआ है। हरक्युलिस चकरा गया। उसे अपनी आँखों पर विश्वास नहीं हो रहा था। अचानक

उस प्रकाश पुंज में उसे देवी माँ खड़ी दिखाई दी। उसने तुरंत देवी माँ को दंडवत प्रणाम किया और बच्चों सा बिलख पड़ा। उसके मन का सारा गुबार माँ के चरणों में बह निकला था।

थोड़ी देर बाद उसने स्वयं को सँभाला और माँ से विनती करने लगा- 'माँ! मुझे अपने किए पर बहुत पछतावा है। मैं अपने पापों से उबरना चाहता हूँ। माँ कोई उपाय बताइए।' देवी मुस्कराईं- 'वो देखो, दूर पहाड़ी पर जो मंदिर दिखाई दे रहा है, उसके पुजारी की शरण में जाओ; उसकी सेवा करो, उसकी आज्ञा का पालन करो। उसके द्वारा दिए गए कार्यों द्वारा बारह महीनों में बारह लोगों के जीवन में परिवर्तन लाओ। बस, यही तुम्हारा प्रायश्चित होगा।' इतना कहकर देवी माँ अंतर्धान हो गईं।

हरक्युलिस मन ही मन बोला- 'लोगों के जीवन में परिवर्तन...! और मैं...! मेरे खुद के ऊपर दुःखों का पहाड़ टूट पड़ा है... मैं क्या किसी के जीवन में परिवर्तन ला सकूँगा...! यह मेरे बलबूते के बाहर की बात है। मैं खुद मदद की तलाश में हूँ... लेकिन देवी माँ ने मुझे ऐसा आदेश दिया है तो इसमें जरूर कोई न कोई तथ्य होगा! ... उठो हरक्युलिस! अब देर मत करो, तुम्हे उस मंदिर तक पहुँचना है।'

अचानक हरक्युलिस की नींद टूटी। उसने खुद को स्टेशन के विश्रामगृह में पाया। वह समझ गया कि यह कोई सपना नहीं बल्कि देवी माँ ने उसे प्रायश्चित्त करने का रास्ता दिखाया है। हरक्युलिस का अब तक का यह अनुभव रहा था कि उसे समय-समय पर अंतर्दृष्टि से मार्गदर्शन मिलता आया था लेकिन वह उसे उपेक्षित कर देता था। हर इंसान का विवेक उसका सच्चा मार्गदर्शक होता है लेकिन वह उसे नकार देता है। हरक्युलिस भी अपने धन-बल के अहंकार में अपने विवेक को उपेक्षित करता आ रहा था। इसी गलती ने उसे इस राह पर लाकर खड़ा कर दिया था। हरक्युलिस के ज्ञानचक्षु खुल उठे। उसने

भीष्म प्रतिज्ञा ली कि 'अब कभी जीवन में इन गलतियों को नहीं दोहराऊँगा। देवी माँ के आदेश का दृढ़ता से पालन करूँगा।' ऐसा सोचते ही हरक्युलिस को यूँ प्रतीत हुआ जैसे मन-मस्तिष्क एकदम हलका हो गया हो, भीतर भरी दुर्गंध मानो सुगंध में परिवर्तित हो गई हो, विचारों की उथल-पुथल जैसे थम गई हो। सब कुछ अच्छा-अच्छा-सा जान पड़ने लगा था।

आंतरिक मार्गदर्शन प्राप्त होने के बाद हरक्युलिस स्टेशन मास्टर के पास पहुँचा। उसने स्वप्न में दिखे देवी माँ के मंदिर का विवरण स्टेशन मास्टर के सामने किया और पूछा कि क्या वे ऐसे किसी मंदिर के बारे में जानते हैं? स्टेशन मास्टर ने हरक्युलिस को बताया कि वह हूबहू ऐसे मंदिर के बारे में जानता है और वह मंदिर पासवाले गाँव में ही है। यह सुनकर हरक्युलिस दंग रह गया।

हरक्युलिस असीम ऊर्जा से भर उठा। उसने उस गाँव की ट्रेन पकड़ी और निकल पड़ा एक नई दिशा की ओर... एक नई दशा प्राप्त करने की शुभेच्छा को हृदय में संजोए हुए...।

❄ ❄ ❄

गाँव में पहुँचने पर उसने किसी से मंदिर के बारे में पूछा। उसे पता चला कि वह सही जगह पर पहुँचा है। वह देवी माँ का मंदिर पहाड़ी की चोटी पर स्थित है। गाँववालों ने जो दिशाएँ बताईं, उनके अनुसार हरक्युलिस चलता गया।

सूरज ढलने को था। चारों ओर अंधकार छाने लगा था। हरक्युलिस मन में कई सवाल लिए दूर पहाड़ी पर स्थित देवी माँ के मंदिर में जा पहुँचा। वह मंदिर हूबहू उसके स्वप्न के मंदिर जैसा था। उसे महसूस हुआ कि वह सही जगह पर आया है। उसे आश्चर्य भी

हुआ कि कितनी आसानी से वह अपनी मंजिल तक पहुँच गया। उसने प्रफुल्लित होकर मंदिर में कदम रखा।

मंदिर में पुजारी भक्तों को प्रसाद बाँट रहा था। हरक्युलिस भी श्रद्धालुओं की कतार में जा खड़ा हुआ। पुजारी ने मुस्कराकर उसकी ओर देखा और हाथों में प्रसाद रख दिया। हरक्युलिस ने देवी माँ को प्रणाम किया और मंदिर के एक कोने में जाकर बैठ गया। जब सारे भक्त एक-एक करके प्रसाद लेकर चले गए तब हरक्युलिस पुजारी के नजदीक गया। पुजारी ने मुस्कराकर पूछा– 'तुम कौन हो? क्या नाम है तुम्हारा?'

हरक्युलिस ने पुजारी का अभिवादन किया और कहा– 'मैं हरक्युलिस हूँ।'

'हरक्युलिस...! यह कैसा नाम है? इसका क्या अर्थ है?' पुजारी ने उत्सुकता जताई।

'हरि कोलसे' मेरा असली नाम है लेकिन मेरे हृष्टपुष्ट शरीर को देखते हुए सभी मुझे हरक्युलिस के नाम से पुकारने लगे। आप जानते ही होंगे कि हरक्युलिस✻ यूनान देश का एक बलशाली आदमी था।

'हूँ... हरक्युलिस...! अच्छा ये बताओ, तुम कहाँ से आए हो? मैंने तुम्हें पहली बार इस मंदिर में देखा है।' पुजारी ने उसकी बात को नजरअंदाज करते हुए पूछा।

हरक्युलिस के चेहरे पर शिकन उतर आई। उसने मायूस होकर पुजारी को अपनी आपबीती कह सुनाई। हरक्युलिस ने बताया कि कैसे जाने-अनजाने में उससे दुष्कर्म हुए, अन्याय हुए।

✻यूनान के हरक्युलिस की कहानी परिशिष्ट में देखें।

आखिर में उसने माँ के दृष्टांत का वर्णन भी कह सुनाया।

दुःख और पीड़ाभरी दास्तान सुनाते-सुनाते हरक्युलिस की आँखें भर आईं, गला भर्रा उठा। वह पुजारी के चरणों में गिर पड़ा।

'मैं यहीं रहना चाहता हूँ, आपकी सेवा करना चाहता हूँ। मैं माँ के दरबार में रहकर एक नई जिंदगी की शुरुआत करना चाहता हूँ।'

श्यामल रंग, गोलमटोल तोंद और लंबी चोटीवाले पुजारी की सारे गाँव में पहचान बन गई थी। आस-पास के इलाके के लोग पुजारी का बहुत आदर-सत्कार करते थे। हरक्युलिस को भी पुजारी के बातचीत का तौर-तरीका अत्यंत पसंद आया था लेकिन...

पुजारी बाहर से कुछ और अंदर से कुछ और था। वह बेहद धूर्त व कपटी इंसान था। पुजारी मंदिर की पवित्रता का इस्तेमाल गंदे धंधों के लिए करता था। पूजा-पाठ की आड़ में वह चरस, अफीम, गाँजा जैसे नशीले पदार्थों का धंधा करता था। मंदिर से सटे दो कमरों के एक छोटे से घर में वह रहता था, उसका परिवार समीप के गाँव में ही निवास करता था। पुजारी को अपनी बेटी की शादी की चिंता सदा सताती रहती थी।

पुजारी को पाकर हरक्युलिस प्रसन्न था लेकिन पुजारी मन ही मन उसे कोस रहा था- 'उफ्! ये कौनसी मुसीबत गले आन पड़ी? मैं तो अपने गोरखधंधे दुनिया की नजर से छिपाने के लिए यहाँ पुजारी बनकर बैठा हूँ। इस भेष में मुझ पर कोई शक भी नहीं करता। भक्तगणों को क्या पता कि मैं यहाँ क्या करता रहता हूँ? अब अगर यह बंदा दिन-रात यहाँ पड़ा रहा तो एक न एक दिन इसे मेरी असलियत पता चल ही जाएगी।'

पुजारी ने बुरा सा मुँह बनाकर हरक्युलिस को लगभग झिड़कते

हुए कहा- 'यह सिर्फ तुम्हारा वहम है, माँ हर किसी को यूँ ही दर्शन नहीं देतीं। मैं ठीक हूँ, भला मुझे किसी सेवक की क्या आवश्यकता है? मैं तो पुजारी हूँ। भक्तों की कृपा से जो कुछ भी मिल जाता है, उससे गुजारा करते हुए देवी माँ की पूजा-अर्चना में लगा रहता हूँ। इससे ज्यादा मुझे कुछ चाहिए भी नहीं। सो तुम्हें मेरी सेवा करने की कोई जरूरत नहीं। तुम कहीं और जाकर अपने लिए नए जीवन की तलाश करो। मेरे साथ रहने से तुम्हे कुछ हासिल नहीं होगा।'

...लेकिन हरक्युलिस ने तो सपने में इसी मंदिर और परिसर को देखा था। देवी माँ ने उसे इसी मंदिर के पुजारी की सेवा करने का आदेश दिया था। हरक्युलिस दुःखी होकर पुजारी के पैर पकड़ते हुए बोला-

'आप भले ही मुझे अपने से दूर करने की कोशिश करें लेकिन मैं आपके चरणों में यूँ ही पड़ा रहूँगा। भले ही आपको मेरी आवश्यकता हो या न हो, मैं अपनी ओर से सेवा-भाव में कोई कसर नहीं छोड़ूँगा। आपको ठीक लगे या न लगे, मुझे पूरा विश्वास है कि मेरा बसेरा अब यहीं पर है और आपकी सेवा में ही मुझे अपना सारा जीवन गुजारना है।'

हरक्युलिस की बातें सुनकर पुजारी कुड़ने लगा। वह मन में बुदबुदाया- 'हे माँ! ये मुसीबत कहाँ से आ टपकी? मान न मान मैं तेरा मेहमान। मुझे तो यह पागल नजर आता है। कहीं यह पुलिस का आदमी तो नहीं...? कहीं यह मेरे गैरकानूनी धंधे के बारे में जासूसी करने तो नहीं आया? देखने में तो पहलवानों जैसा लग रहा है, इसे भगाऊँ तो कहीं मारने-पीटने पर उतारू न हो जाए। क्या करूँ?' पुजारी की घबराहट बढ़ती जा रही थी।

'पुजारीजी आप किस सोच में डूब गए? मुझ पर भरोसा रखें,

मैं आप पर बोझ नहीं बनूँगा। मुझे खुद पर यकीन है कि मेरी सेवा से आप अवश्य प्रसन्न रहेंगे।' हरक्युलिस के शब्दों में याचना और विनम्रता दोनों भाव मौजूद थे।

हरक्युलिस की हठभरी याचना के सामने पुजारी निरुत्तर हो गया। वह सोचने लगा- 'लगता है कि कुछ दिनों के लिए अपना धंधा बंद करके इस हरक्युलिस का कोई हल निकालना ही पड़ेगा।'

उसने हरक्युलिस से कहा- 'ठीक है, मैं तुम्हें एक शर्त पर यहाँ रहने की आज्ञा दे सकता हूँ।'

'कौन सी शर्त पुजारीजी?' उत्सुकता से हरक्युलिस ने पूछा।

'मैं जो भी काम दूँगा, उसे पूरा करके तुम्हें मेरी परीक्षा में खरा उतरना होगा। यदि तुम मेरी कसौटी पर खरे नहीं उतरे तो किसी भी क्षण मैं तुम्हें यहाँ से निकाल बाहर कर दूँगा।'

हरक्युलिस ने मुस्कराते हुए हामी भरी- 'मुझे आपकी हर शर्त मंजूर है।'

पुजारी ने हरक्युलिस को मंदिर के पीछे स्थित एक टूटे-फूटे पुराने से कमरे में रहने की अनुमति दे दी। उसकी मरम्मत का जिम्मा भी हरक्युलिस पर ही सौंप दिया।

हरक्युलिस तो जैसे बहुत खुश था। पुजारी की शर्त के अलावा उसने अपने दैनिक जीवन में स्वयं ही कुछ छोटे-मोटे कामों की नैतिक जिम्मेदारी उठा ली। जैसे मंदिर की साफ-सफाई, बगीचे की देख-रेख, पुजारी को पूजा-अर्चना के समय मदद करना, खाना बनाना और बाजार से सामान लाना आदि।

उधर, पुजारी का तो जैसे सुख-चैन ही गायब हो चला था। वह सदैव मन ही मन सोचता रहता- 'आखिर मैं हरक्युलिस को

ऐसा कौन सा कार्य दूँ, जो उसके लिए बिलकुल ही संभव न हो ताकि वह यहाँ से भाग खड़ा हो!'

❈ ❈ ❈

एक दिन पुजारी की नजर मंदिर में बैठे एक आदमी पर पड़ी। पहनावे और हाव-भाव से वह समीप के गाँव का कोई प्रतिष्ठित व्यक्ति जान पड़ता था, जो पिछले कई दिनों से रोज सुबह मंदिर आ जाता था और देर रात ही वापस लौटता था। मंदिर में चलनेवाली पूजा और आने-जानेवाले लोगों को वह चुपचाप देखता रहता था, बोलता कुछ नहीं था। पुजारी को बहुत अचरज हुआ कि यह इंसान सारा दिन यहाँ बैठकर करता क्या है? उसकी हैरानी तब और बढ़ गई, जब एक दिन वह रात में भी वापस घर नहीं गया। परेशान होकर वह सोचने लगा- 'अब तो यहाँ एक नहीं, दो-दो आदमी पड़े रहेंगे। अब अपना धंधा कैसे करूँ?

दूसरे दिन मौका पाते ही पुजारी ने उस आदमी से पूछा- 'तुम्हारा नाम क्या है? तुम दिनभर यहाँ क्यों बैठे रहते हो? क्या तुम्हारे पास कोई काम-धंधा नहीं है?'

उस आदमी ने भावुक होकर पुजारी की ओर देखा और बोला- 'मेरा नाम जितेंद्र है। मेरे घर के लोग ऐसे हैं कि...!' इतना कहते-कहते उसका गला भर आया। वह कुछ पल चुप रहा, फिर संयत होकर कहने लगा- 'तीन-चार दिन पहले बीवी और बच्चों से मेरा झगड़ा हो गया था, तब से मैं बहुत उदास हूँ। मेरा मन किसी भी काम में नहीं लग रहा है। इन दिनों ऑफिस भी नहीं गया। घर में बैठने का तो सवाल ही नहीं है। इसलिए मैं यहाँ आकर बैठ जाता हूँ। कल तो घर में ऐसे हालात बन गए थे कि मैं मंदिर में ही सो गया। आप तो ग्रामदेवी के मंदिर के मुख्य पुजारी हैं। अब आप ही

बताइए कि मैं अपनी यह समस्या कैसे सुलझाऊँ? मेरा आपसे निवेदन है कि आप मेरे घरवालों को जाकर समझाइए। मेरी पत्नी देवी माँ को बहुत मानती है। वह आपका कहा अवश्य मानेगी।'

पुजारी सोच में डूब गया– 'यह आदमी जैसा मुझे समझ रहा है, मैं वैसा हूँ नहीं। भला मैं इसकी समस्या कैसे सुलझा पाऊँगा?... लेकिन अगर मैंने इसे मना कर दिया तो देवी माँ से इसका विश्वास उठ जाएगा फिर पता नहीं यह गाँव में क्या-क्या प्रचार-प्रसार कर दे?' तभी उसके दिमाग में जैसे बिजली सी कौंधी–'क्यों न इसके साथ मैं हरक्युलिस को भेज दूँ। मुझे पक्का यकीन है कि हरक्युलिस इस आदमी की परेशानी दूर नहीं कर पाएगा; आखिर वह भी तो घर से झगड़ा करके यहाँ आया है। मेरी कसौटी पर खरा न उतरने पर मैं तुरंत ही उसे यहाँ से निकाल दूँगा। इस तरह एक तीर से दो शिकार हो जाएँगे– यह आदमी भी यहाँ से चला जाएगा और हरक्युलिस से भी छुटकारा मिल जाएगा। न रहेगा बांस, न बजेगी बाँसुरी।' पुजारी अपने इस षड्यंत्र पर मन ही मन खुश हो उठा। उसने जितेंद्र से कहा– 'इस मंदिर की पूरी जिम्मेदारी मुझ पर है इसलिए मैं यहाँ से कहीं नहीं जा सकता लेकिन तुम चिंता मत करो, तुम्हारी समस्या सुलझाने के लिए मैं अपने एक शिष्य को साथ भेजता हूँ। वह तुम्हारे घर के माहौल को देखकर निश्चय ही समस्या का समाधान निकाल देगा।'

'जैसा आप उचित समझें।' यह कहते हुए जैसे जितेंद्र को राहत सी मिली थी।

पुजारी ने हरक्युलिस को आवाज दी। वह दौड़ा-दौड़ा चला आया।

'आज मैं तुम्हें एक बड़ी जिम्मेदारी देने जा रहा हूँ।' पुजारी ने चुनौती पेश करते हुए हरक्युलिस से कहा। हालाँकि हरक्युलिस बहुत

खुश हुआ क्योंकि आज तक पुजारी ने उसे ऐसा कोई काम नहीं बताया था, जिससे वह अपनी काबिलीयत साबित कर सके। पुजारी ने हरक्युलिस को जितेंद्र के बारे में सारी बात सुनाते हुए आदेश दिया– 'तुम्हें जितेंद्र के घर जाकर उसके घर की परिस्थिति का निरीक्षण कर पारिवारिक समस्या सुलझानी है। यह आसान काम नहीं है... और मेरी शर्त तो याद है न तुम्हें?'

'आपकी आज्ञा सिर आँखों पर।' हरक्युलिस ने हामी तो भर दी लेकिन भीतर से वह नाराज भी था। उसने सोचा था कि पुजारीजी कोई ऐसा कार्य सौंपने जा रहे हैं, जिसमें उसके बलशाली शरीर का इस्तेमाल होगा लेकिन यहाँ तो बौद्धिक शक्ति का मामला है। वह बुदबुदाया– 'मुझ पर कौन सी मुसीबत आ गई? मेरे अपने घर में भी तो यही समस्या थी। इसीलिए तो मेरे परिवारवाले मुझसे अलग हुए। मुझे अपने बीवी, बच्चे, घर, कारोबार सब छोड़कर यहाँ आना पड़ा। ऐसे में मैं इस आदमी की क्या मदद कर पाऊँगा? हे देवी माँ, ये कैसी परीक्षा है? अब मेरे पास कोई चारा भी नहीं है। मैं तो पुजारी का सेवक हूँ। वे जो कहेंगे, मुझे करना ही पड़ेगा।'

'किस सोच में पड़ गए?' पुजारी ने कुटिल मुस्कान बिखेरते हुए सवाल किया। 'कुछ भी तो नहीं।' इतना कहकर हरक्युलिस जितेंद्र के घर जाने की तैयारी करने लगा। कुछ देर बाद वे दोनों जीवन की नई रोशनी की तलाश में गाँव की ओर रवाना हो गए।

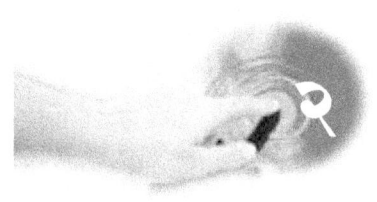

हरक्युलिस का पहला कार्य

'पिताजी आ गए...पिताजी आ गए...।' कहते हुए जितेंद्र के दोनों बच्चे जयेश और जयश्री उससे लिपट पड़े।

'आप कहाँ चले गए थे? रातभर हम आपका टकटकी लगाए इंतजार करते रहे। हम सब कितने परेशान हुए होंगे, क्या इसकी कुछ फिक्र भी है आपको? पहले दिन-दिन भर गायब रहते थे तब मैं कुछ न बोली। अब तो हद हो गई।' जितेंद्र की पत्नी जागृति का क्रोध सातवें आसमान पर था। हरक्युलिस पर नजर पड़ते ही वह थोड़ा नम्र हो गई। 'यह हरक्युलिस है, देवी के मंदिर के पुजारी का शिष्य।' जितेंद्र ने हरक्युलिस का परिचय कराते हुए कहा। जितेंद्र ने आगे बताया- 'कल मैं रातभर देवी के मंदिर में रुका था। मंदिर के पुजारी ने हमारी मदद के लिए हरक्युलिस को भेजा है ताकि हमारे घर में प्रेम और शांति का माहौल बन सके।'

यह सब सुनकर जागृति को कुछ राहत महसूस हुई। उसे लगा मानो देवी माँ ने इतनी जल्दी उसकी प्रार्थना सुनकर मदद के

लिए अपना दूत भेजा हो। मन ही मन देवी माँ के प्रति धन्यवाद व्यक्त करते हुए जागृति ने हरक्युलिस का स्वागत किया।

जागृति ने सभी को खाना खिलाया। बच्चे तैयार होकर स्कूल चले गए। जितेंद्र भोजन करके सोने चला गया लेकिन हरक्युलिस घर का वातावरण, सदस्यों का बर्ताव आदि चीजों पर सोच-विचार करने लगा। अनायास ही अपने बीवी-बच्चों की याद में हरक्युलिस की आँखें छलछला पड़ीं।

शाम को जयेश और जयश्री स्कूल से लौटे। उन दोनों ने अपनी ड्रेस, जूते-मोजे और बस्ता उछालते हुए फेंक-सा दिया। फिर हाथ-पैर धोकर कपड़े बदले, नाश्ता किया और खेलने चले गए। घंटेभर बाद दोनों वापस लौटे और स्कूल का होमवर्क करने लगे। बच्चों का सामान इधर-उधर बिखरा पड़ा देखकर जितेंद्र उन पर गुस्सा करने लगा- 'तुम दोनों अपनी चीजें ठीक जगह पर क्यों नहीं रखते? देखो; तुम्हारे जूते, मोजे, कपड़े, खिलौने कैसे बिखरे पड़े हैं? स्कूल का होमवर्क करते वक्त भी किताबें-कापियाँ, स्कूल बैग कचरे-से पड़े रहते हैं। क्या साफ-सफाई से रहना नहीं सीखा? रोज-रोज समझाकर मैं थक चुका हूँ, फिर भी तुम्हारे कानों पर जूं तक नहीं रेंगती, आखिर क्यों?'

जितेंद्र ने बच्चों का सामान समेटने की ज़हमत नहीं उठाई बल्कि लगातार गुस्सा करता रहा। उसकी डाँट-डपट से जयेश और जयश्री का मूड बिगड़ गया। उनका मन होमवर्क से हट गया। माहौल यूं ही तनावग्रस्त बना रहा।

रात हो चुकी थी। सबने बिना ज्यादा चर्चा किए खाना खाया। जितेंद्र चाहता था कि जागृति भोजन के बाद उसके और हरक्युलिस के साथ बैठकर बातचीत करे लेकिन ऐसा नहीं हुआ।

जागृति ने चुपचाप भोजन किया और हाथ-मुँह धोकर सोने चली गई। जागृति का यह रवैया देखकर जितेंद्र का मन खट्टा हो गया। मन ही मन कुढ़ते हुए वह हरक्युलिस से बोला- 'देखो, मेरी यह इच्छा वाजिब है या नहीं कि मेहमान के साथ जागृति थोड़ी देर बातचीत करे? जागृति से इतना भी नहीं होता। इस वजह से एक तरफ मैं शर्मिंदा होता हूँ तो दूसरी तरफ घुटन और गुस्से से भर जाता हूँ। मैं तो ऐसे मामले में बहुत सजग रहता हूँ। मुझे मेहमाननवाजी करना आता है।'

हरक्युलिस सोचने लगा- 'मैं भी तो घरवालों के बारे में सदा ऐसी ही शिकायतें करता था इसीलिए सब कुछ बिखर गया। अब जितेंद्र के परिवार को देखकर मुझे लग रहा है कि शायद सामनेवाले की सोच भी कुछ अलग हो सकती है। दूसरी बात यह भी है कि हम जिन चीजों को लेकर सामनेवाले की गलतियाँ निकालते हैं, वैसी ही त्रुटियाँ हमसे भी तो होती होंगी।'

हरक्युलिस हैरान था कि उसके दिमाग में ऐसे समझदारीभरे विचार कैसे आ रहे हैं? हाँ, यह बात अलग थी कि जितेंद्र को समझाने के लिए जिन शब्दों/भावों की आवश्यकता थी, वे उसके मन-मस्तिष्क से अब भी कोसों दूर थे। हरक्युलिस ने दिल से माँ को याद किया - 'हे देवी माँ! तुम्हारे आदेश के अनुसार मैं पुजारी का सेवक बन गया हूँ। उन्होंने मुझे जितेंद्र के घर में सुख-शांति लौटाने की महत्त्वपूर्ण जिम्मेदारी सौंपी है। मुझे कुछ सूझ नहीं रहा कि मैं इस समस्या का समाधान कैसे निकालूँ। तुम ही कोई रास्ता दिखाओ माँ।'

अचानक हरक्युलिस को लगा कि मन में उसे कोई पुकार रहा है। यह देवी माँ की आवाज थी। वे कह रही थीं- 'मेरा

आशीर्वाद हमेशा तुम्हारे साथ है। जब भी तुम किसी प्रश्न की खोज करोगे तब तुम्हें अंदर से सही जवाब मिल जाएगा। तुम सही शब्दों में सामनेवाले को समझा पाओगे। इसके लिए तुम्हें जिस मार्गदर्शन की आवश्यकता होगी, वह मिलता रहेगा।' यह आशीर्वाद पाकर हरक्युलिस ने पूरी श्रद्धा से देवी माँ का अभिवादन किया।

उधर, जितेंद्र बोले जा रहा था- 'हमारे घर में हर रोज कुछ इसी तरह का दृश्य होता है। नाम मात्र के लिए भी मन को शांति नहीं मिलती। अब आप ही हमारी मदद कर सकते हैं।'

हरक्युलिस ने कहा- 'आज हम दोनों थक गए हैं। कल सुबह जल्दी उठकर हम सैर के लिए जाएँगे तब इस मसले पर चर्चा करेंगे।'

जितेंद्र ने जवाब दिया- 'कल मुझे ऑफिस भी जाना होगा। पहले से ही मैं चार दिन की छुट्टी ले चुका हूँ इसलिए कल मुझे थोड़ा जल्दी निकलना पड़ेगा वरना बॉस की गालियाँ खानी पड़ेंगी।'

'ठीक है। हम हर रोज रात का भोजन होने के बाद टहलने जाएँगे। उस समय हम इस मुद्दे पर चर्चा किया करेंगे।' हरक्युलिस ने समाधान प्रस्तुत किया।

❋ ❋ ❋

जागृति, जितेंद्र और बच्चों के लंच बॉक्स तैयार करने में लग गई। जितेंद्र और बच्चे भी नहा-धोकर, निकलने को तैयार थे। सभी चाय-नाश्ता लेकर एक-एक करके घर से निकल गए।

'यहाँ नजदीक ही एक पुस्तकालय है, वहाँ अच्छी किताबें उपलब्ध हैं। आप चाहें तो वहाँ से पढ़ने के लिए कोई किताब ला सकते हैं।' जाते-जाते जितेंद्र ने हरक्युलिस को सुझाव दिया।

हरक्युलिस नहा–धोकर घर से बाहर निकला। जितेंद्र ने उसे रास्ता ठीक से समझा दिया था इसलिए पुस्तकालय ढूँढ़ने में उसे कोई दिक्कत नहीं हुई। हरक्युलिस अंदर जाकर पुस्तकें देखने लगा। अचानक उसके हाथ में *'खोज- स्वयं का सामना'* नामक एक पुस्तक पड़ी। उत्सुकतावश वह वहीं बैठकर पढ़ने लगा। पुस्तक कई अध्यायों में थी। वह पहला अध्याय निकालकर पढ़ने लगा।

दुःख की जड़ों में सुख की तलाश

आप अपने जीवन में बहुत सारी तकलीफों का सामना करते हैं और दु:खी होते हैं लेकिन क्या कभी आपने अपने दु:खों की खोज की है? क्या आपने कभी यह जानने का प्रयास किया है कि इन दु:खों का मूल कारण क्या है? कौन दु:खी होता है? यदि आपको अपने दु:खों से सदा के लिए मुक्ति चाहिए तो इन दु:खों की तह तक जाना होगा, खोजी बनना होगा। खोजी बनकर आप दु:खद घटनाओं में भी खुश रहने की कला सीख सकते हैं। इसके लिए आपको अपने मन को गहराई से टटोलना होगा। धीरे-धीरे आप इतनी महारत हासिल कर लेंगे कि दु:खों के सारे कारण स्वत: ही आपके सामने आकर विलीन होने लगेंगे।[१]

जब कोई चीज/वजह प्रकाश में आती है तो क्या होता है? उसकी असलियत सामने आ जाती है। प्रकाश के अस्तित्व में असत्य विलीन हो जाता है और सत्य उजागर होता है। यही सत्य का मापदंड है। प्रकाश में आने के बाद जो चीज गायब होने लग जाए, समझ लीजिए, इस दुनिया में उसका कोई अस्तित्व था ही नहीं। वह सिर्फ एक भ्रम था, जो लंबे समय से आपके भीतर घर बनाए बैठा था। आप अपने अहंकार, भौतिक सुख-सुविधाओं की लालसा में उसे अनदेखा किए हुए थे या जाने-अनजाने पाल रहे थे।[२]

जीवन की जो भी घटनाएँ आपको दुःखद लगती हैं, उन घटनाओं को यदि आप पुराने नजरिए से ही देखेंगे तो वे वही फल देंगी, जो अब तक देती आई हैं। मतलब साफ है-उन घटनाओं की पुनरावृत्ति होने पर आप दुःख ही भोगेंगे। बाद में जब आपके ज्ञान-चक्षु खुल जाते हैं तो दुःख के कारण एक-एक करके प्रकाश में आते जाते हैं। इसके बाद जो घटनाएँ आपके दिल को ठेस पहुँचा रही होती हैं, परम आनंद का कारण बनने लगती हैं। वे लोग जो पहले आपको दुःख देते थे, आपके संगी-साथी बनने लगते हैं। जब ऐसा आपके साथ होने लग जाए तभी माना जाएगा कि आप खोजी बन चुके हैं। वरना पुरानी विचारधारा के अनुसार घटना हुई नहीं कि आप उस पर स्टैम्पिंग कर देते हैं यानी उसे सच मान लेते हैं। स्टैम्पिंग की यह आदत ही आपको नया और अच्छा सोचने से रोकती है, आपके मन-मस्तिष्क को कुंठित कर देती है।[३]

क्या है स्टैम्पिंग का आशय

स्टैम्पिंग का अर्थ है किसी बात पर मुहर लगाना, वह भी अपने हिसाब से। जैसे कोई इंसान आपके कमरे में आया और उसने आपकी तरफ देखा ही नहीं। अब देखिए, यह घटना कितनी सहज है। इसमें दुःखी होने जैसी कोई बात ही नहीं है मगर फिर भी आपको ठेस पहुँचती है, दुःख होता है क्योंकि आपने एक मनगढ़ंत कथा रचकर, उस पर मुहर लगा दी यानी यह स्टैम्पिंग कर दी कि 'उसने मेरी तरफ देखा भी नहीं, इसका मतलब वह मुझे पसंद नहीं करता है।'[४]

इस तरह हर इंसान बचपन से ही अज्ञानवश कुछ मनगढ़ंत कथाएँ बनाता चला आता है। ये मान्यकथाएँ उसके आस-पास के परिवेश, घर के सदस्यों की विचारधारा तथा उसकी परवरिश पर निर्भर करती है। इन मान्यकथाओं के आधार पर ही वह सारा जीवन जीता है।[५]

आपके साथ भी कई बार ऐसा होता होगा कि जब आपको किसी काम में ज्यादा ध्यान देना होता है तब आप अपने आस-पास के लोगों को अनदेखा कर देते हैं और अपने काम में मग्न रहते हैं। इसका अर्थ यह नहीं कि आप उन्हें पसंद नहीं करते। लेकिन जब कोई दूसरा आपके साथ ऐसा करता है तब आपके अंदर तुरंत यह कथा चलती है कि 'वह मुझे पसंद नहीं करता' और दुःख मन की तह में कुंडली बनाकर बैठ जाता है।[६]

बिना सोचे-समझे, बिना सच जाने किसी बात को सत्य मान लेना ही स्टैम्पिंग है। जब आप स्टैम्पिंग करना, ठप्पा लगाना छोड़ देंगे यानी घटना होते ही जो विचार आए, उसे सत्य मानकर मान्यता प्रदान नहीं करेंगे तब आपके सामने एक नई दृष्टि प्रकट होगी। आपको आश्चर्य होगा कि जो घटनाएँ पहले दुःख देती थीं, अब वे ही आपके जीवन में आनंद का कारण बन रही हैं।[७]

जब आप अपनी मान्यकथाओं को किनारे रखकर नई दृष्टि से मनन करके खोज करेंगे तब वही चीज, जिन पर आप स्टैम्पिंग कर चुके हैं, अपना पूरा अस्तित्व आपके सामने खोल देगी, सारे राज खोल देगी। जब राज खुल जाएगा तब आप नाराज नहीं रहेंगे।[८]

जब आपको राज पता नहीं रहता तब आप नाराज होकर दुःख ही फैलाते हैं। इसलिए मनन करें कि हम क्या फैला रहे हैं और हर घटना को कैसे देख रहे हैं? इस खोज से आपको अपना स्वभाव पता चलेगा। जैसे आपको किसी इंसान का धक्का लग जाए; आप जिसका इंतजार कर रहे हैं वह समय पर न पहुँचे; फोन की घंटी बजने पर सामनेवाला फोन जल्दी न उठाए; रास्ते में चलते समय किसी का पैर आपके पैर पर पड़ जाए; आपकी तरफ कोई ध्यान न दे; आपके सामने कोई अपना बड़प्पन दिखाए और आपका मन शिकायत करने लगे; तब इन छोटी-छोटी बातों से आप मन की दूरबीन से खोज शुरू कर सकते हैं। खोज करते-करते एक समय ऐसा आएगा कि आपके मन में इन बातों को

लेकर नकारात्मक भाव आने बंद हो जाएँगे। यह आश्चर्य आप अपने जीवन में देख पाएँ इसलिए खोद-खोदकर यानी गहराई तक जाकर खोज करें तो यही खोज मौज में तबदील हो जाएगी। खोज करके जब आप अपने जीवन की घटनाओं को देखेंगे तब आपकी मूल गलती प्रकाश में आ जाएगी। आप उन घटनाओं के दोबारा आने का इंतजार करेंगे और अपनी प्रतिक्रिया देखना चाहेंगे। ऐसी अवस्था आते ही आपको आज़ादी का आनंद महसूस होने लगेगा।[९]

इतना पढ़कर हरक्युलिस ने घड़ी में समय देखा और पुस्तक अपने नाम दर्ज करवाकर बाजार की ओर निकल पड़ा। बाजार में यूं ही चक्कर लगाते-लगाते वह नई दृष्टि और खोज की गहराई पर बुद्धि लड़ाता रहा। बुद्धिबल से ज्यादा आज तक हरक्युलिस ने हमेशा बाहुबल को महत्व दिया था लेकिन आज नए लक्ष्य ने उसकी बुद्धि को दिशा दी थी। उसे अपने घर की तथा जितेंद्र की समस्याएँ सुलझाने की राह भी दिखाई देने लगी थी। उसने सोचा, आज से मैं जितेंद्र के साथ मिलकर उसकी हर समस्या की खोज करना शुरू करूँगा ताकि समस्याओं का मूल कारण प्रकाश में आए। इससे निश्चय ही उनका समाधान निकल सकेगा। इसी उधेड़बुन में हरक्युलिस को पता ही न चला कि कब घर आ गया। कुछेक घंटे वह घर के आंगन में आराम से लेटकर चिंतन-मनन करता रहा। शाम को जितेंद्र ऑफिस से जल्दी ही वापस लौट आया था। बिना किसी वाद-विवाद के सबने एक साथ खाना खाया। उसके बाद जितेंद्र और हरक्युलिस टहलने के लिए बाहर निकल पड़े।

3

घर से बाहर निकलते ही जितेंद्र ने कहना शुरू किया-

'देखो, मैं हर काम में कितना कुशल हूँ। सभी चीजें सही जगह पर रखता हूँ। याद से सभी काम करता हूँ और ऑफिस के सभी कार्य बखूबी निभाता हूँ लेकिन मेरे बच्चों को देखो, उनकी सभी चीजें अस्त-व्यस्त पड़ी रहती हैं। वे मेरे जैसा सलीका क्यों नहीं सीख पाते? बेसलीकेदार लोग मुझे बिलकुल पसंद नहीं।'

यह सुनकर हरक्युलिस ने जितेंद्र को सुबह पढ़ी पुस्तक-*'खोज-स्वयं का सामना'* के पहले अध्याय का सारांश बताया और फिर सुझाव दिया कि अब हम खोज के आधार पर तुम्हारी समस्या की जड़ तक जाकर समाधान निकालेंगे।

'ठीक है।' जितेंद्र ने अनमने भाव से कहा।

'तुम अपनी चीजें सही जगह पर रखते हो, सभी काम याद से करते हो; यह तो अच्छी बात है लेकिन सोचो कि ऐसे कौन से क्षेत्र हैं, जहाँ तुम ऐसा नहीं कर पाते हो।'

'मुझे तो ऐसा कोई क्षेत्र नहीं दिखाई देता।'

'क्या तुम मन की अलमारी में विचारों को सही जगह पर रखते हो? अपने सारे काम नियोजन के मुताबिक करते हो? अपने स्वास्थ के प्रति नियमित रूप से ध्यान देते हो? अपनी धन-दौलत का सही इस्तेमाल करते हो? अपनी सामाजिक जिम्मेदारियाँ सही तरह से निभाते हो?'

हरक्युलिस के इतने सारे सवाल सुनकर जितेंद्र को मानो झटका-सा लगा। उसने खोज करना शुरू कर दिया। उसे समझ में आने लगा कि शारीरिक स्वास्थ्य के लिए आवश्यक व्यायाम और आहार के प्रति वह कितना लापरवाह है। उसके मन में सदैव विचार गुत्थी बने रहते हैं। जैसे ऑफिस की चिंताएँ वह घर में सुलझाने की कोशिश करता है तो पारिवारिक उलझनों को ऑफिस में बैठकर

सुलझाना चाहता है। पैसों का सही तरीके से उपयोग नहीं करता तथा किसी परिचित के अनुरोध करने पर भी सामाजिक कार्य को मुसीबत समझकर टालने की कोशिश करता है।

'अब मुझे कुछ ऐसी जगहें दिखाई दे रही हैं, जहाँ मैं खुद को अव्यवस्थित पाता हूँ।' जितेंद्र ने स्वीकार किया।

'तुम इतने क्षेत्रों में लापरवाह हो, ऐसे में तुम्हारे बच्चे एक-दो कामों में परफेक्ट नहीं हैं तो इतना गुस्सा क्यों? वे तो तुम्हारा आइना हैं, तुम्हें यह दिखाने के लिए कि कितनी जगहों पर तुम ऐसी गलतियाँ करते हो?'

यह सब सुनकर जितेंद्र का दिमाग कुछ देर के लिए सुन्न हो गया। उसके अंदर उथल-पुथल मच गई और पहली बार उसे अपनी गलतियों का एहसास हुआ। उसे लगा-'अगर बीवी-बच्चे मेरी अपेक्षानुसार बर्ताव नहीं कर रहे हैं तो बगैर गुस्सा किए मुझे अपने अंदर झाँकना चाहिए कि मैं खुद हर जगह अपनी अपेक्षानुसार बरताव कर रहा हूँ या नहीं?'

जितेंद्र ने हरक्युलिस से कहा- 'अब तक मुझे लगता था कि मैं हर क्षेत्र में माहिर हूँ मगर थोड़ी-सी खोज के बाद मुझे पता चला कि अपने भाव, विचार, वाणी और क्रियाओं में मैं परिपूर्ण नहीं हूँ, उनमें एकरूपता नहीं है। साथ ही मैं अपने शारीरिक, मानसिक, आर्थिक, सामाजिक, आध्यात्मिक क्षेत्र में भी परफेक्ट नहीं हूँ। अब मुझे यह समझ में आ गया है कि दूसरों के प्रति शिकायत करना बंद कर देना चाहिए क्योंकि यही मेरे दु:ख का सबसे बड़ा कारण है।' जितेंद्र की इस खोज से संतुष्ट होकर हरक्युलिस ने बताया- 'हमारे भाव, विचार, वाणी और क्रियाओं में एकरूपता होने से ही हम परिपूर्ण और खुशहाल जीवन जी सकते हैं। जब हमारे भाव

अलग, विचार अलग, शब्द कुछ और व क्रिया कुछ और होती है तब हम खंडित जीवन जीते हैं। यह टुकड़ा-टुकड़ा जीवन ही दुःख का कारण बनता है।'

ज्ञान के चक्षु खुलते ही जितेंद्र की यह मान्यकथा भी खुलकर सामने आई कि जब भी उसकी बेटी जयश्री गुस्सा करती है तब उसे इस बात का गुस्सा आता है कि जयश्री गुस्सा क्यों कर रही है? खोज के पश्चात 'जयश्री का गुस्सा करना' जितेंद्र के लिए आइना बन गया, अपने अंदर के गुस्से का दर्शन करवाने के लिए।

कुछ देर बाद उसने धन्यवाद के भाव में हरक्युलिस को गले लगाया और कहा- 'तुम्हारी वजह से आज मुझे जीवन का एक नया आयाम समझ में आया। अब हम रोज इस तरह से बातें करके जो सवाल मुझे सताते हैं, उनका हल निकालने की कोशिश करेंगे।' उस दिन जितेंद्र बहुत दिनों के बाद अच्छी नींद सोया।

❋ ❋ ❋

कल की खोज की वजह से जितेंद्र आज बहुत हल्का महसूस कर रहा था। आज दिनभर उसे अपने परफेक्शन के पैटर्न की वजह से बिलकुल भी परेशानी नहीं हुई। दिनभर में जब भी ऐसे मौके आए कि पहले जिस वजह से उसे सामनेवालों के परिपूर्ण न होने से परेशानी होती थी तब उसे तुरंत याद आता रहा कि 'मैं भी जीवन के सभी स्तरों पर परिपूर्ण नहीं हूँ तो मुझे उन्हें टोकने का कोई हक नहीं है। पहले मुझे सभी स्तरों पर परिपूर्ण बनना है।'

आज दिनभर जितेंद्र बहुत खुश था। जागृति, जयेश, जयश्री और हरक्युलिस भी जितेंद्र में आए हुए परिवर्तन को देखकर आनंदित थे। शाम को स्कूल से आने पर हमेशा की तरह बच्चे खेलने चले गए। खेलकर लौटे तो पढ़ाई करने के बजाय टेलीविजन

देखने बैठ गए। यह देखकर जितेंद्र उन पर फिर बरसने लगा। जितेंद्र हमेशा इस बात से दु:खी रहता था कि उसके बच्चे परीक्षा में अच्छे अंक लेकर पास नहीं हो पाते। हर बार परीक्षाफल के बाद जितेंद्र बच्चों को डाँटता-फटकारता व ताने देता था। इस वजह से पूरे घर का वातावरण खराब हो जाता था।

रात का खाना खाने के बाद हरक्युलिस और जितेंद्र जैसे ही सैर के लिए बाहर निकले, जितेंद्र ने बोलना शुरू कर दिया- 'देखो, मैं घर के सदस्यों के लिए कितनी मेहनत करके पैसा कमाता हूँ और आजकल के बच्चे हैं कि पढ़ाई भी सही ढंग से नहीं करते। यूनिट टेस्ट में उन्हें बहुत कम अंक मिले थे इसलिए क्लास टीचर ने मुझे स्कूल में बुलाया था। मैं यह अपमान बर्दाश्त नहीं कर पाया। आप ही बताइए, अब इस परिस्थिति में मैं कैसे शांत रहूँ?'

'क्या कल की बातें भूल गए?' हरक्युलिस ने पूछा।

'कल की बात तो अलग थी।' जितेंद्र ने गंभीर होकर जवाब दिया।

तब मुस्कराते हुए हरक्युलिस ने कहा- 'कल के आधार पर आज भी खोज करो। बच्चों ने पढ़ाई नहीं की, इस घटना को भी इस तरह आइना बनाओ कि क्या मैंने अपनी पढ़ाई पूरी की है...?'

'...लेकिन मेरी पढ़ाई तो कब की हो चुकी है। अब मैं स्कूल थोड़े ही जाता हूँ, जो तुम मुझे पढ़ाई करने के लिए कह रहे हो। अब स्कूल से भला मेरा क्या वास्ता?' जितेंद्र ने तुरंत उलटा जवाब दिया।

हरक्युलिस ने जितेंद्र के सवाल पर कहा- 'यह सही है कि अब तुम स्कूल नहीं जाते लेकिन सत्य और खुशहाल जीवन की खोज ही अब तुम्हारी पढ़ाई है। खुद से पूछो कि क्या तुमने अपनी

पढ़ाई पूरी की है? अर्थात जिन-जिन क्षेत्रों में तुम परिपूर्ण नहीं हो, क्या उन पर तुमने मनन किया है...?'

हरक्युलिस ने जितेंद्र को यह समझ भी दी कि 'डाँट-फटकार से बच्चों में सुधार लाने की कोशिश नाकाम साबित होती है। उलटा बच्चों के मन में यह बात अंकित हो जाती है कि वे अपने माता-पिता को खुश नहीं कर पा रहे हैं। अत: बच्चों के अंदर अपराधबोध पनपने लगता है। बच्चे भी हमारे बर्ताव से दु:खी रहते हैं। वे न कुछ बोल पाते हैं, न ही कुछ जता पाते हैं। इस तरह हम अपनी मान्यकथा के कारण अपने बच्चों को और खुद को दु:खी करते रहते हैं।

बच्चों को सुधारने के लिए रचनात्मक तरीकों का इस्तेमाल करना चाहिए। हो सकता है शुरू में बच्चों में कोई सुधार न दिखाई दे मगर नया तरीका इसलिए इस्तेमाल करना है ताकि पहले हम खुद खुश हो जाएँ। हमारी दु:ख देनेवाली आदत से पहले हमें मुक्त होना जरूरी है। हमें खुश देखकर बच्चों में भी सुधार होने लगेगा।'

'यह तो वाकई में एक अलग दृष्टिकोण है!' जितेंद्र ने लगभग उछलते हुए कहा।

हरक्युलिस ने बोलना जारी रखा- 'बच्चे परीक्षाफल आने पर बार-बार अपने माता-पिता के चेहरे की तरफ देखते हैं कि उनकी प्रतिक्रिया क्या है? ऐसे समय अपने बच्चों को हमें यह विश्वास दिलाना होगा कि उनके पास या फेल होने से हमारा प्रेम कम नहीं होगा। तब कहीं बच्चे हमारे लिए बहुत कुछ कर पाएँगे। वरना वे डरे-डरे से रहेंगे और ऐसे बच्चे पढ़ाई कैसे कर पाएँगे? डरे हुए बच्चों को परीक्षा में कैसे सब याद आएगा? अत: हम तनावरहित होकर सबको तनावमुक्त करें वरना तनाव में हर बात

और भी बिगड़ जाती है।' हरक्युलिस के इस तर्क से जितेंद्र जरूर तनावमुक्त हो चला।

❈ ❈ ❈

आज दिनभर जितेंद्र खुश था। बच्चों के प्रति उसके मन में बहुत प्रेम जागृत हुआ था। आज रविवार, छुट्टी का दिन इसलिए सभी लोग घर में थे। पूरा दिन बहुत आनंद से बीता। जितेंद्र बच्चों से प्रेमपूर्ण व समझदारी से पेश आ रहा था। दिनभर में एक बार भी उसने बच्चों को नहीं डाँटा इसलिए बच्चे भी बहुत खुश थे। अपना बर्ताव बदलने की वजह से बच्चों में आया परिवर्तन देखकर जितेंद्र भी खुश हुआ। उसने हरक्युलिस को हृदय से धन्यवाद दिया।

दोपहर के ४ बजने को थे। जागृति ने आवाज दी- 'आप सभी चाय पीने आ जाइए।'

'जागृति! आज चाय कुछ जल्दी नहीं बना दी?' जितेंद्र ने सवाल किया।

'मुझे अपनी सहेली के घर एक कार्यक्रम में जाना है।'

'ठीक है लेकिन आज रात को कुछ खास पकाना और हाँ, सहेली के घर से आते वक्त मिठाई अवश्य लेती आना।'

हाँ में सिर हिलाते हुए जागृति घर से बाहर चली गई।

जब जागृति सहेली के घर से वापस लौटी तो आते ही जितेंद्र ने उसे पूछा- 'कौन सी मिठाई लाई?'

'नहीं लाई। मैं भूल गई, लेकिन मैंने...।'

'तुम्हें तो बस कुछ याद ही नहीं रहता।' जितेंद्र गुस्से में था।

जागृति ने सोचा था कि वह घर पर ही गाजर का हलवा बनाएगी लेकिन उसके कुछ बोलने से पहले ही जितेंद्र नाराज हो

उठा था। वह सिर्फ अपने ही नजरिए से सारी घटनाओं को देख रहा था। जितेंद्र के मन में ऐसी बहुत-सी धारणाएँ थीं कि पत्नी को पति का कहा हर हाल में मानना चाहिए। अतः जागृति द्वारा अच्छा खाना बनाने के बावजूद जितेंद्र की नाराजगी बनी रही।

हरक्युलिस ने खाने की बहुत प्रशंसा की। जागृति जूठे बरतन समेटने लगी।

भोजन उपरांत हरक्युलिस और जितेंद्र नियमानुसार टहलने के लिए बाहर निकले। जितेंद्र तो गुस्से में भरा हुआ बैठा था। उसने तुरंत ही बोलना शुरू किया- 'देखा न हरक्युलिस, जागृति एक भी काम मेरे मन मुताबिक नहीं करती। इतना ही नहीं, कोई भी काम वह जल्दी नहीं सीख पाती। मुझे इस बात का बहुत अफसोस होता है। कई बार ऐसा होता है कि ऑफिस में काम की व्यस्तता के कारण मैं जागृति का फोन नहीं उठा पाता। ऐसे वक्त वह मुझे मोबाइल पर अंग्रेजी में एस.एम.एस. भेजती है।

काम पूरा होने के बाद जब मैं वह मैसेज पढ़ता हूँ तब मुझे सिर पीटने का मन करता है क्योंकि मैसेज में जागृति अंग्रेजी भाषा का कबाड़ा करके रख देती है। उसकी टूटी-फूटी अंग्रेजी हमेशा मुझे शर्मिंदा करती है। मैसेज में की गई गलतियाँ बताने पर भी वह वही गलतियाँ बार-बार दुहराती रहती है। साल-डेढ़ साल हो गया उसे अंग्रेजी सिखाते-सिखाते, अब तक वह ठीक से अंग्रेजी नहीं सीख पाई है; इसका मुझे बहुत दुःख होता है।'

हरक्युलिस ने धीरज से जितेंद्र की सारी बातें सुनीं। आज घर में हरक्युलिस ने जितेंद्र का जागृति के साथ बर्ताव देखा ही था। अतः हरक्युलिस ने जितेंद्र से कहा- 'आज मैं तुम्हें *'खोज-स्वयं का सामना'* पुस्तक में से एक अध्याय पढ़कर सुनाता हूँ। तुम्हें उसकी सख्त जरूरत है।'

4

हरक्युलिस ने एक नया अध्याय पढ़ना शुरू किया-

एक इंसान अपने जीवन में बहुत दुःखी और परेशान रहा करता था। इस परेशानी से मुक्त होने के लिए एक दिन वह अपने गुरु के पास पहुँचा। उसने गुरु से कहा- 'मैं अपनी पत्नी से बहुत तंग आ गया हूँ। रोज की किट-किट से हमारे बीच का प्रेम खत्म-सा हो गया है। क्या इस स्थिति से बाहर आया जा सकता है?' गुरुजी ने जवाब देते हुए सवाल पूछा- 'याद करो, जब आपने उससे विवाह किया था तब उससे प्रेम किया था या नहीं?' 'किया तो था।' उस इंसान ने कबूल करते हुए कहा। 'फिर अब आपको उससे दिक्कत क्यों हो रही है?'[१]

गुरुजी के सवाल का जवाब देते हुए उस इंसान ने कहा- 'मुझे लगा था कि शादी के बाद वह ऐसा करेगी, वैसा करेगी... उसकी वजह से मेरे जीवन में यह होगा, वह होगा... मगर मैं जैसा चाहता था; वैसा कुछ हुआ ही नहीं। इस कारण मैं बहुत दुःखी हूँ।[२]

गुरुजी ने कहा- 'इस तरह सोचना कि मेरी पत्नी शादी के बाद ऐसा करेगी, वैसा करेगी, केवल मानसिक कथा बनाना है। यह सोचो कि हकीकत में आपने उस स्त्री से शादी की है या अपनी कथा से? ये बातें इतनी सूक्ष्म हैं कि तुरंत प्रकाश में नहीं आतीं। इसके लिए आपको गहराई से खोज करनी होगी; तभी असलियत सामने आएगी। आज आपको अपनी कथा से इतना प्रेम हो गया है कि सामनेवाला इंसान जैसा है, आप उसे वैसा स्वीकार नहीं कर पा रहे हैं।'[३]

अपनी बात को अच्छे तरीके से समझाने के मकसद से गुरुजी ने आगे बताया कि 'इंसान एक दर्जी की तरह बन गया है, जो उसके दुःख का कारण है। वह दूसरों के लिए एक कोट सिलता है और

चाहता है कि सामनेवाला उस कोट में फिट हो जाए। चाहे इसके लिए उसे अपना वेट (वजन) बढ़ाना पड़े या घटाना पड़े। यदि सामनेवाला ऐसा करने में सफल नहीं हुआ तो यह दर्जी रूपी इंसान जिंदगीभर वेट करता (राह तकता) रहता है कि कब सामनेवाला इस कोट में फिट होगा ताकि उसे खुश होने का मौका मिले।४

आज इंसान केवल इस वजह से दुःख भोग रहा है क्योंकि उसकी यह जिद है कि सामनेवाला इंसान मेरे काल्पनिक कोट में फिट हो जाए। जैसे-मेरी कल्पना अनुसार ही उठे-बैठे, बात करे, हँसे, खाए। मेरी पसंद के कपड़े पहने, मेरी खुशी में खुश रहे। जरा सोचकर देखो कि यह कैसे संभव हो सकता है? हर एक के शरीर की रचना अलग-अलग होती है, हर एक का स्वभाव अलग-अलग होता है। जैसे किसी इंसान को खरीददारी करने में खुशी महसूस होती हो मगर उसके साथी को यह फिजूलखर्ची लगती हो तो ऐसे में भला उसका साथी कैसे खुश हो पाएगा!५

लोग हर रिश्ते में तरह-तरह की मान्यकथाएँ बनाते हैं और जीवनभर दुःख भुगतते रहते हैं। जैसे सास-बहू दोनों एक-दूसरे को अपनी-अपनी मान्यकथा अनुसार देखती हैं। शादी के बाद कुछ दिनों तक दोनों प्रेम-प्यार से रहती हैं लेकिन धीरे-धीरे दोनों ही अपनी-अपनी कथाएँ बनाना शुरू कर देती हैं और इस तरह दुःख का सिलसिला शुरू हो जाता है।६

हर एक सामनेवाले से उम्मीद कर रहा है कि यह ऐसा होगा तो मुझे आनंद आएगा, इस तरह बन जाएगा तो आनंद आएगा। हालाँकि जब सामनेवाले से आपका रिश्ता बना था तब उसके प्रति आपकी कोई कथा नहीं थी। फिर धीरे-धीरे कथा बनती गई और दुःख शुरू होते गए। इस सत्य को समझते हुए अपने आपसे पूछें कि 'हम कहाँ-कहाँ अपनी कथा से प्रेम करते हैं?'७

मजे की बात यह है कि यदि गलती से कभी कोई कोट में

फिट हो भी जाए तो इंसान की आदत है कि वह फिर से नया कोट सिलता है और चाहता है कि अब सामनेवाला इस नए कोट में भी फिट हो जाए। इस तरह वह दर्जी ही बन चुका होता है और हर एक के लिए कोट सिलता रहता है। यहाँ तक कि वह पड़ोसी, शिक्षक, समाज, देश किसी को भी नहीं छोड़ता। कई बार ऐसा होता है कि जो लोग उसे प्रेम करते हैं, वे उसे खुश करने के लिए उसके कोट में फिट होने की कोशिश भी करते हैं मगर फिर भी वह कभी खुश नहीं रहता क्योंकि उसे नया कोट सिलने की आदत जो पड़ चुकी है।[८]

कोई यदि वाकई दु:ख से मुक्त होना चाहता है तो उसे मन की रची-रचाई कथा में लोगों को फिट करने के बदले अपनी कथा को ही छोड़ना होगा। अर्थात अपनी जिद और मान्यता छोड़नी होगी तथा जो जैसा है, उसे वैसा स्वीकार कर उससे प्रेम करना होगा। यह जोर-जबरदस्ती से नहीं बल्कि समझ के द्वारा ही हो सकता है।[९]

क्या आप तैयार हैं, अपने जीवन की सारी मान्यकथाओं से मुक्त होने के लिए? यदि हाँ तो शिकायत नहीं बल्कि मनन करके जानें कि आपके साथ कहाँ, किस रिश्ते में दु:ख का निर्माण होता है। अब नए ढंग से अपने ही विचारों की पूछताछ ईमानदारी के साथ करें, तहकीकात करें। इतने सालों से आप जिस मान्यकथा में जीते रहे हैं, उससे आपको कभी कुछ मिला नहीं है। इसलिए अब अपनी कथा इस तरह समाप्त करें कि वापस इसमें कभी न जाएँ।[१०]

गुरुजी द्वारा मिली इस समझ पर मनन करके उस इंसान को यह ज्ञात हुआ कि अब तक वह अपनी पत्नी से नहीं बल्कि अपनी कथा से प्रेम कर रहा था। फिर जब उसने अपनी कथा से प्रेम करना बंद कर दिया तब उसे एहसास हुआ कि 'मेरी पत्नी तो

आज भी वैसी ही है, जैसे शादी से पहले थी, कभी इसी से मैंने प्रेम किया था। अब नई कथा बनाकर मैं बेकार में दु:ख क्यों भुगत रहा हूँ?[११]

यह सब सुनकर जितेंद्र सकते में आ गया। वह मन ही मन बुदबुदाया, 'मैं भी तो यही कर रहा हूँ। उसे कोट कथा की यह उपमा बड़ी सटीक लगी। वाकई में अपेक्षाभंग होने के कारण जो दु:ख होता है, गुस्सा आता है, वह कितना गलत है। आज मैं जागृति के मिठाई न लाने पर कितना गुस्सा कर बैठा। इतना भी नहीं सोचा कि जागृति ने कोई और बेहतर योजना बनाई होगी। परसों भी रात के भोजन उपरांत सब काम खतम करके वह हमारी बातचीत में शामिल न होते हुए सीधे सोने चली गई तब मैं नाराज हो उठा था। मैंने यह भी नहीं सोचा कि चार दिनों से मेरे दिनभर गायब रहने से उसे कितना तनाव आया होगा और फिर दिनभर के काम के बाद थकान की वजह से वह सोने चली गई होगी। मुझे सिर्फ अपने ही दृष्टिकोण से देखने की आदत है। फिर पिछले महीने जब जागृति ने रविवार को सिनेमा दिखाने का अनुरोध किया था और मैंने हामी भरी थी लेकिन दोस्तों के साथ गपशप के बीच मैं अपना वादा भूल गया और ऊपर से जागृति के गुस्से पर गुस्सा हो उठा। वास्तव में मुझे तो मेरी गलतियाँ समझ में ही नहीं आतीं।

पिछले हफ्ते ऑफिस में बॉस ने मुझे अकाऊन्ट्स फाइनल करने के लिए कहा था लेकिन मैंने अपने हिसाब से दूसरे काम को प्राथमिकता दी और उसे ही करता रहा। बॉस के बताए हुए काम को मैंने नजरअंदाज कर दिया। जब मैं खुद दूसरों की या कभी-कभी खुद की अपेक्षानुसार बरताव नहीं करता तो मुझे क्या हक है उन पर नाराज होने का जो मेरी अपेक्षानुसार बरताव नहीं करते। और यह नाराजगी यहाँ तक कि मैं अपने रिश्ते-नाते तोड़ने के बारे में

सोचने लगूँ... लानत है मुझ पर।

हरक्युलिस ने वाकई मेरी आँख में अंजन डालकर खोज करने का वह तरीका बताया है, जिससे मैं हर दुःख और परेशानी से बाहर निकल सकूँ। अब तो मैं अपने परिवार और रिश्तेदारों के साथ प्यार से ही पेश आऊँगा। कभी किसी के साथ गुस्सा नहीं करूँगा, किसी से अपेक्षा नहीं रखूँगा और यदि कोई बात मुझे खटके भी तो पहले अपनी खोज करूँगा कि मैं कहाँ-कहाँ वही गलती कर रहा हूँ। मैं खुद पूर्ण हो जाऊँगा तो अपने आप मेरे साथ सभी बातों में पूर्णता होगी।'

जितेंद्र की बात सुनकर हरक्युलिस खुश हुआ। उसने कहा, 'क्यों न अभी खोज की जाए? तुम्हारी शिकायत है कि जागृति अंग्रेजी भाषा में होनेवाली गलतियाँ नहीं सुधारती। चलो अब पुस्तक में दिए गए कदमों के अनुसार खोज शुरू करते हैं। तुम्हारे अनुसार खोज का पहला कदम क्या है?'

'खोज का पहला कदम है, यह देखना कि तुम वही गलतियाँ कहाँ-कहाँ करते हो।'

'नहीं, उससे पहले यह देखो कि मूल तौर पर तुम्हें कौन सी बात परेशान कर रही है?', हरक्युलिस ने समझाकर कहा।

'मेरी पत्नी की अंग्रेजी बड़ी कमजोर है, यही बात मेरी परेशानी का सबब है।'

'ठीक है, दूसरे कदम पर खुद से पूछो कि तुम कहाँ-कहाँ पर कमजोर हो तथा वही गलती अपने जीवन के सभी भागों - जैसे शारीरिक, मानसिक, सामाजिक, आर्थिक और आध्यात्मिक स्तर पर दोहरा रहे हो? आओ, पहले तुम्हारे शारीरिक पहलू पर एक नजर डालते हैं, इस पर खोज करो कि तुम अपने शारीरिक स्तर पर

कैसे कमजोर हो ?

'मैं व्यायाम बिलकुल नहीं करता हूँ और अपने खान-पान पर भी खासा ध्यान नहीं देता हूँ। और भी कई सारी बातें हैं, जिनकी वजह से मेरा स्वास्थ्य कमजोर रहता है', जितेंद्र ने जवाब दिया।

'अब तुम्हारे मानसिक स्तर पर बात करते हैं। अपने आपसे पूछो कि तुम मानसिक स्तर पर किस तरह कमजोर हो।'

जितेंद्र ने कहा, 'मैं पुस्तकें नहीं पढ़ता हूँ और न ही कुछ ऐसी बातें करता हूँ जो मेरे मस्तिष्क का विकास करे और मेरी विचार शक्ति को तीक्ष्ण करे। ऐसी और भी कई बातें हैं, जो मैं नहीं करता हूँ।'

'अब तुम्हारे सामाजिक स्तर पर आते हैं। सामाजिक स्तर पर तुम कैसे कमजोर हो? क्या तुम किसी विशेष भाषा में कमजोर हो?'

'सामाजिक स्तर पर कमजोरी का मैं जीता-जागता उदाहरण हूँ। मुझे बहुत क्रोध आता है। मैं यहाँ की बोली भाषा भी ठीक से नहीं बोल पाता। हाँ, अंग्रेजी बढ़िया बोल लेता हूँ लेकिन बाकि भाषाएँ नहीं जानता। मुझे अपने ऑफिस में जर्मनी के ग्राहकों से वार्तालाप करना पड़ता है परंतु मुझे वह भाषा भी ठीक से नहीं आती।'

'बहुत अच्छे! अब आर्थिक की तरफ आते हैं, क्या तुम आर्थिक व्यवस्थापन पर कमजोर हो?'

'बहुत बुरा, मैं अपने बही-खातों के हिसाब-किताब में काफी कच्चा हूँ।'

'तुम ईमानदार हो, यह एक अच्छी बात है। अब खोज करो

कि आध्यात्मिक स्तर पर तुम खुद को कहाँ पाते हो।'

'मुझे आध्यात्मिक सत्संगों में जाना अच्छा लगता है क्योंकि वहाँ जाने से मेरे मस्तिष्क में चलनेवाले विचार कम हो जाते हैं मगर मैं हमेशा सत्संग में नहीं जाता हूँ। हालाँकि मैंने अध्यात्म से कई सारी बातें सीखी हैं लेकिन उन पर अमल कर पाने में मैं असमर्थ हूँ।'

'जितेंद्र बताओ, अब तुम कैसा महसूस कर रहे हो?' हरक्युलिस ने सवाल किया।

'अब थोड़ा ठीक लग रहा है। अब मेरा जागृति से ध्यान हट गया है। यदि वह किसी एक चीज में कमजोर है तो मैं भी बहुत सारी चीजों में कमजोर हूँ।'

'खोज करने का यही तो कमाल है, यह तुम्हारे अंहकार को मार गिराती है और दूसरों की गलतियों पर से तुम्हारा ध्यान हटाने में मदद करती है। यही कारण है कि खोज से परिवारों में सुख-शांति आती है। अब जबकि तुम अच्छा महसूस कर रहे हो, हम तीसरे कदम की ओर चलते हैं। अब इस आनंद की अवस्था में रहते हुए सच्चाई पर गौर करो और उस पर कार्य भी करो। यह जानो, जिस परिस्थिति से शिकायत उठ रही है उसकी असलियत क्या है और उस पर क्या हो सकता है?'

'सच्चाई तो यह है कि मेरी पत्नी मोबाईल पर अंग्रेजी में एस.एम.एस. भेजती है तो उसके व्याकरण में बहुत सारी गलतियाँ होती हैं।'

'बस इतना ही! उसके अलावा कुछ नहीं। क्या यह सच्चाई है कि वह मूर्ख है और उसे कुछ भी समझ में नहीं आता या वह ये सब जान-बूझकर कर रही है?'

'नहीं, अब मुझे समझ में आ रहा है कि ऐसा नहीं है', जितेंद्र ने जवाब दिया।

'फिर इस सच्चाई से प्रेम करो और बताओ कि इस पर आगे क्या करनेवाले हो?'

'अब इस पर मैं कुछ नहीं करूँगा। बाद में मैं धीरज से काम लूँगा और उसे प्रेम से सही अंग्रेजी सिखाना जारी रखूँगा, चाहे परिणाम आए या न आए।'

खोज की गहराई में गोता लगाकर जितेंद्र को मनन के ये अनमोल मोती मिले। जितेंद्र ने कपटमुक्त होकर हरक्युलिस को बताया-

'एक समय था जब मैं जागृति को वह जैसी है, वैसी पसंद किया करता था। मगर अब उस पर अपने मन की कथा जोड़ देने की वजह से ही मेरे जीवन में दुःख का निर्माण हुआ। खोज करने से मुझे यह समझ प्राप्त हुई कि हम अपनी जिंदगी में पहले-पहल तो सारी चीजें स्वीकार कर लेते हैं मगर बाद में अपेक्षाओं की एक लंबी पूँछ जोड़ते ही चले जाते हैं। जिसे हमने स्वीकार किया था, उसे भूल ही जाते हैं। यही दुःख का कारण है।

अब मैं यह निश्चय करता हूँ कि अगली बार जब मैं जागृति का गलत अंग्रेजी में लिखा मैसेज पढूँगा तब भी मेरे चेहरे पर मुस्कराहट होगी और मैं कहूँगा, 'दैट्स माइ वाइफ, इसे ही मैंने पसंद किया है। चाहे वह ऐसी ही रहे तो भी मुझे कोई फर्क नहीं पड़ेगा, मेरी खुशी हमेशा उतनी ही रहेगी। अब मैं जिंदगी भर इस दुःख में रोते नहीं रहूँगा कि कब उसे अंग्रेजी आएगी? कब वह ठीक से अंग्रेजी लिख पाएगी? यदि उसे ठीक से अंग्रेजी आ भी जाए तो यह मेरे लिए बोनस होगा। मेरा प्रेम उसकी अंग्रेजी पर निर्भर नहीं

होगा।'

हरक्युलिस हर्षित हो उठा। 'तुमने मेरी उम्मीद से जल्दी इस बात को समझ लिया।' जितेंद्र भी हरक्युलिस के आनंद में शामिल होकर कह उठा- 'क्यों नहीं, खोज की मौज है।'

'यह अच्छा रहा! जागृति भुल्लकड़ है, अब इस शिकायत को कैसे दूर करोगे?'

'उसके लिए मैं तीन कदमों द्वारा खोज करूँगा। पहला कदम – मेरे दुःख की असली वजह ढूँढ़ना, कहाँ पर मैंने स्टैम्पिंग की है यानी ठप्पा लगा दिया है। दूसरा कदम – मैं अपना विश्लेषण करूँगा। अपने जीवन के सभी भागों- शारीरिक, मानसिक, सामाजिक, आर्थिक और आध्यात्मिक स्तरों पर कहाँ-कहाँ भुलक्कड़ हूँ, यह देखूँगा। तीसरा कदम – खुशी से हकीकत को देखूँगा और उस पर आगे का कार्य करूँगा।'

'बहुत बढ़िया, घर पहुँचने तक तुम अपनी खोज पूरी कर लोगे। आगे उस पर खुशी से कार्य करना', हरक्युलिस ने कहा। दोनों खुशी-खुशी उस 'घर' की ओर लौटे, जो प्रेम का मंदिर बनने जा रहा था।

रात को सोने से पहले हरक्युलिस ने *'खोज- स्वयं का सामना'* पुस्तक में से पति-पत्नी के रिश्ते संबंधित अध्याय का विशेष तौर पर अध्ययन किया ताकि जितेंद्र द्वारा पूछी गई अन्य समस्याओं का समाधान करने में वह समर्थ हो सके।

जितेंद्र आज खोज के आनंद में सराबोर था। मानो जीवन से हर दुःख समाप्त हो गया हो। तभी उसकी नजरों के सामने जागृति का तमतमाया हुआ चेहरा नाच उठा... ऑफिस से देर से लौटने पर कैसे जागृति गुस्से में उसे खरी-खोटी सुनाने लगती है और

उसके कटु वचनों को सुनकर कैसे वह दुःखी हो जाया करता है। जितेंद्र ने इस घटना में खुद की खोज करने का बहुत प्रयास किया मगर कर न पाया। उसने सोचा कि कल वह हरक्युलिस से इस समस्या के बारे में जरूर बात करेगा।

※ ※ ※

'अब भी एक बात का मुझे बहुत दुःख है। कल मैंने उस पर खोज करने का प्रयास किया था मगर कामयाब न हो पाया। कृपया इस पर मुझे मार्गदर्शन दीजिए।' जितेंद्र ने चिंतातुर होकर कहा।

'कहो क्या बात है?' विश्वासभरे स्वर में हरक्युलिस ने पूछा।

'मैं जब भी ऑफिस से देर से लौटता हूँ तब जागृति बुरी तरह से फटकारते हुए कहती है, ''क्या यह घर आने का समय है?'' उस वक्त मैं बहुत नाराज हो जाता हूँ, मेरी चेतना का स्तर गिर जाता है।'

हरक्युलिस ने हँसते हुए कहा– 'जब जागृति पूछती है कि ''क्या यह घर आने का समय है?'' तब तुम्हें इस पंक्ति पर खोज करना चाहिए। यह तुम्हारी खोज सामग्री है। इस पंक्ति को तुरंत लिखकर रखो। इस पंक्ति का अर्थ है तुम अधिक समय ''घर'' से बाहर रहते हो। यहाँ मन की संतुलित अवस्था को घर कहा गया है। ''क्या यह घर आने का समय है?'' कहकर जागृति तुम्हें रिमाइंडर देती है कि तुम अपने मन की संतुलित अवस्था को छोड़कर इतनी देर दुःख, नाराजी, व्याकुलता की स्थिति में क्यों रहते हो? सामनेवाले ने बात को किसी भी अर्थ से कहा हो, तुम्हें इसी तरह से लेना चाहिए लेकिन यह पंक्ति सुनने पर तुरंत तुम्हारी

मान्यता कहती है कि ''उसे ऐसा नहीं कहना चाहिए था... शायद वह मुझे प्यार नहीं करती है...।'' इस तरह तुम्हारे अंदर जो भी मान्यकथा बनी है, तुम्हें उसकी खोज करना है। वास्तव में जागृति की डाँट के पीछे क्या छिपा है? प्यार या नफरत?

जितेंद्र ने शरमाते हुए कहा– 'जागृति की डाँट के पीछे प्यार ही होता है लेकिन वह यह भी चाहती है कि मैं समय पर घर आऊँ।'

हरक्युलिस ने समझाते हुए कहा– 'सामनेवाला प्यार कर रहा है और कुछ शिकायत कर रहा है तो कोई बड़ी दिक्कत नहीं है वरना लोगों को तो यह समस्या होती है कि सामनेवाला प्रेम ही नहीं करता है। अब इस तरह सोचो कि जागृति द्वारा जो कहा गया है, उसे मैं अपनी खोज के लिए कैसे इस्तेमाल करूँ? अपने जीवन में तारतम्य कैसे लाऊँ? समय का नियोजन कैसे करूँ?

जिन विचारों को पूरी तरह से नहीं देखा होता, वे विचार इंसान को तकलीफ देते हैं। जब तुम उसका दूसरा पहलू भी देखोगे तब जानोगे कि सामनेवाला प्यार के कारण ऐसा कह रहा है। अगर तुम्हें जागृति के शब्दों से तकलीफ होती हो तो उसे यह स्पष्ट शब्दों में बताओ कि ''तुम्हारे नम्र वचन सुनकर मैं और ज्यादा अच्छा काम कर पाऊँगा।'' साथ ही यह भी कहो, ''आज की तारीख में मैं यह मूर्खता कर रहा हूँ लेकिन खोज करने से एक दिन यह भी टूट जाएगी। इस तरह सारी बातें बताते रहोगे तो धीरे-धीरे जागृति तुम्हें समझते जाएगी। खोज करने से तुम्हारे अंदर का प्रतिरोध विलीन हो जाएगा और तुम्हारा व्यवहार बदल जाएगा। इससे जागृति में भी बदलाहट आएगी और वह भी तुम्हें ज्यादा सहयोग देने लगेगी।

अपनी कार्ययोजना बनाकर उसके बारे में जागृति को बताओ कि ''जो तुमने कहा है, उस पर मैं इस-इस तरह काम करना चाहता हूँ। ये-ये बातें मैं तुरंत कर पाऊँगा और इन-इन बातों के लिए मुझे थोड़ा समय लगेगा।'' इस तरह से बातचीत करोगे तो अगली बार वही घटना होने के बाद भी तुम्हारे अंदर कोई प्रतिरोध नहीं आएगा, तुम्हारी चेतना नहीं गिरेगी क्योंकि तुमने उस बीमार विचार को स्वस्थ कर दिया।

तुम्हें जागृत करना जागृति का रोल है। जागृति के सवालों को जब तुम खोज सामग्री के रूप में लोगे तब उसकी बातें तुम्हें दुःखी नहीं करेंगी। वरना घर जाने से पहले ही तुम्हारे मन में संवाद शुरू हो जाएँगे कि ''अब जागृति यह पूछेगी, वह पूछेगी।'' इस तरह घर जाने से पहले ही चेतना गिरना शुरू हो जाती है। जैसे विचार रखकर तुम घर जाओगे, तुम्हारे साथ वैसा ही होगा। अब रास्ते से ही इस तरह सोचते हुए जाओ कि जागृति मुझसे बहुत प्रेम करती है और वह मेरा प्यार से स्वागत करेगी।

इसे कृपा समझो कि तुम ऐसे घर जा रहे हो, जहाँ पर तुम्हें याद दिलाया जा रहा है कि तुम तेजस्थान (घर) पर देरी से क्यों आते हो? इसे रिमाइंडर समझकर खोज करो कि तुम अपने शारीरिक, मानसिक, सामाजिक, भावनात्मक तथा आध्यात्मिक क्षेत्रों में कहाँ-कहाँ देर लगाते हो? क्या किसी भावना के उठने पर अपनी पूर्वस्थिति में आने में देर लगाते हो? क्या सब आँसू बह जाने के बाद ही वापस आते हो?

खोज होने के बाद तुम खुद से कहोगे, ''यह कोई आने का समय है? अच्छा ही हुआ कि इस पंक्ति के बहाने खोज हो गई। अब हर जगह पर मैं समय से पहुँचूँगा। भावनात्मक स्तर पर भी

समय पर स्थिर हो जाऊँगा। विचारों में भी विचारों के पीछे न भागते हुए समय पर स्थिर हो जाऊँगा।''

हमारे अंदर ऐसे सोलह हजार कोने हैं, जो तुम्हें अनमोल ज्ञान दे सकते हैं। उनमें से कुछ कोने ऐसे हैं, जिन पर हम खुद कभी नहीं जाते क्योंकि वे हमारी सोच के बाहर हैं। कोई दूसरा हमें रिमाइंडर दे तो ही हमारा ध्यान उधर जाता है। वास्तव में जागृति तुम्हारी बहुत बड़ी सेवा कर रही है।'

'अच्छा ऐसी बात है! इस तरह से तो मैंने कभी सोचा ही नहीं था। आपने जो शिफ्टिंग दी, उसके लिए बहुत-बहुत धन्यवाद।' जितेंद्र ने कृतज्ञता व्यक्त करते हुए कहा।

5

जागृति की सहेली जयंती को आजकल जागृति में बहुत परिवर्तन दिखाई दे रहा था। उसने जागृति से इसका राज पूछा। जवाब में जागृति ने हरक्युलिस द्वारा बताई हुई सारी बातें जयंती को विस्तार से बताईं। जयंती की अपने पति के साथ हमेशा अनबन रहा करती थी। जागृति की बातें सुनकर उसने एक बार हरक्युलिस से मिलने की इच्छा प्रकट की। जयंती की इच्छा को देखते हुए जागृति ने उसे रात के भोजन के लिए आमंत्रित किया और भोजन उपरांत बाल्कनी में हरक्युलिस और जयंती के बातचीत की व्यवस्था की।

'क्या पूछना चाहती हो, पूछो।' हरक्युलिस ने जयंती को आश्वस्त करते हुए कहा।

जयंती ने अपनी समस्या बताते हुए कहा- 'मेरे पति शांत और सुस्वभावी इंसान है मगर मुझे उनकी एक बात बहुत खटकती

है कि वे किसी बात में मुझसे पूर्णता नहीं करते, विचारों का आदान-प्रदान नहीं करते। इस वजह से मुझे बहुत दुःख होता है।'

'इसके लिए आपने कोई कोशिश की है?' हरक्युलिस ने धीरे से पूछा।

जवाब में जयंती कुछ बता न सकी।

'ठीक है। सवाल इसलिए पूछा क्योंकि लोग अपनी तरफ से प्रयोग करते रहते हैं। जैसे किसी का बच्चा पढ़ता नहीं है तो वे कहते हैं, ''हम दस साल से उसे मार-मारकर पढ़ाना चाहते हैं।'' तब उनसे सवाल पूछा जाता है, ''फिर क्या बच्चे ने पढ़ना शुरू किया?'' वे कहते हैं, ''फिर भी नहीं पढ़ता है।'' इसका अर्थ उनका तरीका ही गलत था। दस साल एक बड़ी अवधि है। एक साल में ही समझ में आ जाना चाहिए था कि जो तरीका वे इस्तेमाल कर रहे हैं, वह काम का नहीं है। मगर लोग अपना तरीका नहीं छोड़ते हैं और सामनेवाले को परेशान करते रहते हैं।

उसी तरह अगर आपके पति बात नहीं करते तो इस कमी को स्वीकार करके उन्हें विश्वास दिलाएँ कि ''आप ऐसे ही रहें फिर भी मेरे प्रेम में कोई कमी नहीं आएगी'' तब संभावना है कि वे खुलना शुरू कर दें।

उनके खुलने के लिए आपको कुछ नए तरीके इस्तेमाल करके देखने होंगे। दूसरी बात, उनका न बोलना अगर आपका दुःख बन रहा है तो उस पर जरूर काम करें। सामनेवाले में जब तक अमुक-अमुक गुण नहीं आ जाता तब तक हम दुःखी रहेंगे, ऐसी जिद न रखें। दुनिया में अलग-अलग तरह के लोग हैं। कुछ लोग सामनेवाले की बड़बड़ से परेशान रहते हैं तो कुछ लोग सामनेवाले के न बोलने की वजह से परेशान रहते हैं। मगर सामनेवाला अपने

स्वभाव के अनुसार व्यवहार करता है। जब हम उन्हें अपनी तरह बनाने की कोशिश करते हैं तब हमें तकलीफ शुरू हो जाती है।

अपने आपसे ईमानदारी से पूछें, "क्या इससे आपको कोई तकलीफ है?" नहीं है तो आप इस बात को स्वीकार कर लें और उन्हें बताएँ कि "आप नहीं बोलते, इस बात को आइना बनाते हुए मैंने अपने जीवन में झाँककर देखा कि मैं कहाँ-कहाँ नहीं बोलती हूँ और इस वजह से मुझे किन-किन समस्याओं का सामना करना पड़ता है। साथ ही मैं खुद को भी कुछ बातें बताने से डरती हूँ।" आप जब अपनी गलती मानेंगे तब सामनेवाले में आपकी इच्छा के अनुसार व्यवहार करने की संभावना खुलेगी। अतः अब पुराने तरीके बंद कर दें। कुछ नए तरीके इस्तेमाल करके देखें।

प्रेम की वजह से नतीजा आए तो वह बोनस है। न आए तो भी आपकी खुशी कम नहीं होना चाहिए। हर घर में ऐसा ही चल रहा है। घर के सभी सदस्य एक दूसरे को अपने द्वारा सिले हुए कोट में बिठाने की कोशिश करते हैं। अगर सामनेवाला उस कोट में नहीं बैठता तो उन्हें दुःख होता है। क्या आपको भी उसका दुःख होता है?'

'मुझे दुःख होता है क्योंकि बात न करने की वजह से समस्याएँ खड़ी हो जाती हैं।' जयंती ने ईमानदारी से कहा।

हरक्युलिस ने स्पष्टता देते हुए कहा- 'जिस समस्या पर दुःख होता है, उस पर आप खोज करें। यदि आपके पति बोलने लगेंगे तो कुछ अन्य समस्याएँ सामने आ सकती हैं। अतः बेहतर है कि आप खोज करना सीखें। जो रिश्ता प्रसाद में मिला है, उस पर काम करें और प्रार्थनाएँ तो कर ही सकते हैं। प्रार्थना करें कि चमेली का फूल गुलाब बन जाए। बन गया तो अच्छी बात है। नहीं

तो जैसा है उसे स्वीकार करें।' इस तरह काफी देर तक बातें चलती रहीं। अंत में हरक्युलिस को धन्यवाद देते हुए जयंती घर की ओर निकल पड़ी।

हरक्युलिस देर रात तक *'खोज- स्वयं का सामना'* पुस्तक पढ़ता रहा। इसमें खोज के माध्यम से मानव जीवन में आनेवाली तरह-तरह की परेशानियों का समाधान प्रस्तुत किया गया था। यह पुस्तक जीवन-परिवर्तन करने का एक अचूक नुस्खा हो सकती है, यह सोचते हुए उसने कल ही इसकी कुछ प्रतियाँ खरीदने का निश्चय किया।

उस रात हरक्युलिस को बहुत देर तक नींद नहीं आई। वह सोचता रहा कि देवी माँ के आशीर्वाद से और *'खोज- स्वयं का सामना'* के जरिए मैंने जितेंद्र की मुसीबतों की खोज तो करवा दी, उसका घर तो टूटने से बचाया लेकिन क्या ऐसी ही स्थिति मेरे खुद के साथ भी नहीं है? मेरा भी अपने बीवी-बच्चों के साथ झगड़ा हो गया था इसलिए वे अलग रह रहे हैं। मेरी अपेक्षा के अनुरूप लोगों का प्रतिसाद न मिलने की वजह से मैं भी लोगों से नाराज रहा करता था। अब मुझे पता चला अपने गलत बरताव की वजह से, अपनी मनमानी की वजह से मैं भी दूसरों की उम्मीद पर खरा नहीं उतरता था। मैं खुद कई बार बीवी-बच्चों की उपेक्षा किया करता था तो मुझे क्या अधिकार था उन्हें खरी-खोटी सुनाने का?' हरक्युलिस ने मन ही मन अपनी गलती मानकर तय किया कि जैसे ही वह पुजारी की सेवा से मुक्त होगा, वैसे ही अपने बीवी-बच्चों के पास जाकर उनसे क्षमा माँगकर उनके साथ प्यार और आदर से जीवन बिताने का वादा करेगा।

भीतर से दृढ़ निश्चय करके तथा अपने रिश्तों की बारीकियों

पर खोज करने के बाद हरक्युलिस को कई दिनों बाद आज अच्छी नींद आई थी।

✸ ✸ ✸

आज होली की छुट्टी के कारण जितेंद्र और बच्चे घर पर ही थे। घर में एक नई खुशहाली और आनंद का वातावरण था। जितेंद्र तो इतना खुश था कि उसे लग रहा था, जैसे उसके अंदर के सारे विकार होली की अग्नि में जल गए।

इधर, हरक्युलिस का जितेंद्र के घर में रहने का मकसद पूरा हो चुका था। पुजारी की आज्ञा का पालन करके उसने जितेंद्र की समस्याओं का समाधान कर दिया था। उसने जितेंद्र से कहा- 'अब मेरे वापस जाने का समय निकट आ गया है।' ऐसा कहते ही घर में सन्नाटा छा गया।

'आज ही घर में सच्ची खुशी छाई है और आप वापस जाने का नाम लेकर सबको निराश क्यों कर रहे हैं?' जितेंद्र ने मायूस होते हुए कहा।

'आपकी वजह से हमारे घर में खुशियाँ आईं और रिश्तों की दरार दूर हुई। आगे कोई समस्या आए तो आपके बिना हम उसे कैसे सुलझाएँगे?' जागृति के शब्दों में थोड़ी निराशा थी। हरक्युलिस ने कहा, 'मैं आपको *खोज- स्वयं का सामना* यह पुस्तक उपहारस्वरूप देकर जा रहा हूँ ताकि भविष्य में आनेवाली परेशानियों का हल आप उसमें ढूँढ़ सको।

हरक्युलिस को स्वयं पर बेहद आश्चर्य हो रहा था कि कैसे वह जितेंद्र के परिवार की समस्याएँ सुलझा सका! उसने 'खोज' नामक हथियार जितेंद्र के परिवार को तो सौंपा ही था,

साथ-ही-साथ उसे खुद को भी इस अचूक हथियार का तोहफा मिल गया। जितेंद्र को समझाते-समझाते उसकी स्वयं की पारिवारिक सुख-शांति से संबंधित खोज भी पूरी हुई। उसे खुशी हुई कि देवी माँ के आशीर्वाद से उसके कार्य का शुभारंभ बहुत अच्छे तरीके से हुआ। वह जितेंद्र का जीवन बदलने में सफल रहा। उसने बड़े आदरपूर्वक जितेंद्र और जागृति से वापस जाने की अनुमति ली और फिर भोजन उपरांत मंदिर की ओर चल पड़ा। देवी माँ के आदेशानुसार उसे बचे हुए ग्यारह लोगों का जीवन जो बदलना था...।

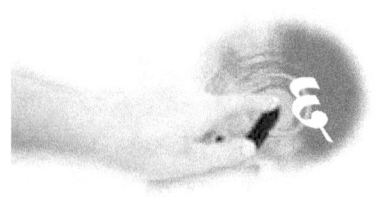

हरक्युलिस का दूसरा कार्य

रोज की तरह शाम की आरती के बाद पुजारी मंदिर के पट बंद कर जैसे ही घर जाने के लिए मुड़ा तो सामने से उसे हरक्युलिस आता हुआ दिखाई दिया। पुजारी को हैरानी हुई कि इतनी जल्दी हरक्युलिस कैसे वापस आ गया? कहीं वह जितेंद्र के घर से उसकी समस्याएँ सुलझाए बिना ही भाग तो नहीं आया?

पुजारी के होठों पर कुटिल मुस्कान दौड़ पड़ी। उसने झूठा आश्चर्य जताते हुए हरक्युलिस का स्वागत किया और पूछा- 'तुम इतनी जल्दी... माजरा क्या है?'

'मैं जितेंद्र की पारिवारिक समस्या निपटाने में सफल हो गया।' हरक्युलिस ने हर्षोल्लास के साथ कहा। उसने विस्तार से जितेंद्र के घर का सारा वृत्तांत पुजारी को कह सुनाया।

पुजारी ने उत्सुकतावश हरक्युलिस से पूछा- 'ये सब तुम कैसे कर पाए?'

'देवी माँ के आशीर्वाद से।' हरक्युलिस ने सहज भाव से जवाब दिया।

पुजारी को यह बात खटकी कि मंदिर का पुजारी होते हुए भी आज तक उसे देवी माँ का आशीर्वाद प्राप्त न हो सका मगर हरक्युलिस पर देवी माँ की विशेष कृपा है। फिर उसे एहसास हुआ कि 'मैं कहाँ सच्चे दिल से देवी की भक्ति करता हूँ, पुजारी के भेष में मैं केवल एक दिखावा ही तो कर रहा हूँ!'

पुजारी ने सोचा, 'अब हरक्युलिस यहीं रहेगा तो मेरा गैरकानूनी धंधा कैसे चलेगा? कोई दूसरा तरीका ढूँढ़कर हरक्युलिस को दो-चार दिनों में ही कहीं दूर भगा देना चाहिए।' फिर भी अपनी गरिमा बनाए रखने के लिए उसने मुस्कराते हुए हरक्युलिस से कहा– 'तुम बहुत थक गए होगे, अब जाकर थोड़ा आराम करो।'

खोज करने के नए तरीके से जिस तरह हरक्युलिस ने जितेंद्र की समस्याएँ सुलझाईं, उसे सुनकर पुजारी को लगा कि 'यह कोई सामान्य इंसान नहीं है। इसके अंदर जरूर कोई ऐसी शक्ति है, जिससे वह हर मुश्किल का सामना कर सकता है।'

एक तरफ पुजारी का हरक्युलिस के प्रति तीखा रवैया तो कम हो गया लेकिन दूसरी तरफ पुजारी मन ही मन सोचता रहा कि 'अब क्या किया जाए?' ऐसे में एक दिन पुजारी की बहन माया का फोन आया। फोन पर उसने अपने पति की शिकायत करते हुए बताया– 'काफी दिनों से महेश अपनी नौकरी से खुश नहीं है और अब तो उसने काम पर जाना ही बंद कर दिया है। दो बच्चों के साथ घर चलाना, बच्चों की स्कूल-फीस भरना और महेश का गुमसुम होकर घर में पड़े रहना; ये सारी समस्याएँ मैं कैसे सुलझाऊँ?' इतना कहकर वह फूट-फूटकर रोने लगी। माया ने पुजारी से आग्रह

किया कि वह तुरंत उसके घर आकर समस्या का कोई समाधान ढूँढ़े।

'एक-दो दिनों में मैं जरूर कोई रास्ता ढूँढ़ निकालूँगा।' माया को आश्वस्त करते हुए पुजारी ने कहा। इतने में पुजारी के दिमाग की घंटी बज उठी। उसे लगा जैसे देवी माँ की कृपा हो गई। उसने सोचा क्यों न हरक्युलिस को अपनी बहन माया के पास भेज दिया जाए? हरक्युलिस जरूर कोई हल ढूँढ़ निकालेगा, नहीं तो कम से कम इस बहाने वह यहाँ से कुछ दिनों के लिए दूर तो चला जाएगा। यह विचार पक्का होते ही उसने माया से कहा- 'मंदिर की जिम्मेदारियों की वजह से मैं यहाँ से निकल नहीं सकता लेकिन एक सर्वोत्तम शिष्य हरक्युलिस को तुम्हारी समस्याएँ सुलझाने के लिए मैं तुरंत भेज देता हूँ।' पुजारी ने माया को यह भी आश्वासन दिया- 'देवी माँ की कृपा से हरक्युलिस को विशेष शक्ति प्राप्त हुई है, जिसकी मदद से वह तुम्हारी सारी समस्याएँ आसानी से हल कर देगा।'

अपनी बहन माया को आश्वासन देने के बाद पुजारी ने हरक्युलिस को बुलाकर कहा- 'अब मैं तुम्हें और एक काम देने जा रहा हूँ। मुझे यकीन है कि तुम उसे अच्छी तरह से निभा पाओगे। अभी-अभी मेरी बहन माया फोन पर रो रही थी। उसके पति महेश ने काम पर जाना बंद कर दिया है इसलिए वह बहुत चिंतित है। अब तुम्हें उसके घर जाकर उनकी समस्याएँ सुलझानी हैं। दोपहर के भोजन उपरांत तुम जा सकते हो।'

'हाँ, जरूर। आपका सेवक आपकी सेवा में हाजिर है।' हर्षित होकर हरक्युलिस ने कहा। पुजारी ने हरक्युलिस को माया के घर का पता देकर विदा कर दिया।

हरक्युलिस ने मन ही मन सोचा कि 'देवी माँ की यह कैसी लीला है कि जो मेरी समस्याएँ हैं, उन्हें ही सुलझाने के लिए मुझे पुजारी द्वारा बाहर भेजा जाता है। चलो अच्छी बात है, उसके जरिए अपने बिजनेस के बारे में भी मेरी खोज हो जाएगी।'

※ ※ ※

हरक्युलिस जब माया के घर पहुँचा तब महेश खोया-खोया-सा बैठा था। माया भी बहुत तनाव में थी। हरक्युलिस ने पहले दोनों को अपना परिचय दिया। माया को यह देखकर बहुत सुकून महसूस हुआ कि उसके भाई ने उसकी मदद के लिए हरक्युलिस को भेजा है। हरक्युलिस ने थोड़ा हँसी-मजाक करके वातावरण को हल्का करने का प्रयास किया। फिर भी महेश कुछ बोलने को तैयार न था।

हरक्युलिस ने माया को समझाया कि 'धीरज से काम लो, परिस्थिति हमेशा बदलती रहती है। रात के बाद दिन आता ही है। तुम चिंता मत करो, हम महेश को इस हालत से बाहर लाने का पूरा प्रयास करेंगे। देवी माँ के आशीर्वाद से सब ठीक हो जाएगा। एक बात हमेशा याद रखो कि हर समस्या, हर तकलीफ दुःख के कपड़ों में लिपटा हुआ अवसर है। हमारी नजर हमेशा अवसर देखे।'

इस तरह हर रोज हरक्युलिस माया और महेश को समझाता रहा। यद्यपि महेश खुलकर कुछ बात न करता था, फिर भी हरक्युलिस अपना संयम खोए बिना महेश से बातें करने का प्रयास करता रहा। वह उसे छोटे-छोटे कामों के लिए या टहलने के लिए बाहर ले जाया करता था। दो-चार दिनों के बाद महेश का तनाव थोड़ा कम हुआ और वह ऑफिस की कुछ-कुछ बातें बताने लगा। आखिर एक दिन उसने विस्तार से हरक्युलिस को माया के सामने ही

सब कुछ कह सुनाया– 'मेरे ऑफिस के वातावरण से मैं बहुत तंग आ गया हूँ। मेरा ऑफिस जाने का मन ही नहीं होता है। रोज मुझे किसी न किसी दिक्कत का सामना करना पड़ता है। मानसिक तनाव के कारण मेरा मनोबल गिर जाता है और मन में नकारात्मक विचार आने लगते हैं। ऑफिस का नाम लेते ही मेरे पेट में ऐंठन शुरू हो जाती है। मैं पिछले तीन महीनों से ऑफिस नहीं जा रहा हूँ। चार-पाँच दिनों पहले मैं अपने मन को समझाकर ऑफिस जाने के लिए तैयार हुआ था लेकिन मुझे लगा कि अब वहाँ जाने के बाद मैं उस परिस्थिति का सामना नहीं कर पाऊँगा। उस विचार से ही मेरे दिल की धड़कन बढ़ गई और डर के मारे मुझे तेज बुखार आ गया। अत: मैंने सिक लीव✱ बढ़ा दी।'

'ऑफिस में तुम्हें क्या-क्या तकलीफें हैं, यह तो बताओ?' हरक्युलिस ने सहानुभूतिपूर्वक महेश से पूछा।

महेश ने गंभीर होकर कहा– 'मैं जिस ऑफिस में काम करता हूँ, वहाँ पर मुझे बड़ी दिक्कत महसूस होती है। लोग मेरे साथ ठीक ढंग से पेश नहीं आते, वे मुझे अनदेखा करते हैं। जब भी मैं उनकी तरफ देखता हूँ तो वे ऐसा दिखावा करते हैं, जैसे वे काम में बहुत मशगूल हैं। इस बात का मुझे बड़ा दु:ख होता है और मैं अपने आपको उपेक्षित महसूस करता हूँ। ऐसी परिस्थिति में मेरे साथ एक और घटना घटी। मेरे एक सहकर्मी को जब प्रमोशन मिला तब उसने मुझे छोड़कर ऑफिस के सभी सहकर्मियों को यह शुभ समाचार कह सुनाया। मुझे अनदेखा करने की वजह से मैं बहुत आहत हुआ।

इतना ही नहीं, मेरे बॉस मुझे हमेशा डाँटते रहते हैं। हमेशा

✱बीमार होने पर ली जानेवाली छुट्टी

सबके सामने मुझे नीचा दिखाने की कोशिश करते हैं।'

महेश का बोलना जारी था- 'रचनात्मक और चुनौतियों भरा कार्य हमेशा दूसरों को सौंप दिया जाता है, चाहे वे मुझसे निचले ओहदे पर ही क्यों न हों। मुझे सिर्फ रूटीन और बोरियतभरा काम ही करना पड़ता है। ऊपर से बॉस, मेरे सामने अन्य लोगों की प्रशंसा करते हैं और मेरी आलोचना करते हैं... और क्या बताऊँ? लोग मेरी इस कदर उपेक्षा करते हैं कि भोजन या चाय के ब्रेक में सब लोग आपस में हँसी-मजाक करते रहते हैं और जैसे ही मैं वहाँ पहुँचता हूँ तो वे चुप हो जाते हैं। अब तो ये सारी परेशानियाँ इतनी बढ़ गई हैं कि मुझे लगता है, मैं इस दुनिया का सबसे बुरा-नाकारा इंसान हूँ।'

इन बातों को सुन रही माया का धीरज जवाब दे गया और उसकी आँखों से झर-झर आँसू बह निकले। उसने हरक्युलिस से कहा- 'भैया, अब आप ही इन्हें कुछ समझाइए; इनकी परेशानियाँ दूर करने का कोई रास्ता बताइए?'

हरक्युलिस ने महेश को बताया- 'मेरे पास खोज नामक एक शस्त्र है। उससे तुम्हारी सारी परेशानियाँ हल की जा सकती हैं। क्या तुम उसे इस्तेमाल करने के लिए तैयार हो?'

'हाँ, जरूर। लेकिन मुझे यह बताओ कि इस शस्त्र से सारी समस्याओं के हल कैसे निकलेंगे?' महेश ने अधीरता से पूछा।

'इसके लिए तुम्हें अपनी खोज करनी होगी।'

'खोज यानी असल में मुझे क्या करना होगा, यह तो बताओ?'

'अभी तुमने जो-जो समस्याएँ मुझे बताईं, उन पर हम खोज करेंगे। जैसे तुमने कहा कि लोग मुझे अनदेखा करते हैं। अब मनन करते हुए तुम्हें खोज करना है कि तुम लोगों को कब-कब अनदेखा

करते हो?'

कुछ देर उलझन महसूस करने के बाद मनन करते हुए महेश के सामने बहुत सारे पहलू उजागर हुए। उसे समझ में आया कि नासमझी में वह भी बहुत जगहों पर लोगों को अनदेखा करता है और इस बात का उसे पता भी नहीं चलता। जैसे-माया की तो रोज की ही शिकायत होती है कि महेश मेरी बातों को अनदेखा करता है। रिश्तेदारी निभाने की बात आए तो वहाँ पर भी वह टालमटोल करता है। साथ ही अपने काम को, अपने कर्त्तव्य को वह जगह-जगह अनदेखा करता है मगर जब कुछ लोग उसे अनदेखा करने लगे तब उसे कितना बुरा लगा! महेश ने हरक्युलिस से अपने आत्मचिंतन का सार कह सुनाया। तब हरक्युलिस ने खुश होकर खोज करने का एक अलग आयाम दिखाते हुए कहा- 'तुम खुद को कहाँ-कहाँ पर अनदेखा करते हो, इस पर भी सोचो।'

'अरे, हाँ इस पर तो मैंने कभी सोचा ही नहीं? मैं अपने शारीरिक स्वास्थ्य के प्रति लापरवाह हूँ। मैं जानता हूँ कि सुबह की सैर सेहत के लिए अच्छी होती है, फिर भी मैं उसे टालता रहता हूँ। समझ होने के बावजूद मैं उसे प्रयोग में नहीं लाता।' इस तरह महेश को बहुत सी ऐसी बातें याद आईं, जहाँ पर वह खुद को अनदेखा करता था। खोज करने से उसकी यह शिकायत खत्म हो गई कि लोग उसे अनदेखा करते हैं। उसने तय किया- 'अब मैं भी लोगों को तथा खुद को अनदेखा नहीं करूँगा। अपने कामों के प्रति, कर्त्तव्यों के प्रति सजग रहूँगा। मेरे इस बरताव से लोगों में भी परिवर्तन आएगा और वे भी मुझे अनदेखा नहीं करेंगे।'

उधर, सहकर्मी के प्रमोशनवाली घटना से महेश के मन में यह

कथा बन गई थी कि 'मेरा सहकर्मी मुझे पसंद नहीं करता इसलिए उसने प्रमोशन की बात मुझे नहीं बताई।'

खोज करने के बाद उसे एहसास हुआ कि कई बार वह भी कुछ महत्त्वपूर्ण बातें माया को बताना भूल जाता है। इसका मतलब यह नहीं है कि वह उसे पसंद नहीं करता। अनजाने में ऐसी गलती हो जाया करती है। 'सहकर्मी ने मुझे प्रमोशन की बात नहीं बताई यानी वह मुझे पसंद नहीं करता है।' यह मान्यकथा प्रकाश में आने पर महेश के इस कथा की समाप्ति हुई।

महेश को समझ में आया कि 'मुझे तो इस बात की खुशी होनी चाहिए कि मेरे सहकर्मी को प्रमोशन मिला है। वास्तव में उसकी खुशी में शामिल होने पर ही मेरे जीवन में खुशियों की बहार आएगी।'

महेश ने इस घटना पर और एक आयाम से खोज की कि 'अगर मेरे सहकर्मी ने मुझसे कुछ छिपाया है तो मुझे यह देखना चाहिए कि मैं दूसरों से तथा अपने आपसे क्या-क्या छिपाता हूँ?' तब महेश को अपनी ऐसी कुछ बातें पकड़ में आईं, जो वह दूसरों से छिपाता है; जैसे-उसने आज तक यह बात माता-पिता से छिपाकर रखी है कि कभी-कभार वह मित्रों के साथ बार में जाता है। दूसरी ओर उसने कई सारी खुशखबरियाँ अपने रिश्तेदारों से छिपाई थीं। जैसे- नया कंप्यूटर लेना इत्यादि।

कुछ बातें तो वह अपने आपको बताने से भी कतराता है। जैसे-बच्चों को होमवर्क में मदद न करने के पीछे वह समय की कमी का कारण बताता है। वास्तव में इसकी वजह उसका खुद का आलस व नियोजन का अभाव है, इस बात को वह स्वीकार नहीं करता। खोज के बाद अलग-अलग दृष्टिकोण से जो जवाब मिले,

उससे महेश का मन हल्का होने लगा था। वह भीतर से आनंदित हो उठा। तब हरक्युलिस ने भी प्रसन्नचित्त होकर कहा- 'अब तुमने अपने आपसे कपट करना और अपनी कमजोरी व अवगुण स्वयं से छिपाना बंद कर दिया है तो विकास अब तुमसे दूर नहीं।' हरक्युलिस ने आगे पूछा- 'और क्या-क्या बातें तुम्हें तकलीफ देती हैं, वे भी बताओ?'

कुछ सोचते हुए महेश ने कहा- 'अब तो मुझे लग रहा है जैसे मेरी सारी समस्याएँ खत्म हो गई हैं।'

'ठीक है, तुम्हें तुरंत सब कुछ याद नहीं आएगा। जैसे-जैसे तुम्हें और परेशानियाँ याद आएँगी, उन्हें अपनी डायरी में लिखकर रखो। समय मिलते ही उसकी लिखित रूप में खोज भी करो।'

एक-दो दिन खुशी में रहने के बाद महेश को वे सारी दिक्कतें याद आईं, जिनसे वह परेशान हुआ करता था। हरक्युलिस के बताए अनुसार महेश ने सभी बातें डायरी में लिखकर रखीं और एक दिन हरक्युलिस के सामने डायरी रखकर उसने कहा- 'मैंने अपनी सारी समस्याएँ लिखकर उन पर खोज की है। मैं आपको वह सुनाना चाहता हूँ।'

۞·· 7 ··۞

महेश ने डायरी पढ़ी- 'मेरे अधीनस्थ कर्मचारी मेरी आज्ञा का ठीक से पालन नहीं करते। दिया हुआ काम सही ढंग से और समय पर नहीं करते। मेरा मान-सम्मान नहीं करते।'

खोज करने के बाद महेश को समझ में आया- 'मैं भी तो बॉस की आज्ञा का पालन नहीं करता। उनका दिया हुआ काम सही ढंग से, समय पर करने के बजाय अपने मन मुताबिक ही करता रहता हूँ। इस तरह मैं भी उन्हें मान-सम्मान नहीं देता। घर में मैं अपने माता-

पिता तथा बुजुर्गों को यथायोग्य आदर नहीं देता। मैं खुद भी जो-जो काम तय करता हूँ, उसे दृढ़तापूर्वक नहीं करता तो भला मेरे अधीनस्थ कर्मचारियों के बर्ताव से मैं नाराज क्यों होता हूँ?'

'अब इस बात की भी खोज करो कि अंतर्प्रेरणा मिलने के बावजूद तुम कितनी बातों का ठीक से पालन करते हो? उचित समय पर, सही ढंग से विचार करते हो कि नहीं? खुद का सम्मान करते हो या नहीं?' हरक्युलिस ने आगे का मार्गदर्शन देते हुए कहा।

'वाकई कई बार मैं अपने आपको औरों से हीन समझता हूँ। ऐसे में लोग मुझे सम्मानभरी दृष्टि से देखें, यह अपेक्षा मैं कैसे कर सकता हूँ? पहले मुझे खुद को सम्मान देना चाहिए।' मनन करने पर महेश ने यह सत्य जाना।

महेश ने डायरी का अगला पन्ना पढ़ा- 'मेरे सहकर्मियों को जल्दी-जल्दी पदोन्नति मिलती है, ज्यादा वेतनवृद्धि मिलती है, मुझे नहीं।'

खोज से महेश को पता चला- 'अरे, यह मेरा अनुमान है, मेरी मान्यकथा है। असल में मेरे सहकर्मियों की जिम्मेदारियाँ, काम का महत्व अलग है। उनका काम ज्यादा रचनात्मक और महत्त्वपूर्ण है इसलिए उन्हें प्रोत्साहन देने की जरूरत रहती है। मैं तो सिर्फ रूटीन वर्क करता हूँ। कंपनी की जरूरत के अनुसार कर्मचारियों को प्रोत्साहन दिया जाता है। मैं भी तो अपने दोनों बच्चों के साथ एक जैसा व्यवहार नहीं करता। उनकी जरूरत के अनुसार किसी को ज्यादा शाबासी देता हूँ तो किसी को कम। अपनी-अपनी काबिलियत और गुणों के आधार पर ही हर इंसान को जिम्मेदारी सौंपी जाती है और उसी अनुसार उसे सफलता मिलती है।'

'अरे! यदि मेरी पदोन्नति हुई होती तो क्या मैं इन सारी बातों पर मनन करता? कुदरत कहीं मुझे मदद तो नहीं कर रही है ताकि मनन के द्वारा आत्मविकास कर मैं असली सफलता प्राप्त करूँ...? लेकिन मैं इस मदद को कैसे ले रहा हूँ...? अब जाकर मुझे असली बात पकड़ में आई है।'

आगे महेश ने डायरी में लिखा था- 'विदेश दौरे का मौका दूसरों को दिया जाता है, मुझे नहीं।'

खोज से उसे पता चला कि क्या उसने पूर्ण रूप से प्रशिक्षण प्राप्त किया है? अपनी क्षमता को सही ढंग से प्रस्तुत किया है? क्या वह निर्णय लेने में सक्षम है? जिनके पास यह सब है, उन्हें विदेश में जाकर काम करने का मौका मिलना स्वाभाविक है।

खोज करने पर उसे यह भी एहसास हुआ कि 'जब मुझे कंपनी द्वारा किसी महत्त्वपूर्ण काम के लिए विदेश जाने का प्रस्ताव दिया गया तब मैंने खुद ही घर-गृहस्थी की उलझनों का बहाना बनाकर उसे अस्वीकार कर दिया जब कि मैं भीतर से डरा हुआ था। ऐसी जिम्मेदारियों के साथ आनेवाले कष्ट लेने से मैं कतराता था। शायद मन में कहीं यह डर भी था कि ऐसा काम मैं कर पाऊँगा भी कि नहीं? ऐसी परिस्थिति में मुझे खास काम के लिए न चुना जाना स्वाभाविक है। जब मैं काम में बिना किसी अपेक्षा के, उत्साह से सहभागी होऊँगा, काम में निपुण हो जाऊँगा, हँसकर लोगों के साथ पेश आऊँगा तो अपने आप मेरा नाम खास कामों के लिए लिया जाएगा।'

हरक्युलिस, महेश की खोज पर खुश होते हुए कहने लगा- 'कुदरत का नियम है कि जिस चीज के लिए आप योग्य बनते हैं, वह चीज स्वतः आपके पास पहुँच जाती है। जिस चीज के लिए आप

पात्रता नहीं रखते, वह चीज रुकी रहती है। इसलिए अपनी पात्रता, योग्यता, काबिलियत निरंतर अभ्यास से बढ़ाओ।'

डायरी में महेश ने आगे लिखा था-

'मीटिंग में मेरी सलाह किसी के लिए कोई मायने नहीं रखती। मेरे सुझावों को नजरअंदाज किया जाता है।'

अंतर्रात्मा की खोज के बाद महेश को पता चला- 'जब मुझे मेरे सहकर्मी या अधीनस्थ कर्मचारी कोई सुझाव देते हैं तब मैं भी तो उन्हें गंभीरता से नहीं लेता हूँ। यहाँ तक कि परिवार में, घर-गृहस्थी में पत्नी या बच्चे कोई राय देते हैं तो मैं अपमानित करके उनकी राय ठुकरा देता हूँ। किसी भी समस्या में मैं गहराई से सोचकर हल निकालने के लिए सुझाव नहीं देता। औपचारिकता निभाने के लिए ऊपरी तौर पर लापरवाही से कुछ सुझाव दे देता हूँ। मेरे विचारों में एक दिशा, ठोस विश्वास नहीं रहता। बात किसी एक विषय पर हो रही हो तो मैं किसी दूसरे विषय पर बोलता हूँ, अतः कौन मुझे गंभीरता से लेगा? कौन मेरी सुनेगा? अब मैं निश्चय करता हूँ कि पहले मैं अपनी ये सारी गलतियाँ सुधारूँगा। मेरी अब किसी के प्रति कोई शिकायत नहीं है।'

हरक्युलिस के मार्गदर्शन से दुःख की खोज करने की नई समझ महेश को प्राप्त हुई। अपने दुःख की खोज करने के बाद उसमें एक नई सोच जागृत हुई। इतने दिनों से जो बातें महेश को असहनीय लग रही थीं, खोज करने के बाद वे ही उसके लिए आनंद का कारण बनीं। उसकी सोच को एक नई दिशा मिली थी। उसे एहसास होने लगा कि ऑफिस की घटनाओं ने उसे जो दुःखद और कड़वे अनुभव दिए, वे उसके जीवन परिवर्तन में कितने बड़े निमित्त बने।

महेश को महसूस हुआ कि किसी दिव्य-शक्ति के आशीर्वाद से उसे खोज करने के लिए हरक्युलिस का मार्गदर्शन मिल रहा है। इसीलिए ही उसके जीवन में उन दु:खद घटनाओं का आगमन हुआ वरना वह कभी खोज नहीं करता और कभी भी आत्मिक-सुख की ओर अग्रसर नहीं होता। अब उसे यह विश्वास हो चला था कि 'जीवन में चाहे कितनी भी बड़ी मुश्किलें आएँ, बिना मनगढ़ंत कथाओं और बिना दु:ख भोगे मैं उनसे सहजता से निपट सकता हूँ।'

हरक्युलिस की मदद से खोज करके महेश अपनी मान्यताओं व मान्यकथाओं से मुक्त हो पाया। खोज से उसकी सारी परेशानियाँ, निराशाएँ दूर हो गई थीं। 'जीवन में आनेवाली दिक्कतों और परेशानियों का सामना मैं कभी नहीं कर पाऊँगा, मैं हार जाऊँगा'- यह मान्यकथा खोज करने से प्रकाश में आई और वह अपनी तकलीफों से उबर पाया। एक अरसे बाद उसके होंठों पर हँसी वापस लौटी थी।

रात का भोजन करते समय उसने दूसरे दिन ऑफिस जाने का इरादा जाहिर किया तो माया अपनी खुशी छिपा न सकी। जहाँ एक तरफ महेश के मन में काम शुरू करने की उमंग जागी थी, वहीं दूसरी तरफ ऑफिस का वातावरण, राजनीति, काम का दबाव इत्यादि सारी बातें याद कर महेश के मन में शंका भी उठी कि 'फिर से मुझे ऑफिस में तकलीफ तो नहीं होगी?' उसने अपनी शंका हरक्युलिस को कह सुनाई।

'अभी-अभी तुम निराशा से बाहर आए हो तो शुरू-शुरू में मन में शंका पैदा होना स्वाभाविक है लेकिन अब खोज का हथियार हाथ में है तो मौज में खोज करो। कोई आशंका न रखते हुए खुले

दिल से तुम ऑफिस जाओ और सहजता से सबके साथ अच्छे से पेश आओ। सिर्फ इस बात का ध्यान रखो कि ऑफिस में यह नहीं देखना है कि सामनेवाला कैसे गलत है बल्कि यह देखना है कि वह कैसे सही है। जब तुम सही देखना सीख जाओगे तब तुम्हारे लिए राइट तो राइट होगा ही, लेफ्ट भी राइट होगा। जिस चीज पर इंसान ध्यान देता है, वह उसके अंदर उतरने लगती है इसलिए सदा दूसरों में सद्गुण देखो। फिर भी कोई दिक्कत हो तो रात में हम मिलकर खोज करेंगे।' हरक्युलिस ने यकीन दिलाते हुए कहा।

दूसरे दिन निश्चिंत होकर महेश ऑफिस गया। इतने दिनों की अनुपस्थिति के बाद ऑफिस जाने पर अनपेक्षित रूप से हर किसी ने उसका दिल से स्वागत किया तथा उसके स्वास्थ्य के बारे में पूछताछ की। लोगों का प्रेमभरा व्यवहार देखकर महेश खुशी महसूस करने लगा। जब महेश के बॉस ने उसकी बीमारी के बारे में पूछा तो महेश ने अपनी मान्यकथा, निराशा तथा हरक्युलिस के साथ की हुई खोज आदि के बारे में सब कुछ बता दिया। महेश का बॉस भी यह सुनकर प्रभावित हुआ और उन्होंने हरक्युलिस से मिलने की इच्छा प्रकट की।

घर पहुँचते ही महेश ने बड़े उत्साह से ऑफिस का घटनाक्रम हरक्युलिस को बताया। यह भी बताया कि उसका बॉस और कुछ सहकर्मी उससे मिलना चाहते हैं। फिर यह तय हुआ कि दूसरे दिन ऑफिस से आते समय महेश उसके बॉस और कुछ सहकर्मियों को घर ले आएगा। यहाँ चाय-नाश्ते के दौरान विस्तार और आराम से वे लोग हरक्युलिस से बातचीत कर पाएँगे।

दूसरे दिन शाम को जब वे लोग महेश के घर आए तो हरक्युलिस से वार्तालाप करने के दौरान खोज की जानकारी प्राप्त करके सभी

प्रभावित हुए। हरक्युलिस को धन्यवाद देकर बॉस ने महेश को आश्वासन दिया कि वे ऑफिस का माहौल अब और ज्यादा मित्रवत और खुशहाल बनाए रखेंगे। इतना कहकर उन्होंने महेश और हरक्युलिस से विदा ली। दो-चार दिनों में ही यह दिखाई देने लगा कि अब महेश खुशी से ऑफिस जा रहा है और उत्साह से अपना कार्य कर रहा है।

माया को तो जैसे खुशी का खज़ाना मिल गया, उसने हरक्युलिस से कहा- 'आपके दिशा-मार्गदर्शन की वजह से महेश की दशा बदल गई है। आपका हृदयपूर्वक धन्यवाद। अब मुझे समझ में आया कि मान्यकथा जैसे छोटे से कारण की वजह से इंसान निराश होकर कैसे खुद का नुकसान कर लेता है।'

हरक्युलिस को *'खोज- स्वयं का सामना'* पुस्तक के कुछ पन्ने याद आए। उसने माया और महेश से कहा- 'दु:खी होने की आदत के कारण इंसान से बहुत सारी गलतियाँ होती हैं इसलिए हमें हमेशा खुश रहना चाहिए या कम से कम तब खुश रहने की कोशिश अवश्य करनी चाहिए, जब हम दु:खी होते हैं। तुम्हें मैं यह पुस्तक देता हूँ। तुम दोनों मिलकर इसे पढ़ो।'

'शुभस्य शीघ्रम' कहकर माया ने पुस्तक पढ़ना शुरू किया।

8

खुश कब रहें

अगर आपसे कोई पूछे, 'आप दिनभर में कितनी देर खुश रहना चाहेंगे?' तो आप कहेंगे, 'हम तो हमेशा खुश रहना चाहेंगे।' आपसे यदि पूछा जाए, 'आप कितने समय तक खुश रह सकते हैं?' तो आप बताएँगे, 'कम से कम इतना-इतना समय तो हम खुश रह ही सकते हैं।' फिर आपसे अगला सवाल पूछा जाए,

'मगर कम से कम कितना समय, कब और क्यों खुश होना चाहिए?' तो क्या जवाब आएगा? ...और खोज करने पर उसका क्या जवाब आएगा?[१]

'क्या जवाब हो सकता है?' महेश ने उत्सुकतावश माया से पूछा।

'आगे पढ़ते हैं क्या लिखा है।' माया ने कहा।

पहले तो लोग अपना-अपना जवाब देंगे कि कम से कम कितने समय खुश रहना चाहिए, किस-किस समय पर खुश रहना चाहिए। मगर खोज के बाद जवाब आएगा कि 'कम से कम तब खुश रहना जरूरी है जब दु:ख आया हो। जब दु:ख आए, उस समय खुश रहना शुरू कर दें तो अपने आप सारी बातें ठीक होनी शुरू हो जाएँगी क्योंकि खुशी में आपको सब कुछ स्पष्ट दिखाई देता है और दु:ख में दिखना बंद हो जाता है। जब दिखना बंद हो जाता है तब सोचना शुरू हो जाता है।[२]

जैसे आप कार से कहीं जा रहे हैं। आपके कार की स्क्रीन धुंधली हो जाने के कारण आपको ठीक से दिखाई नहीं दे रहा है। अचानक कार की स्पीड कम हो जाने की वजह से आप सोचते हैं- 'शायद स्पीड ब्रेकर आया है इसलिए कार की स्पीड कम हो गई है... और ये पीछेवाला बार-बार हॉर्न क्यों बजा रहा है, उसे समझ में नहीं आता क्या...?' इस तरह आपके विचार, आपकी सोच काम करने लगती है और जब गाड़ी रुककर, कहीं फँस जाती है तब आपको पता चलता है कि कार तो झाड़ियों में अटक गई है।[३]

अगर आपके कार की स्क्रीन साफ है तो आपको स्पष्ट दिखाई देगा कि स्पीड ब्रेकर की वजह से नहीं बल्कि झाड़ियों की वजह से कार की स्पीड कम हुई है और पीछेवाला इंसान मदद करने के लिए हॉर्न बजा रहा है। जब सब साफ-साफ दिखाई देता है तब सोचने

की आवश्यकता नहीं होती। जब दिखना बंद होता है तब अनावश्यक बातें दिमाग में चलना शुरू होती हैं।'४

'सच है। इसी तरह आपने अपनी मान्यकथा की वजह से ऑफिस की समस्याओं में सामान्य बातों को देखना भी बंद कर दिया और दु:खी होकर अनावश्यक बातें सोचते रहे। ऐसा ही है न?' माया ने शरारत भरे अंदाज में कहा।

'तुम ठीक कह रही हो। आगे क्या खुलासा किया है, पहले वह देखते हैं।'

स्पष्ट दिखाई देने पर वह अनावश्यक सोच बंद हो जाती है, जिसका कोई काम ही नहीं है। अत: इस समझ के साथ आप यदि सब साफ-साफ देख पाएँ और अपना ही जीवन आपको स्पष्ट रूप में दिखाई देने लग जाए तो आपकी खोज पूरी हुई। सुबह से लेकर रात तक की घटनाओं में चलनेवाली मन की बड़बड़ और स्टैम्पिंग पर रोक लगाकर खोज करें। खोज होगी तो असली बात पकड़ में आएगी कि कम से कम उस वक्त तो खुश रहना ही चाहिए जब दु:ख आता है।'५

ऐसी पंक्तियाँ, ऐसे विचार आपको तब आते हैं जब आप सोर्स (मूल अवस्था, स्वअनुभव) के संपर्क में आते हैं। मनन करके ही आप मूल अवस्था से जुड़ते हैं। मूल अवस्था में मूल खता (मूर्खता) टूट जाती है और सब साफ-साफ दिखाई देने लगता है। जो जैसा है, वैसा दिखाई देता है इसलिए वह पसंद भी आने लगता है। फिर लोग आपसे आश्चर्य से पूछते हैं कि 'इस घटना में तुम इतने खुश क्यों हो?' जवाब में आप कहते हैं, 'क्यों न रहूँ? सब कुछ जिंदगी में इतना बढ़िया जो चल रहा है तो मैं खुश क्यों न रहूँ!'६

'वाकई कितने बढ़िया ढंग से समझाया है। हमने भी ऐसा ही अनुभव किया है। यह हमारी ही कहानी है।' माया ने कहा।

महेश ने भी उसकी हाँ में हाँ भरी और माया ने आगे पढ़ना जारी रखा।

आइए, अपनी ही कहानी को एक ऐनालॉजी से समझें। ऐनालॉजी यानी एक परिकल्पना। जो कभी हुआ नहीं होता है मगर कुछ बातें समझाने के लिए बताया जाता है।

एक गाँव में यह प्रथा है कि बच्चा जब दो-ढाई साल का होता है तब कुछ विशेष कर्मकांड करके उसे लाल चश्मा पहनाया जाता है। जिसके कारण उसे संसार अलग दिखाई देता है। इस तरह उस गाँव के सभी लोग लाल चश्मा पहनते हैं। यह लाल चश्मा कोई साधारण चश्मा नहीं है। एक विशेष पेड़ की लकड़ी काटकर, उसकी फ्रेम बनाकर उसे आँखों के पास सिल दिया जाता है ताकि चश्मा कभी न गिरे, अपनी जगह पर पक्का बना रहे। अब बड़ा होने पर बच्चे को संसार वैसा ही दिखाई देता है, जैसे गाँव के अन्य लोग देखते हैं।[७]

'वाकई बच्चा ढाई साल का होने तक बहुत सीधा-सरल होता है। बाद में धीरे-धीरे हम ही उसे गलत मान्यताओं से भर देते हैं।' अपनी गलती को मान्य करते हुए माया ने कहा।

'सही है।' सिर हिलाते हुए महेश ने कहा। चलो आगे पढ़ते हैं।

अब तक यह ऐनालॉजी पढ़कर आपने महसूस किया होगा कि वहाँ के लोग किन बातों से वंचित हैं। आप समझ सकते हैं कि गाँव के लोगों को जो दिख रहा है, वास्तव में वैसा नहीं है। उन्हें जो दिख रहा है, वह मात्र भ्रम है।

एक बार ऐसा होता है कि गाँव में एक लड़के का चश्मा कुछ समय के लिए आँखों पर से हट जाता है। शायद कर्मकांड ठीक से नहीं हुआ होगा, सिलाई ठीक से नहीं हुई होगी इसलिए उसका

चश्मा धक्का लगने की वजह से थोड़ी देर के लिए आँखों से ऊपर हो जाता है और तुरंत अपनी जगह पर आ जाता है। हालाँकि थोड़े समय के लिए उसके साथ यह घटना होती है लेकिन उस दौरान लड़के को सारा दृश्य असलियत में जैसा है, वैसा ही दिखाई देता है। उस दिन के बाद से उसके लिए सब कुछ बदल जाता है और उसकी आंतरिक खोज शुरू हो जाती है।[८]

'जैसे हरक्युलिस ने मान्यताओं का चश्मा हटाकर आपकी खोज शुरू करवाई, है न? माया कह उठी।

'हाँ, बिलकुल। अब आगे पढ़ो।'

कुछ लोग गलत ढंग से आध्यात्मिक खोज करते हैं। जैसे ड्रग्स लेते हैं, नशा करते हैं। नशे में उन्हें संसार अलग दिखाई देता है। फिर वे बार-बार उस अनुभव में जाना चाहते हैं इसलिए वे नशा करते रहते हैं और हर बार उन्हें नशे का डोज बढ़ाना पड़ता है। जबकि सच्चाई यह है कि नशा, जीवन का नाश करता है। जो चीज मिटाती हो, वह आध्यात्मिक खोज कराने में कैसे सहायक साबित होगी? खोज के लिए सकारात्मक सोच की जरूरत होती है।[९]

'हरक्युलिस ने मेरा लाल चश्मा उतारकर मुझे इन बातों से बचाया है।' महेश ने कृतज्ञतापूर्वक कहा।

'लीजिए अब आप पढ़िए।' माया ने महेश के हाथों पुस्तक सौंपते हुए कहा। महेश ने पढ़ना जारी रखा-

अब वह लड़का सोचता रहता है कि कुछ समय के लिए चश्मा गिरने की वजह से उसे जो दृश्य दिखाई दिया था, वह क्या था? क्योंकि अब उसके मन में ऐसे विचार आने लगते हैं, जो पहले कभी नहीं आते थे। जैसे सत्संग में जानेवाले इंसान का मान्यतारूपी चश्मा गुरुवाणी को सुनकर हटना शुरू होता है और वह हर घटना

को नए दृष्टिकोण से देख पाता है, वैसे ही नया दृश्य (सत्य) देखकर उस लड़के के मन में भी नया विचार आता है। वह सोचता है कि मुझे खोज करना चाहिए। अब वह जीवन की घटनाओं को अलग ढंग से देखने लगता है।[१०]

यदा-कदा उस गाँव में एक फकीर दिखाई देता है, जिसे लोग पागल समझते हैं। जब भी वह फकीर गाँव में आता है तो उसे भगा दिया जाता है क्योंकि उस फकीर ने लाल चश्मा नहीं पहना होता है। लोगों को आशंका होती है कि कहीं इसे देखकर हमारे बच्चे डर न जाएँ, हमारे बच्चों के अंदर नए विचार न आ जाएँ। अत: गाँववाले उस पागल फकीर को गाँव में रहने की इजाज़त नहीं देते। इसलिए वह पागल फकीर गाँव के बाहर एक खंडहर में रहता है। यह लड़का उस पागल फकीर को देखकर सोचता है कि उसने चश्मा क्यों नहीं पहना है? उसकी आँखें औरों जैसी क्यों नहीं हैं?[११]

एक दिन वह उस फकीर से मिलने के लिए खंडहर में जाता है और आश्चर्य में पड़कर उससे कुछ सवाल पूछता है- 'आप कपड़े क्यों नहीं पहनते?'

पागल फकीर शांत स्वर में जवाब देता है- 'क्योंकि पहले हम कपड़े पहनते हैं, बाद में कपड़े हमें पहन लेते हैं।'

पागल फकीर का पहेलीनुमा जवाब लड़के को कुछ समझ में नहीं आता। वह फकीर से अगला सवाल करता है- 'आपकी आँखें लाल क्यों हैं?'

रहस्यमयी मुस्कान के साथ पागल फकीर जवाब देता है- 'क्योंकि तुम्हारी आँखों में बाल है।'

फकीर का अतार्किक जवाब लड़के की समझ में नहीं आता। फिर भी वह तीसरा सवाल पूछने की उत्सुकता दबा नहीं पाता- 'आप इस खंडहर में क्यों रहते हैं?'

पागल फकीर हँसते हुए जवाब देता है- 'यह खंडहर नहीं, महल है।'

पागल फकीर के ऊल-जलूल जवाब सुनकर लड़के का सिर चकरा जाता है। उसे अब पूरा विश्वास हो जाता है कि हो न हो यह फकीर आधा नहीं पूरा पागल है। फिर भी अंदर ही अंदर उसका दिल फकीर से बार-बार मिलने की गवाही देता है।[१२]

कुछ दिनों उपरांत वह लड़का पुन: पागल फकीर से मिलने जाता है।

लड़का- आपने जो बातें बताईं, वे मेरी समझ से परे हैं। कपड़े तो सर्दी से बचने के लिए होते हैं और आप कहते हैं-कपड़े हमें पहन लेते हैं। कृपया इसका अर्थ समझाइए।

पागल फकीर संकेत देते हुए कहता है- 'क्या कपड़े पहनकर तुम्हारी सर्दी समाप्त हो गई? वह फिर भी वैसी ही है कि नहीं?'

'हाँ, बात तो सही है।' लड़का कुछ सोचते हुए कहता है।

लड़के को पागल फकीर की बातों में तथ्य प्रतीत होता है इसलिए अब वह निरंतर उस पागल फकीर से मिलने जाने लगता है। धीरे-धीरे उसे पागल फकीर की बातें समझ में आने लगती हैं। उस लड़के को अब अपने चश्मे पर शक होने लगता है। वह सोचता है- 'पागल फकीर बार-बार मुझे नजरिया बदलने के लिए कह रहा है, कहीं मूल बात यह तो नहीं कि मेरा दृष्टिकोण ही गलत है?[१३]

वह लड़का जब अपने चश्मे पर शक करता है तब कहीं जाकर वह चश्मा (अज्ञान) हटाकर देखने के लिए तैयार होता है। जैसे ही वह चश्मा हटाता है, वैसे ही उसे सब कुछ साफ-साफ दिखाई देने लगता है कि पागल फकीर ने तो कपड़े पहने हुए हैं, जो लाल रंग के हैं और उसकी आँखें भी लाल नहीं हैं। उसे एहसास होता है कि 'लाल चश्मे के कारण मुझे गलतफहमी हुई थी। मेरी ही आँख

में बाल था, जिस वजह से मैं देख नहीं पा रहा था। अब मुझे समझ में आ रहा है कि पागल फकीर ने ऐसा क्यों कहा था कि 'मेरी आँखें लाल नहीं हैं, तुम्हारी आँखों में बाल है?'[१४]

अब वह लड़का पागल फकीर को अपना गुरु बना लेता है। गुरु उसे यह नहीं कहते कि 'तुम्हारा चश्मा गलत है।' अगर शुरुआत में ही किसी को समझाने का प्रयास किया जाए तो वह मानने को तैयार नहीं होता। वह नाराज भी हो सकता है और नाराज राज नहीं जान सकता। जो खुश है, वही राज जान सकता है। इसलिए गुरुजी ने अप्रत्यक्ष रूप से उसे बताया कि 'तुम्हारी आँखों में बाल है।'[१५]

'मुझे भी हरक्युलिस ने धीरे-धीरे एक-एक बात बताकर, मुझसे कहाँ-कहाँ गलतियाँ हो रही हैं, इसका विश्लेषण करवाया।' महेश ने उत्सुक होते हुए कहा।

'सही है। उन्हें जितना भी धन्यवाद दिया जाए, कम है। अब आगे की कहानी का रहस्य समझ लेते हैं।' माया बोली।

गुरु से मिलते रहने पर आगे उस लड़के को यह भी समझ में आता है कि गुरु जहाँ रहता है, वह खंडहर नहीं है; वह तो महल है। अपने चश्मे की वजह से उसे उस जगह का कुछ हिस्सा, कुछ रंग नहीं दिखाई दे रहे थे वरना वहाँ तो सब कुछ रंगीन है, अखंड है। अब खंडहर उसे महल दिखाई देने लगता है। फिर उस लड़के को समझ में आता है कि गुरुजी हमेशा इतने खुश क्यों रहते हैं?[१६]

कई बार खुशहाल इंसान को लोग पागल समझने लगते हैं। इसी तरह पागल फकीर खंडहर में रहकर सदा आनंदी जीवन व्यतीत करता है, यह देखकर गाँव के लोगों को लगता है कि यह फकीर पागल है।[१७]

गुरु ने जो जवाब दिया कि 'कपड़े हमें पहन लेते हैं!' इसका

अर्थ है, 'शरीर हमारा कपड़ा है। पहले हम शरीर को पहनते हैं और बाद में शरीर हमें पहन लेता है। अर्थात हम अपने आपको शरीर मानकर ही जीते हैं और दूसरों को भी शरीर समझकर व्यवहार करते हैं। इस कारण स्वसाक्षी, सेल्फ, सत्य शरीर के पीछे छिप जाता है।'[१८]

वह लड़का जब चश्मा हटाता है तब उसे आश्चर्य होता है कि हमारे गाँव के लोग कैसे जी रहे हैं? उन्हें वैसा नहीं दिख रहा है, जैसा दिखना चाहिए। सत्य पता चलने पर उस लड़के को लगता है कि 'अभी जाऊँ और सबको बताऊँ कि इस चश्मे की कोई आवश्यकता नहीं है, इसे निकालकर देखो, दुनिया और सुंदर दिखाई देगी।' वह सोचता है, 'गाँववाले मेरी बात कहाँ मानेंगे, उल्टा मुझे ही पागल समझेंगे। जाने दो, वे मेरी बात मानें या न मानें मगर मुझे अपना काम शुरू कर देना चाहिए।'[१९]

'मैंने तो अपना लाल चश्मा उतारकर काम करना शुरू कर दिया है।' महेश ने आनंदित होकर कहा।

'अच्छी बात है। पुस्तक में कहानी का अर्थ क्या बताया है, यह भी अब जान लेते हैं।'

प्रत्येक ऐनालॉजी में कुछ संकेत होते हैं। ऐनालॉजी के पात्र किसी संकेत की ओर इशारा करते हैं। उन संकेतों को पकड़कर आप असली बात पकड़ पाएँ। इस ऐनालॉजी के पात्र क्या इशारा कर रहे हैं, आइए इसे जानें।[२०]

- ❈   गाँव- संसार, दुनिया
- ❈   लाल चश्मा- गलत मान्यताओं से भरा नजरिया
- ❈   लड़का- खोजी
- ❈   पागल फकीर- आत्मसाक्षात्कारी गुरु
- ❈   आँख में बाल- गलत सोच

* कपड़ा- शरीर
* खंडहर- भाव, विचार, वाणी और क्रिया का एकरूप न होना
* महल- तेजस्थान, स्वयंस्थित अवस्था

9

आइए, अब इस ऐनालॉजी को विस्तार से समझें। इसे अपने जीवन से जोड़कर देखें।

गाँव के लोग उस पागल फकीर को इसलिए गाँव में नहीं रहने देते थे क्योंकि वे अंदर से भयभीत थे। वे नहीं चाहते थे कि उस पागल फकीर को देखकर गाँव के किसी बच्चे के मन में लाल चश्मा उतारने का विचार आए। अकसर देखा जाता है कि समाज में स्वबोध प्राप्त संतों की लोग इज्जत तो करते हैं लेकिन उनसे डरते भी हैं कि कहीं हमारे बच्चे उनकी संगत में रहकर बैरागी न हो जाएँ।[२१]

बुद्धि जड़ हो जाने के कारण धर्म के ठेकेदार यह नहीं चाहते कि विपरीत परिस्थिति में भी लोग खुश रहें। उन्हें लगता है कि खुश होकर लोग हमारे झंडे (सत्ता) के नीचे से चले गए तो हमारा क्या होगा? हमारा संप्रदाय खतरे में आ जाएगा। इधर लोग भी सोचते हैं, जीवन में दुःख हो तो चलेगा मगर सुरक्षा को प्राथमिकता देना जरूरी है क्योंकि इंसान को असुरक्षा का डर सदा सताता रहता है।[२२]

वह लड़का जब पागल फकीर द्वारा दिए गए जवाबों पर मनन करता है तब उसे कुछ बातें स्पष्ट होती हैं। उसी तरह आप भी थोड़ी-सी पंक्तियाँ लेकर जब उन पर काम शुरू करेंगे तब आपको अचानक यूरेका इफेक्ट यानी गहरा बोध हो सकता है।[२३]

'वाकई आज तक समाज के दबाव की वजह से हम भी ऐसे ही जी रहे थे।' मायूस होकर माया ने कहा।

'हाँ।'

'आगे पढ़िए।'

स्टैम्पिंग करने (लाल चश्मा पहनने) की आदत से बाहर आने पर ही इंसान खोज की तरफ कदम बढ़ा सकता है वरना खोज को पूर्ण विराम लग जाता है।[२४]

जिस तरह लड़के को एहसास होता है कि उसके लाल चश्मे के कारण ही उसे पागल फकीर के शरीर पर कपड़े नहीं दिखाई दे रहे थे और उसकी आँखें लाल दिखाई दे रही थीं, उसी तरह आपको भी धीरे-धीरे पता चलता जाएगा कि लोगों की जो कमियाँ आपको अखर रही हैं, वे आपके अंदर ही काम कर रही हैं। खोज के दौरान ही आप ऐसी बातें जान पाएँगे कि 'मुझे अपने आपको जानने के लिए आइना चाहिए और सामनेवाला मेरे लिए आइना बना तो यह कितनी बड़ी कृपा है!'[२५]

जैसे सामनेवाले को आप कामचोर समझ रहे हैं मगर खोज करने पर पता चलता है कि आप खुद कामचोर हैं।

हर इंसान अपनी रुचि के अनुसार किसी काम को पसंद करता है तो किसी काम को नापसंद करता है। सामनेवाले को जो काम करना कठिन लगता है, वह काम आपसे सहजता से होता है इसलिए आप उसे कामचोर कहते हैं और खुद को कर्मठ (काम में चतुर) समझते हैं। मगर कुछ काम ऐसे होते हैं, जिन्हें आप नहीं कर पाते हैं। क्या उस परिस्थिति में आप खुद को कामचोर समझते हैं। नहीं न! खोज करने पर आपको पता चलेगा कि ऐसे बहुत से काम हैं, जिन्हें आप नहीं कर पाते; तो क्या सामनेवाले को 'कामचोरी' का लेबल लगाना उचित है?[२६]

ऐसी हर वह बात आपको ढूँढ़ निकालना है, जिसमें आप कामचोरी करते हैं। सामनेवाला इंसान तो आपके लिए आइना बना है। सामनेवाले

ने आपकी कमजोरी दिखाई और उसकी भूमिका खत्म हुई। उसे लेकर दुःख न मनाते बैठें कि 'यह कब सुधरेगा?' पहले अपना मेकअप करना शुरू करें। अर्थात दूसरों में अवगुण देखने से पहले अपनी बुराइयाँ दूर करने का प्रयास करें। दूसरों की शिकायत करने से पहले अपने अंदर की शिकायत पर काम करें। इस तरह अपना मेकअप करना शुरू करेंगे तो आपको दुनिया वैसी नहीं दिखेगी, जैसी आप सोचते हैं बल्कि ज्यादा सुंदर दिखाई देगी। आप लोगों को बिना शिकायत माफ कर पाएँगे।[२७]

जिस दिन आपको सभी सुंदर दिखने लग जाएँ, सभी अच्छे लगने लग जाएँ, उस दिन समझ लेना कि आप बहुत अच्छे इंसान हो गए हैं, सुंदर हो गए हैं। जो दिख रहा है, वह आपको अपने बारे में खबर दे रहा है वरना आपको स्वयं के बारे में कैसे पता चलता? जैसे आँख को अपने आपको देखने के लिए आइने की जरूरत होती है, उसी तरह इंसान को अपने अंदर के विकारों को देखने के लिए रिश्तों और घटनाओं रूपी आइने की जरूरत होती है।[२८]

'हमें भी तब तक अपनी खोज करनी होगी, जब तक हमें सभी सुंदर न दिखने लग जाएँ।' माया ने कहा।

'हाँ। कितना खूबसूरत, मनन करने योग्य अध्याय है। आखिर तक यह अध्याय पढ़ने के बाद बातें करते हैं।' महेश ने कहा।

इंसान को स्वयं के बारे में जानने के लिए ही खोज करने की जरूरत है। जब व्यक्ति की खोट निकल जाती है, अहंकार विलीन हो जाता है तब उस शरीर में स्टैबिलाइजेशन यानी प्रज्ञा-स्थापना होती है। व्यक्ति का अहंकार विलीन इसलिए नहीं होता क्योंकि वह बहुत सारी मान्यताएँ पकड़कर बैठा है। जिस प्रकार कपड़े धोने के लिए साबुन को उसके रैपर से बाहर निकालना पड़ता है, उसी तरह स्वबोध होने के लिए व्यक्ति (अहंकार) को खोट रूपी

दुःख के रैपर से बाहर निकालना पड़ता है। फिर उसे सब कुछ साफ-साफ दिखाई देगा और पता चलेगा कि सामनेवाले में जो दिख रहा है, अखर रहा है, जो उसे दुःख दे रहा है, वह उसका ही प्रतिबिंब है।[२९]

गहराई से खोज करने पर आप मनन सबूत दे पाएँगे। जब आप यह बता पाएँगे कि दुःख देनेवाली घटनाओं पर इस-इस तरह से मनन करने पर दुःख खत्म हो गया तो इसे कहेंगे 'मनन-सबूत'। अपने जीवन में आपको हर दुःखद घटना की होली जलाकर अपने आपको मनन सबूत देने हैं यानी गहराई से खोज करके अपने आपको अपना सत्य बताना है।[३०]

इतना पढ़कर माया और महेश कुछ देर के लिए चुप हो गए। हालाँकि पिछले कुछ दिनों में महेश अपने ऑफिस की समस्याओं के बारे में हरक्युलिस के साथ खोज करता रहा लेकिन इतनी व्यापक दृष्टि से खोज करना चाहिए, इसकी समझ अब कहीं उसे मिली थी।

शाम, चाय के वक्त महेश और माया हरक्युलिस के सामने अपने विचारों को रखने के लिए बेहद उत्सुक थे। महेश ने बताया– 'ऑफिस में लोगों का बरताव देखकर मैं बहुत निराश हो गया था और अपनी मान्यकथा में फँसकर मैंने लोगों से बहुत उम्मीदें लगा रखी थीं। आपकी मदद से खोज करके मुझे अपनी मान्यकथा और खोट समझ में आई, जिससे मैं निराशा से बाहर आ सका। लेकिन अब *'खोज– स्वयं का सामना'* पुस्तक का यह भाग पढ़कर मुझे एहसास हुआ कि हमें जीवन के हर पहलू पर खोज करना चाहिए न कि सिर्फ किसी एक मुद्दे पर ताकि हम किसी भी घटना या इंसान में उलझकर दुःखी, परेशान न हो सकें।'

माया ने इस पर हामी भरी।

महेश ने आगे बताया- 'खोज के परिणामस्वरूप ऑफिस के लोगों के प्रति तो मेरा रवैया बदल गया है लेकिन कभी-कभी मन में संदेह पैदा होता था कि खोज किए गए विषयों के अतिरिक्त कोई और घटना घटे या लोगों का अनुचित प्रतिसाद मिले तो कहीं मैं निराश न हो जाऊँ? लेकिन अब यह अध्याय पढ़ने के बाद मुझे विश्वास हो चला है कि मैं अब हर पहलू पर खोज कर सकूँगा और अपनी मान्यकथाओं को प्रकाश में लाकर उनसे मुक्त हो पाऊँगा, दु:ख पर दु:ख नहीं करूँगा।'

माया ने भी बताया- 'महेश के निराश होकर घर बैठने से मैं अपनी मान्यकथा से इतनी दु:खी हो गई थी कि मानो सब कुछ उजड़ गया हो। यदि मैं उस अवधि में खुश रहती और महेश को धीरज देती तो महेश अपनी निराश मन:स्थिति से जल्दी बाहर आया होता। इस घटना को आइना समझकर मुझे अपना बरताव ठीक करना चाहिए था।'

उन दोनों ने हरक्युलिस को बताया कि उस कहानी में जैसा लिखा है, वैसे ही उन्हें भी जीवन में असली गुरु की आवश्यकता है। जब तक सही गुरु की प्राप्ति नहीं होती तब तक उन्होंने *'खोज- स्वयं का सामना'* पुस्तक में दिए हुए ज्ञान पर चलने की इच्छा प्रकट की।

हरक्युलिस ने *'खोज- स्वयं का सामना'* की बहुत सारी प्रतियाँ खरीदकर रखी ही थीं। उनमें से एक पुस्तक निकालकर उसने माया-महेश को भेंटस्वरूप दी।

महेश और माया के परिवार की समस्याएँ सुलझ जाने से उनके घर में आमोद-प्रमोद का वातावरण छा गया था। हरक्युलिस ने कहा कि 'अब मेरा कार्य पूरा हो गया है, अब मुझे वापस जाना

चाहिए।' माया और महेश ने हरक्युलिस एक-दो दिन और रुकने की विनती की।

※ ※ ※

रात को हरक्युलिस घर की छत पर अकेला बैठा था...। बीते हुए कल के क्षण उसकी आँखों के आगे से सरकने लगे। ...महेश की तरह मैं भी अपने शोरूम में परेशान रहा करता था। ...कितनी मूर्खताएँ और गलतियाँ कर बैठा था। काश! उस वक्त मुझे सही मार्गदर्शन मिला होता तो आज मुझे मुँह छिपाकर भागने की नौबत नहीं आती...। फिर उसे ईश्वर की कृपा का एहसास हुआ... किस तरह देवी माँ के दृष्टांत से वह पुजारी के पास आया और लोगों की समस्याएँ सुलझाते वक्त उसे *'खोज- स्वयं का सामना'* पुस्तक हाथ लगा। उस रात वह ठीक से सो नहीं सका। उसे बार-बार वह सपना, वह दृष्टांत याद आ रहा था, जिसमें उसे देवी ने पुजारी की शरण में जाकर बारह लोगों का जीवन बदलने के लिए कहा था।

हरक्युलिस को एक झटका-सा लगा कि जितेंद्र और महेश की जिन समस्याओं को सुलझाने में उसने हाथ बँटाया, वे समस्याएँ उसकी भी तो थीं। महेश को ऑफिस में अपने बॉस तथा सहकर्मियों की जिन दिक्कतों का सामना करना पड़ता था, ठीक वही समस्याएँ वह अपने अधीनस्थ कर्मचारियों के लिए पैदा कर रहा था। अपने इस स्वभाव की वजह से ही उसे बिजनेस पार्टनर तथा स्टाफ से सहयोग नहीं मिलता था। आज हरक्युलिस को इस बात का साक्षात्कार हुआ इसलिए दूसरों को दबाने की प्रवृत्ति को दूर कर, शोरूम में हँसी-खुशी का वातावरण निर्माण करने का उसने निश्चय किया। ऐसा सोचते ही उसके सिर का बोझ हल्का हो गया। उसे

एहसास हुआ कि उसकी भी पारिवारिक और व्यावसायिक समस्याओं से संबंधित खोज पूर्ण हुई।

'खोज- स्वयं का सामना' पुस्तक से महेश को सलाह देने के लिए मिली हुई प्रेरणा तथा सुंदर और परिणामकारक शब्दों के लिए उसका अंत:करण देवी माँ के प्रति कृतज्ञता से भर उठा। महेश के जीवन में आए परिवर्तन को देखकर उसकी आँखें नम हो उठीं। सोने से पहले उसने मन ही मन निश्चय किया कि वह अब ज्यादा दिनों तक यहाँ नहीं रुकेगा। अब जल्द से जल्द वापस पुजारी के पास जाकर उसके अगले आदेश की प्रतीक्षा करेगा ताकि बाकी बचे हुए दस लोगों का जीवन बदलने में वह सफल हो सके।

सुबह उठते ही उसने अपना फैसला महेश और माया को सुनाया तथा उनसे विदा लेकर मंदिर की तरफ चल पड़ा।

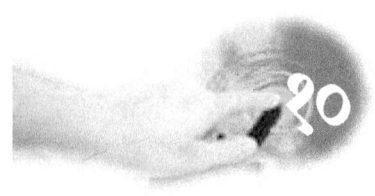

हरक्युलिस का तीसरा कार्य

पुजारी ने मंदिर में संध्या काल की पूजा-अर्चना समाप्त की। वह सोने की तैयारी में था लेकिन चिंता के कारण उसे नींद नहीं आ रही थी। जब से हरक्युलिस उसके पास आया था, उसका नशीले पदार्थों का धंधा तो जैसे ठप्प-सा पड़ गया था। पुजारी के पास नशीले पदार्थ मँगवाने के छोटे-मोटे साधन तो कई थे लेकिन मुख्य मददगार थे 'सी-रिसॉर्ट' के मालिक भाईजी। कई दिनों से भाईजी की तरफ से किसी कारणवश माल आने में विलंब हो रहा था। इधर पुजारी को चिंता सताए जा रही थी कि माया के यहाँ से हरक्युलिस कभी भी लौट सकता है। वह कोशिश में था कि हरक्युलिस के आने से पहले माल की खेप यहाँ पहुँच जाए। पुजारी ने भाईजी को टेलीफोन लगाकर अपनी समस्या बताई।

भाईजी ने पुजारी को सुझाव दिया- 'हरक्युलिस को मेरे पास क्यों नहीं भेज देते? आपके पास माल पहुँचने तक मैं उसे किसी तरह अपने रिसोर्ट में रोककर रखूँगा। सब कुछ ठीक-ठाक

हो जाने पर ही उसे यहाँ से जाने दूँगा।'

पुजारी को भाईजी की युक्ति जँच गई।

'ठीक है, जैसे ही हरक्युलिस माया के घर से वापस आएगा मैं तुरंत उसे आपके पास भेज दूँगा।' पुजारी ने उत्साहित होते हुए सहमति जताई।

भाईजी से बात खत्म होते ही पुजारी के फोन की घंटी फिर से घनघना उठी। इस बार फोन पर माया थी। माया ने पुजारी को हरक्युलिस के आने से लेकर सारा किस्सा कह सुनाया। वह हरक्युलिस की तारीफ करते नहीं थक रही थी। महेश के हृदय परिवर्तन का सारा श्रेय उसने हरक्युलिस को दिया। माया ने बताया कि हरक्युलिस आज सुबह की बस से निकलकर कल वहाँ पहुँच रहा है।

❈ ❈ ❈

प्रात: नित्यकर्म निपटाकर मंदिर में पूजा के लिए पहुँचते ही पुजारी ने देखा कि हरक्युलिस अपना बैग लेकर पहले से ही वहाँ मौजूद था। हरक्युलिस का आनंद से आलोकित चेहरा खुद ही सारी कहानी बयान कर रहा था। हरक्युलिस ने झुककर पुजारी को प्रणाम किया।

पुजारी के मन में हरक्युलिस के लिए पहली बार सुखद भावना का उदय हुआ। आखिर वह उसकी बहन को सारी दिक्कतों से बाहर निकालकर लौटा था। पुजारी ने दिल खोलकर हरक्युलिस को आशीर्वाद दिया। दोनों एक चबूतरे पर बैठकर बतियाने लगे।

'कल ही माया ने फोन से तुम्हारे आने की खबर दी थी। साथ ही यह भी बताया कि तुमने कैसे उनके घर की समस्या सुलझाई। महेश के फिर से ऑफिस जाने से माया बहुत खुश है।

इसके लिए उसने तुम्हें बहुत धन्यवाद दिया है।'

'देवी माँ के आशीर्वाद से सब संभव हुआ है वरना मुझमें ऐसी कार्य-कुशलता कहाँ?' हरक्युलिस ने विनयपूर्वक कहा।

'देवी माँ का आशीर्वाद!' यह शब्द सुनते ही पुजारी का मन फिर ईर्ष्या से भर उठा। वह सोचने लगा कि देवी माँ के आशीर्वाद से हरक्युलिस का हर कार्य कैसे सफल हो जाता है?

तभी हरक्युलिस ने झोले में से माया द्वारा भेजी मिठाइयाँ व उपहार निकालकर पुजारी को सौंपे। पुजारी ने उन्हें लेते हुए हरक्युलिस से पूछा- 'यदि मैं कल तुम्हें पुनः किसी कार्यवश बाहर भेजूँ तो क्या तुम जाने के लिए तैयार हो?'

हरक्युलिस ने सपने में भी नहीं सोचा था कि इतनी जल्दी उसे तीसरा कार्य दिया जाएगा। उसने तुरंत हामी भर दी।

हरक्युलिस की 'हाँ' सुनकर पुजारी मन ही मन उछल-सा पड़ा। 'यह किस मिट्टी का बना है? न कोई शिकायत, न आलस्य, न थकावट, न कोई बहाना...! मेरा हर आदेश मानने के लिए सदा तत्पर रहता है! अपने पश्चात्ताप के प्रति इतना समर्पण...!!!'

हरक्युलिस के प्रति मन में उठी इन सकारात्मक भावनाओं को पुजारी ने शीघ्र ही झटक दिया। उसे तो जल्द से जल्द हरक्युलिस को भाईजी के पास भेजना था। पुजारी ने कहा- 'अभी तुम आराम करो, फिर रात को बात करते हैं।'

'ठीक है।' इतना कहकर हरक्युलिस अपने कमरे में चला गया। कमरे में जाकर ज्यों ही वह लेटने को हुआ, त्यों ही पुराने रोग ने उसे अपनी गिरफ्त में ले लिया। अचानक उठे सिर दर्द से वह कराह उठा। माइग्रेन का दर्द उसकी एक बड़ी पीड़ा थी। उसने

बक्से में से दवाई निकालकर माथे पर लगाई। दवाई मलते-मलते वह चिंतित हो उठा। 'पता नहीं कल नई जगह पर जाकर किन समस्याओं का सामना करना होगा?' तभी उसके भीतर से आवाज आई- 'सब ठीक हो जाएगा।' अब जब कि उसने अंदर की आवाज को अंतिम मानने का फैसला कर ही लिया था तो शक की कोई गुंजाइश ही नहीं थी।

रात को भोजन के दौरान पुजारी ने हरक्युलिस को बताया- 'यहाँ से ५०० किलोमीटर की दूरी पर मीरामा नामक समुद्र किनारा है, जहाँ बहुत बड़ी संख्या में टूरिस्ट आते हैं। समुद्र के किनारे एक बड़ा रिसॉर्ट है, जिसके मालिक भाईजी से मेरी अच्छी जान-पहचान है। वे देवी माँ के पक्के भक्त हैं। उन्होंने मंदिर के जीर्णोद्धार के लिए बहुत दान-धर्म किया है। तुम कुछ दिन वहाँ जाकर रहो।'

'लेकिन मैं वहाँ जाकर करूँगा क्या?' हरक्युलिस ने हैरानी जताई।

'वे बहुत बड़े व्यापारी हैं। तुम उनके साथ काम करते हुए बहुत-सी बातें सीखोगे। उनकी संगत तुम्हारे लिए बड़ा मौका साबित होगी। जब तक भाईजी चाहें तब तक तुम वहीं रहना।'

'जैसा आप ठीक समझें। कल सुबह ही मैं वहाँ के लिए रवाना हो जाऊँगा।' हरक्युलिस ने हामी भरते हुए कहा।

'तुम आज ही आए हो, चाहो तो दो-तीन दिनों के बाद चले जाना।' पुजारी ने थोड़ा मेहरबान होते हुए कहा।

'ठीक है, जैसा आप उचित समझें।'

हरक्युलिस ने दो दिन आराम कर अपने सिर दर्द के लिए जो कुछ बन पड़ा, वे सारे घरेलू इलाज किए। यह चमत्कार ही था कि दो दिनों में ही उसकी हालत में काफी सुधार आ गया। तीसरे दिन

तड़के पाँच बजे की बस से हरक्युलिस मीरामा बीच की ओर रवाना हुआ। हालाँकि अब भी उसे नहीं पता था कि वहाँ जाकर उसे क्या करना है, फिर भी उसे इस बात की खुशी थी कि देवी माँ के बताए अनुसार वह अपना तीसरा कार्य संपन्न करने जा रहा है। साथ ही समुद्र किनारे की प्राकृतिक सुंदरता की कल्पना भी उसे आल्हादित कर रही थी।

सफर के दौरान हरक्युलिस गहरी सोच में डूबा रहा। इन दिनों हर कार्य करते समय उसे अपने अंदर संतुष्टि का अनुभव होता था। हरक्युलिस को आजकल ये विचार आने लगे थे कि जो समझ उसे मिल रही है, उसे वह अधिक से अधिक लोगों तक पहुँचाए।

बीच-बीच में कुछ गाँवों में रुकती हुई बस ठीक एक बजे दोपहर के भोजन के लिए रुकी। भोजन के पश्चात सभी यात्री बस में सवार हुए और बस पुनः चल पड़ी।

मनन, मौन और प्रार्थना में शाम कब हुई पता ही न चला। बस के बाहर का नजारा बहुत ही मनोरम था। अस्त होते हुए सूर्य की लालिमा ने सारे आकाश को सुनहरे लाल रंग से आच्छादित कर दिया था। चलती हुई बस से दिखाई देते दौड़ते हुए नजारे ने हरक्युलिस के विचारों को थामकर रख दिया था।

ठीक रात आठ बजे बस अपने नियत स्थान पर जा पहुँची। दस मिनट में ही वह रिसॉर्ट के द्वार पर खड़ा था। रिक्शा से उतरकर उसने पैसे चुकाए और कदम बढ़ाए एक नई चुनौती की ओर...।

अंदर पहुँचते ही रिसॉर्ट की भव्यता ने उसे चकित कर दिया। रिसेप्शन काउंटर पर जाकर उसने अपना परिचय देते हुए भाईजी से मिलने की अनुमति माँगी। रिसेप्शनिस्ट ने फोन पर बातचीत करके उसे कुछ देर बैठने को कहा।

हरक्युलिस वहाँ रखे सोफे पर बैठकर रिसॉर्ट का अवलोकन करने लगा। रिसॉर्ट अच्छे खासे विस्तृत परिसर में फैला हुआ था। एक जगह बैठकर चारों तरफ नजर घुमाना भी मुश्किल था। रिसॉर्ट को पेड़-पौधों, रंगीन फव्वारों और रोशनाई से सजाया गया था। लोगों के मनोरंजन के लिए यहाँ तरह-तरह के साधन भी उपलब्ध थे।

दस मिनट के इंतजार के बाद हरक्युलिस को सामने से भाईजी आते दिखाई दिए। सूट-बूट में सजा भरा-पूरा शरीर, सांवला रंग और घनी काली मूंछें उनके दबंग व्यक्तित्व को दर्शा रही थी। हरक्युलिस के पास आकर वे उसके साथ ही सोफे पर बैठ गए। दोस्ताना अंदाज में हरक्युलिस से उसका परिचय प्राप्त करके उन्होंने पुजारी की खैरियत पूछी। उन्होंने हरक्युलिस से कहा- 'हम कल सुबह १० बजे आराम से बात करेंगे। फिलहाल तुम भोजन करके होटल में आराम करो।'

❋ ❋ ❋

प्रात: पक्षियों की चहचहाहट से हरक्युलिस की नींद खुली। नहा-धोकर तरोताजा होकर वह रिसेप्शन पर गया और सोफे पर बैठकर भाईजी का इंतजार करने लगा। ठीक दस बजे भाईजी आए और हरक्युलिस के समीप आकर बैठ गए।

'गुड मॉर्निंग, नींद अच्छी आई कि नहीं? जगह कैसी लगी?' भाईजी ने बातचीत कुछ यूँ शुरू की।

'बहुत खूबसूरत जगह है। आपने इसे बड़े अच्छे से सँवारा है मगर मुझे यहाँ निश्चित तौर पर क्या करना है?' कहते हुए हरक्युलिस अपनी व्यग्रता छिपा न सका।

'होटल का इलेक्ट्रॉनिक मेन्टेनेन्स मैनेजर कुछ दिनों के लिए छुट्टी पर गया है। चूँकि तुम इस कार्य में माहिर हो तो आज से होटल

के सारे उपकरणों की देखरेख की जिम्मेदारी तुम्हारी है। पुराने उपकरणों का रख-रखाव और नए उपकरणों की खरीददारी इन सभी की व्यवस्था तुम्हें करना है।' भाईजी ने कुटिल मुस्कान बिखेरते हुए कहा।

'लगता है, पुजारीजी ने आपको मेरे बारे में काफी जानकारी दी है... ठीक है, आपके कहे अनुसार मैं यह जिम्मेदारी उठाने के लिए तैयार हूँ।' हरक्युलिस ने स्वीकार करते हुए कहा।

भाईजी ने आगे कहा- 'मेन्टेनेन्स का काम दिन के समय में किया जा सकता है। शाम को यहाँ पर्यटकों के लिए सांस्कृतिक और मनोरंजन के कार्यक्रम होते हैं। यदि तुम्हारे अंदर भी कोई कला-गुण हो तो उसे उजागर करने का तुम्हें पूरा मौका है। तुम आज सारा दिन यहाँ की गतिविधियों को देखो। तुम्हें किसी भी तरह की जरूरत या समस्या हो तो मुझे बता सकते हो।' इतना कहकर भाईजी मुस्कराते हुए वहाँ से चले गए।

होटल सिर्फ बंद दीवारों तक सीमित नहीं था बल्कि खुले आकाश तले, ताजी हवा खाते हुए पर्यटक भिन्न-भिन्न खेलों तथा समुद्र की अठखेलियों का आनंद लेते हुए गार्डन रेस्टोरेंट का मजा उठाते थे। प्रकृति के यूँ करीब रहकर बड़े-बूढ़े भी बच्चे बन जाया करते थे। शनिवार-रविवार को तो यहाँ खासी भीड़ लगी रहती थी। जगह-जगह पर छोटी-छोटी हट्स बनी हुई थीं। किसी में जादू के प्रयोग तो किसी में कठपुतली के खेल तो कहीं तमाशबीनों के करतब दिखाए जाते थे। कहीं ऊंट की सवारी का आनंद लिया जाता था तो कहीं बग्गियाँ दौड़ती थीं।

हरक्युलिस इस नए वातावरण में एक अनोखी खुशी महसूस कर रहा था। इन दो-तीन दिनों में हरक्युलिस ने एक बात देखी कि रात आठ बजे के बाद नौजवान युवक-युवतियों का एक समूह रोज

आकर होटल बंद होने तक बैठा रहता है। हँसी-मजाक के साथ-साथ अचानक वे लोग गंभीर हो जाया करते हैं। रोज की तरह आज भी वह ग्रुप बातचीत में मशगूल था। उनके हाव-भाव को देखकर लग रहा था कि वे किसी गंभीर विषय पर चर्चा कर रहे हैं। तभी वेटर उनका ऑर्डर लेने टेबल पर पहुँचा। हरक्युलिस ने देखा कि अचानक वे लोग वेटर के साथ उलझ पड़े और उसे खरी-खोटी सुनाने लगे।

यह सब देखकर हरक्युलिस के मन में विचार उठा कि इस जवान पीढ़ी को अंधकार से उजाले की ओर ले जाने की बहुत जरूरत है। कुछ सोचकर हरक्युलिस वहाँ पहुँचा और झगड़े को सुलझा दिया। फिर उसने शांति से पूछा- 'मैं आप लोगों को तकरीबन रोज ही देखता हूँ। क्या मैं आप लोगों की मंडली में शामिल हो सकता हूँ?'

सभी मित्र एक-दूसरे का मुँह देखने लगे। उन्हें अचानक समझ नहीं आया कि क्या जवाब दें। चूँकि हरक्युलिस ने वेटर के साथ हुए वाद-विवाद को निपटाने में उनकी मदद की थी, अतः उन्होंने हरक्युलिस को अपने ग्रुप में बैठने की इजाजत दे दी।

'मेरा नाम हरक्युलिस है और मैं आपके शहर में मेहमान हूँ। किसी कार्यवश मैं कुछ दिनों के लिए यहाँ रहने के लिए आया हूँ।' हरक्युलिस ने अपना संक्षिप्त परिचय दिया।

सभी ध्यान से हरक्युलिस को सुन रहे थे।

'क्या मैं आप सभी के नाम जान सकता हूँ?' हरक्युलिस ने धीरे से उनकी तरफ दोस्ती का हाथ बढ़ाते हुए पूछा।

'हाँ, क्यों नहीं ! मैं आलोक, यह अंगद, पूजा और यह जेसिका। हम सभी तकरीबन रोज यहाँ आते हैं। मैं और पूजा मैनेजमेंट के विद्यार्थी हैं, अंगद व जेसिका अभी नौकरी की खोज में

हैं। हम यहाँ आकर अपने सुख–दुःख बाँटा करते हैं।' आलोक ने सबका परिचय कराते हुए कहा।

'आप सभी से मिलकर खुशी हुई। अब हम यूँ ही मिलते रहा करेंगे और सुख–दुःख के पार खुशी का रहस्य भी बाँटा करेंगे।' इतना कहकर, सबको आश्चर्य में डालकर हरक्युलिस वहाँ से निकल गया।

रात भोजन उपरांत हरक्युलिस ने बैग में बड़े आदर के साथ सहेजकर रखी हुई पुस्तक *'खोज–स्वयं का सामना'* बाहर निकाली और तन्मय होकर पढ़ने लगा। जैसे–जैसे हरक्युलिस के ज्ञान–चक्षु खुलते जा रहे थे, वैसे–वैसे वह पुस्तक पवित्र–पावन ग्रंथ का रूप लेती जा रही थी। लोगों को उनकी समस्याओं से बाहर निकालना अब उसे अपनी नैतिक जिम्मेदारी महसूस होने लगी थी। इसके अलावा उसका अपना दृष्टिकोण भी व्यापक हो चला था।

11

रोज सुबह हरक्युलिस समुद्र किनारे सैर करने जाने लगा। समुंदर पार से निकलते सूर्य–देवता के दर्शन उसे आनंद के भाव से भर देते थे। सूर्य के उदय और अस्त होने की नैसर्गिक क्रिया को वह मानव जीवन के सुख–दुःख से जोड़ता था।

रात ठीक आठ बजे हरक्युलिस रिसॉर्ट के 'यंग हट' नामक जगह पर पहुँचा, जहाँ वह ग्रुप बैठा हुआ था जिससे कल हरक्युलिस मिला था।

'हैलो, आप लोग कैसे हैं?' हरक्युलिस ने जिंदादिली से पूछा। उन सभी ने भी मुस्कराते हुए हरक्युलिस का स्वागत किया और उससे बैठने का आग्रह किया। कल की वेटरवाली घटना के बाद उनके मन में हरक्युलिस के प्रति सम्मान का भाव पैदा हो गया

था।

अंगद ने बातचीत का सिलसिला शुरू करते हुए कहा- 'आपकी देहबोली से लगता है कि आपको दूसरों की मदद करना सुहाता है। क्या मैं आपसे अपनी एक उलझन बाँट सकता हूँ?'

'बड़ी खुशी से।' हरक्युलिस ने अपनी सहमति जताई।

'पिछले दो सालों से मैं नौकरी के लिए अथक प्रयत्न कर रहा हूँ लेकिन सफलता मेरे हाथों में आते-आते फिसल जाती है। कभी मुझे कहा जाता है कि आपको जल्द ही कॉल किया जाएगा तो कभी ऐन वक्त पर सिफारिश की वजह से किसी दूसरे उम्मीदवार का चुनाव कर लिया जाता है। इधर, घर के लोग इस परिस्थिति को नहीं समझ पा रहे हैं और मुझे ही दोष देते हैं। दोनों ही तरफ से मेरे साथ अन्याय हो रहा है। मेरा बड़ा भाई मोटी तनख्वाह पर नौकरी कर रहा है। कदम-कदम पर मेरी उसके साथ तुलना की जाती है। घर के निर्णय लेते समय मुझे उपेक्षित किया जाता है। भैया के दोस्तों की खूब खातिरदारी की जाती है, जब कि मेरे दोस्तों का उपहास किया जाता है। मैं इन सबसे काफी परेशान रहता हूँ। लगता है कि मैंने अपनी सारी खुशियाँ खो दी हैं। क्या आप इस पर कोई उपाय बता सकते हैं?'

हरक्युलिस ने कुछ पल सोचा और कहा- 'इसके लिए आपको अपने भीतर गहराई से खोद-खोदकर विचारों की खोज करनी होगी।'

'वह कैसे?' अंगद ने पूछा।

'इसके लिए आपको कुछ बातें समझनी होंगी। दुनिया में दुःख नहीं है, दुनिया को देखकर हमारे मन में उठनेवाले विचारों में दुःख है। जीवन में होनेवाली घटनाओं, विचारों, अनुमानों पर जब

आप स्टैम्पिंग करते हैं, उन्हें सच मानने लगते हैं तब आपके विचार कई गुना बढ़ जाते हैं। सबसे पहले आपको घटनाओं की स्टैम्पिंग करना छोड़ना होगा। स्टैम्पिंग करना यानी मुहर लगाना, किसी घटना को देखकर अपने मन में उठनेवाले विचारों को सही मान लेना। जैसे अभी आपने कहा, ''नौकरी न मिलने के कारण मैंने अपनी सारी खुशियाँ खोई हैं।'' यह आपके द्वारा की गई स्टैम्पिंग ही है।'

'अच्छा!!! तो यह बात है!' आश्चर्य से अंगद ने कहा।

सच्चाई यह है कि आज तक आपने कुछ भी नहीं खोया है और न ही कभी कुछ खो सकते हैं बल्कि आपके साथ जो भी हो रहा है, वह आपकी आज की जरूरत है। 'दिस इज़ दैट व्हॉट यू नीड– यह वह है, जिसकी आपको जरूरत है।' यह बहुत ही महत्त्वपूर्ण समझ है। इसे जल्द से जल्द समझने का प्रयास करेंगे तो आप अपने जीवन में कभी उदास, निराश या नाराज नहीं होंगे।'

'यानी नौकरी का न मिलना क्या आज की मेरी जरूरत है?' अंगद ने अचरज से पूछा।

'हाँ, हो सकता है कि आपको आगे कोई अच्छी नौकरी मिलनेवाली हो, वह आपका इंतजार कर रही हो। नौकरी मिलने तक आप जो अतिरिक्त कोर्सेस करके अपनी काबिलियत बढ़ा रहे हैं, हो सकता है वे गुण आगे चलकर आपकी पदोन्नति में मददगार हों। इस तरह मनन करने पर ऐसे बहुत से जवाब मिलेंगे, जिससे पता चलेगा कि नौकरी का न मिलना आज की आपकी जरूरत है।'

'हाँ, इस तरह से भी सोचा जा सकता है। क्या इस बात पर थोड़ा और प्रकाश डालेंगे ?' अंगद ने सवाल किया।

'एक उदाहरण से इसे और अच्छी तरह से समझें। एक बच्चे

को उसके पिताजी हर रोज जबरदस्ती करेला खिलाते हैं। यह देखकर कोई सोचे कि उस बच्चे पर कितना अत्याचार किया जा रहा है मगर उसे यह पता नहीं है कि बच्चे की बीमारी क्या है और उस बीमारी का इलाज करेला खाना ही है। करेला खाते हुए बच्चे का मुँह टेढ़ा होता देख किसी को लग सकता है कि उस बच्चे के साथ नाइंसाफी हो रही है मगर वास्तव में वैसा नहीं है। अत: यह समझ रखें कि जिसके साथ जो हो रहा है, वह उसकी उस वक्त की जरूरत है।'

हरक्युलिस कहता रहा, 'अंगद इस उदाहरण से आपको समझ में आया होगा कि ''नौकरी न मिलने के कारण मुझ पर अन्याय हुआ है'' ऐसा सोचना आपकी ओर से की गई स्टैम्पिंग मात्र है।'

सभी ने सिर हिलाकर मौन स्वीकृति दी। सभी नई विचारधारा से प्रभावित थे।

हरक्युलिस ने आगे कहा– 'किसी घटना को देखकर उसकी पूरी जानकारी न होने के कारण आप तुरंत स्टैम्पिंग कर देते हैं और दु:ख भुगतते हैं। फिर जब आपको सच्चाई पता चलती है तब आप सोचते हैं कि अरे! उस वक्त मुझे इतना परेशान होने की जरूरत ही नहीं थी। हालाँकि इसका एहसास आपको सच्चाई जानने के बाद होता है मगर तब तक जो तथाकथित दु:ख आप भुगतते हैं, उसका क्या?'

'तथाकथित दु:ख?' आलोक ने पूछा।

'हाँ, तथाकथित दु:ख क्योंकि सच्चाई जानने के बाद दु:ख, दु:ख नहीं रह जाता। अब यह ठान लें कि किसी भी बात, घटना, विचारों या दृश्य पर स्टैम्पिंग करने से पहले कुछ पल वहाँ रुकना है, खोज करना है, न कि उसे तुरंत सच मान लेना है।'

'लेकिन घरवाले मुझे हमेशा ताने देते हैं, उलाहना देते हैं,

स्वयं का सामना 101

उसका क्या? क्या यह भी स्टैम्पिंग है?'

'इस बात को इस तरह समझें कि ''मेरे साथ ऐसा-ऐसा होता है'' यह कहकर अनजाने में आप कुदरत से पुरानी माँग करते हैं। जब वह माँग पूरी होती है तब आप कहते हैं- ''देखो, मैंने सही बोला था न; मैंने जो कहा, वही हुआ।'' इस तरह अनजाने में आप अपने आपको सही सिद्ध करने के लिए पुरानी प्रार्थनाएँ दोहराते रहते हैं। मगर खोज करने के बाद आप देखेंगे कि आपके जीवन में सर्वोत्तम चीजें आ रही हैं क्योंकि अब आपने पुरानी गलत माँग बंद कर दी है। अर्थात आपने यह साबित करना बंद कर दिया कि आपके साथ अन्याय हुआ है।'

'यानी घरवाले हमेशा मुझे ताने देते हैं, ऐसा कह-कहकर मैं अपने आप को सही साबित करने में लगा हूँ और अनजाने में पुरानी माँग कर रहा हूँ।' अंगद ने आश्चर्य से पूछा।

'हाँ, ऐसा ही है। कोई भी जानबूझकर ऐसा करना नहीं चाहता किंतु अनजाने में आप कुदरत के कानून के खिलाफ सोचने लगते हैं तो वह भी अपना काम करने लगती है। बच्चा यदि आग में हाथ डाले तो कुदरत यह नहीं कहती कि 'यह बच्चा है, इसका हाथ नहीं जलाते।' बच्चा हो या अन्य कोई, आग में हाथ डाला तो उसका हाथ जलता ही है। उसी प्रकार नकारात्मक बातों पर सोचकर आप भी अनजाने में कुदरत के कानून के खिलाफ मनन करते रहते हैं। कुदरत का कानून कहता है कि 'यह ऐसा-ऐसा सोच रहा है यानी यह इसकी माँग है तो चलो उसकी माँग पूरी करते हैं।' इस तरह अनजाने में आप गलत चीजों को अपने जीवन में आकर्षित करते हैं।'

'हम सभी को लगता है कि हमारे साथ कहीं न कहीं अन्याय हो रहा है। अब हम सभी अपने अन्याय पर खोज करना चाहेंगे। क्या

आप रोज कुछ समय के लिए हमारे साथ बैठकर हमारी मदद करेंगे?' आलोक ने विनम्र होकर पूछा।

'हाँ...हाँ, क्यों नहीं। हम एक-एक करके सभी की समस्याओं को लेंगे। कल हम आपसे सुनेंगे कि आप पर क्या अन्याय हुआ है। चलो, अब खाना मँगवा लो वरना होटल बंद होने का समय हो जाएगा।'

आलोक ने खाना मँगवाया और हरक्युलिस से कहा- 'हम अकसर यहाँ खाना खाकर ही आते हैं। अधिकतर समय तो हम सिर्फ चाय या कॉफी पर ही गुजारा कर लेते हैं।'

हरक्युलिस हँसते हुए बोला- 'अब आज तो दावत का मजा ले लो।' सभी ने आनंदित मनोभाव के साथ खाना खाया और अपने-अपने घर की ओर चल पड़े।

❄ ❄ ❄

रात अपने कमरे में जाकर हरक्युलिस ने *'खोज- स्वयं का सामना'* ग्रंथ में से अन्याय पर स्पष्ट संदेश देनेवाला अध्याय पढ़ा ताकि दूसरे दिन आलोक की समस्याओं का हल निकाला जा सके।

सुबह उठकर रोज की तरह हरक्युलिस समुद्र किनारे घूमने निकला। आजकल वह स्वयं में आए बदलाव पर बहुत आनंदित था। यह बात उसके लिए किसी आश्चर्य से कम नहीं थी कि अब वह सदा शांत व संयत रह पाता है। सही वक्त पर उसे सही जवाब सूझते हैं। उसे महसूस हुआ कि ईश्वरीय समझ उसके अंदर उतरना शुरू हो गई है।

रात आठ बजे हरक्युलिस 'यंग हट' पहुंचा। सभी लोग कॉफी की चुस्कियों के बीच उसका इंतजार कर रहे थे। हँसते हुए

सबका अभिवादन कर वह कुर्सी पर बैठ गया।

आलोक ने कॉफी का एक कप हरक्युलिस की ओर बढ़ाया।

कॉफी पीते हुए हरक्युलिस बोला- 'हाँ बोलो, आलोक तुम्हारे साथ क्या नाइंसाफी हो रही है?'

आलोक तो मानो तैयार ही बैठा था। बिना रुके वह बोलता गया-'हमारे कॉलेज के प्रोफेसर बहुत पक्षपाती हैं। वे अपने चहेते विद्यार्थियों को उच्च श्रेणी देते हैं और मेरा परफॉरमेन्स अच्छा होने के बावजूद मुझे निम्न श्रेणी देकर अन्याय करते हैं। इस बात से मैं बहुत परेशान रहता हूँ। आप इस बारे में क्या सलाह देंगे?'

'सबसे पहले मुझे यह बताइए कि कल मैंने आप सभी को खोज करने की जो बात बताई थी, क्या उस पर आप लोगों ने कुछ मनन-चिंतन किया?' हरक्युलिस ने कोई सलाह देने से पहले सभी से प्रतिप्रश्न किया।

अंगद बोल उठा- 'कल आपके बताए अनुसार मैंने अपने ऊपर हुए अन्याय पर खोज की है लेकिन क्या आप कुछ और उदाहरण देकर इसे स्पष्ट करेंगे?'

'हाँ, उदाहरण तो मैं बताऊँगा लेकिन पहले आपके विचार सुनना चाहूँगा।'

'ठीक है, मनन कर जो बातें सामने आई हैं, मैं आपको बताता हूँ। फिर हम आपसे आलोक की समस्या का समाधान जानेंगे।'

मैंने मनन किया- 'क्या यह पक्का है कि इंटरव्यू में मैं ही सबसे काबिल उम्मीदवार था? हो सकता है वाकई में दूसरों की काबिलियत मुझसे ज्यादा हो? किसी और का चुनाव मेरे लिए अन्याय है तो

उसके लिए न्याय। फिर सत्य क्या है...? घटना अन्यायकारक है या मेरा दृष्टिकोण...? एक नौकरी यदि मुझे नहीं मिली तो मेरी आगे की संभावना खतम थोड़े ही हुई है...। भारत में बढ़ती बेरोजगारी और मंदी की परिस्थिति में मुझे नौकरी मिलने की संभावना कितनी कम है, कहीं यह सोच ही मुझे नौकरी से दूर तो नहीं रख रही है...?

हरक्युलिस ने तुरंत हामी भरी- 'सही दिशा में सोच रहे हो।'

अंगद ने आगे कहा- 'घरवाले यदि मेरे साथ सौतेला व्यवहार करते हैं तो इसके पीछे उनका उद्देश्य बुरा कैसे हो सकता है?... बेटे के प्रति चिंता ही उनसे ऐसा व्यवहार करवाती है...। कहीं मेरे अंदर नौकरी न मिलने का चोर तो नहीं छिपा है, जिसकी वजह से मैं उनसे सीधे मुँह बात नहीं करता...! नौकरी न मिलने के कारण मैं ही नकारात्मक बातों के लिए ज्यादा संवेदनशील हो गया हूँ इसलिए वे बातें भी मुझे चुभने लगी हैं, जो पहले नहीं चुभती थीं। इस बात पर मनन कर मेरे दृष्टिकोण में बहुत बदलाव आया है।'

'मेरी समस्या पर किस तरह खोज करना है, कृपया अब इस पर मार्गदर्शन दीजिए।' आलोक ने बेसब्री से कहा।

'ठीक है, इस कहानी से समझें कि आप सभी को किस तरह खोज करना है।'

एक राजा था। उसकी यह दिली इच्छा थी कि उसके राज्य में सभी को इंसाफ मिले। इसलिए वह अपने ही राज्य में भेष बदलकर घूमा करता था और लोगों पर नजर रखता था। उसे ज्ञात हुआ कि उसके राज्य में चोर-उचक्के घूमते हैं, जो लोगों के घर में डाका डालकर उनकी धन-दौलत लूट लेते हैं। राजा ने उन्हें पकड़वाकर लोगों को उनसे मुक्ति दिलाई। उसने रात में बहुत से गरीब और फकीर इंसानों को देखा। राजा ने उन्हें बिठाकर उनकी तकलीफों के

बारे में पूछताछ करके उनका निवारण किया। इस प्रकार खोज करके राजा ने प्रजा की हर तकलीफ, दु:ख-दर्द को दूर किया।

'आपका इशारा हमें समझ में आ रहा है।' अंगद ने मुस्कराते हुए कहा।

कहानी का खुलासा करते हुए हरक्युलिस ने बताया- 'कहानी में राजा यानी आप। आपको अपने मन के राज्य में घूम-घूमकर जख्मी विचाररूपी चोर-उचक्कों को ढूँढ़ निकालना है। उन विचारों की तह तक जाकर खोज करना है ताकि चारों ओर सुख-चैन और अमन का बोलबाला हो। उस राजा की तरह आप भी यदि इंसाफ-पसंद हैं तो यह काम तुरंत शुरू करेंगे। आपको अपने अंदर झांकना है कि अंदर कौन से जख्मी विचार टहल रहे हैं, जिनसे आपको तकलीफ होती है, खोज करके उनकी जड़ तक जाना है। नाइंसाफी के विचार आएँ तो तुरंत स्टैम्पिंग नहीं करना है। उनके पीछे कौन सी गलत धारणाएँ छिपी हैं, उसकी खोज करना है। खोज करेंगे तो समस्या पकड़ में आएगी।'

'कृपया न्याय-अन्याय... इस विषय पर थोड़ा और खुलासा करें ताकि हम भी राजा की तरह गहराई से खोज कर पाएँ।' सभी ने एकमत होकर कहा।

'अच्छा सुनिए; विश्व में एक साथ, एक समय पर कई घटनाएँ घटित होती रहती हैं। घटनाओं में कुछ लोगों के साथ अच्छा व्यवहार होता है तो कुछ लोगों के साथ गलत व्यवहार होता है। हर इंसान अपनी समझ के अनुसार उसके साथ हुए व्यवहार को न्याय अथवा अन्याय के रूप में लेता है। अर्थात अच्छा व्यवहार हुआ यानी न्याय हुआ और गलत व्यवहार हुआ यानी अन्याय हुआ। लोगों की ऐसी धारणा बन गई है। न्याय-अन्याय होने के पीछे

दरअसल कुदरत हमें कुछ संकेत दे रही होती है, हमें वह समझ में आना चाहिए।'

'निम्न श्रेणी मिलना किस बात का संकेत है?' आलोक ने उलझनभरे स्वर में पूछा।

'इस घटना से कुदरत आपको कड़ी मेहनत करने का संकेत दे रही है, परिस्थिति से समायोजन करने की सीख दे रही है, अंतर्मुख तथा ज्यादा कार्यक्षम होने का मौका दे रही है। यह घटना आपका बल बने, आपकी महत्त्वाकांक्षाओं को पूर्ण करने का साधन बने... यदि आप इस ढंग से सोच पाएँगे तो नकारात्मक घटनाएँ भी आपके लिए सीढ़ी बनेंगी।'

'ओह, संकेत पकड़ने की यह कला कितनी महत्त्वपूर्ण है।' आलोक ने मन ही मन कहा। फिर वह ध्यान से हरक्युलिस की बातें सुनने लगा।

'आपको अपने ऊपर हुए अन्याय को भी सकारात्मक दृष्टिकोण से देखना आना चाहिए। जब लोगों के साथ अन्याय होता है तब वे खुद पर भी अत्याचार करने लगते हैं। इंसान को बाहर से होता हुआ अन्याय दिखाई देता है मगर वह खुद अपने आप पर जो अन्याय करता है, उसे वह नहीं देख पाता। आलोक, अब आपको खोज करना है कि आपने अपने आप पर कैसा अन्याय किया है और अपनी ओर आनेवाली कौन सी सकारात्मक चीजों को रोका है, कब आप पीतल बन गए?'

'मतलब?' आलोक ने हैरानी जताई।

'जब भी आपके अंदर किसी बात के लिए प्रतिरोध पैदा होता है यानी किसी बात की शिकायत चलती रहती है तो उस वक्त आप पीतल बन जाते हैं। इससे आपके पास आनेवाली बहुत

सारी सकारात्मक चीजें रुक जाती हैं। यह आपके द्वारा स्वयं पर किया गया बहुत बड़ा अन्याय है। हालाँकि यह आपने अनजाने में किया मगर फिर भी यह अन्याय है। अत: बाहरी अन्याय को रोकने के लिए सबसे पहले आप खोज करें कि 'मैं कहाँ-कहाँ अपने आप पर अन्याय करता हूँ?'

'हाँ, जैसे तीन-चार इंटरव्यू में असफलता हाथ लगने पर अब मैं बड़े बुझे मन से इंटरव्यू देने जाता हूँ। अब मुझे समझ में आ रहा है कि ऐसा करके मैं खुद पर ही अन्याय कर रहा हूँ।' अंगद ने मनन करते हुए कहा।

'ठीक समझा।' हरक्युलिस ने बोलना जारी रखा- 'अब तक आपके जीवन में जो कुछ हुआ है, उस पर आप खोज करेंगे तो कई बातें प्रकाश में आएँगी। यदि आप सोचते हैं कि 'यह गलत हुआ, यह नहीं होना चाहिए था...' तो समझें कि अब तक आपने अन्याय को देखना तक नहीं सीखा है। आपके साथ होनेवाला अन्याय आपको बहुत सारी चीजों की खबर दे रहा है। वह बता रहा है कि कहीं तो आप खुद भी अन्याय चाहते हैं। माँग पैदा होती है, फिर उसकी पूर्ति की जाती है। एक तरफ से कोई काम नहीं होता। जो होता है, वह दोनों तरफ से होता है। एक जगह अन्याय होता है तो दूसरी जगह उसे ग्रहण करनेवाला इंसान तैयार रहता है।'

'अर्थात घरवाले मुझ पर जो अन्याय कर रहे हैं, क्या मैंने ही उसकी माँग की है?' अंगद ने पूछा।

'इस बात को समझें। आप सोचते हैं कि घरवाले आपको ताने देकर हमेशा अपमानित करते हैं। आपकी यह सोच ही आपके अंदर अन्याय होने की माँग निर्मित करती है। इसीलिए किसी भी घटना पर स्टैम्पिंग नहीं करना है। यदि आप स्टैम्पिंग करते हैं तो

आप अपनी तरफ से उस चीज को आकर्षित करते हैं। इसका अर्थ आपका ऐसा सोचना ही सामनेवाले को वैसा व्यवहार करने के लिए प्रेरित करता है। पहली बार जब आपको यह महसूस हुआ कि घरवाले मुझ पर अन्याय कर रहे हैं, वहीं पर खोज करके यदि आपने उन विचारों को तोड़ा होता तो नौबत यहाँ तक नहीं आती।'

'इस पर मैं अवश्य मनन करूँगा।' अंगद ने गंभीर होकर कहा।

हरक्युलिस ने आगे कहा- 'यह अन्याय अब आपको बंद करना है इसलिए खोज करें कि अब तक आपने क्या-क्या गलतियाँ की हैं, जिसकी वजह से आप अपने जीवन में नकारात्मक चीजें आकर्षित कर रहे हैं। बाहर की एक घटना आपको सदा के लिए सजग कर सकती है, जिससे आप अन्याय को आकर्षित करना बंद कर देंगे, बशर्ते आपमें वह समझ हो।'

कुछ समय के लिए वहाँ चुप्पी छा गई। यह खामोशी जेसिका ने तोड़ी। उसने हरक्युलिस से पूछा- 'मैं कुछ कहूँ?'

'हाँ, हाँ... बेझिझक कहो।'

'मेरे मकान मालिक ने मुझसे सालभर का डिपॉजिट ले रखा है, फिर भी वह साल पूरा होने से पहले ही मुझे मकान खाली करने को कह रहा है। उसके इस अन्यायपूर्ण व्यवहार को देखकर मुझे लगता है कि मकान मालिक पर मुकदमा दायर कर दूँ।'

'हाँ, जरूर लेकिन अंदर की अदालत में!' हरक्युलिस ने हँसते हुए जवाब दिया। 'आप अपने ही ऊपर अन्याय कर रही हैं, अत: अपील भी अंदर की अदालत में ही करना चाहिए।'

जेसिका कुछ न बोली सिर्फ हरक्युलिस को देखती रही और

उसकी बातों को समझने का प्रयत्न करती रही।

हरक्युलिस ने आगे कहा- 'जिसके ऊपर अन्याय हुआ है, उससे यदि यह कहा जाए कि आप ही अपने ऊपर अन्याय कर रहे हैं तो वह कहेगा, "क्या बात कर रहे हो? एक तो उपाय बताना चाहिए कि कौन से कोर्ट में अपील करें, किसी ऐसे वकील का पता बताना चाहिए, जो अब तक कोई केस न हारा हो; पर आप तो कुछ अलग ही बता रहे हैं।'' मन इसी तरह के उपाय चाहता है।'

'फिर हमें क्या करना चाहिए?' जेसिका ने हताश होकर पूछा।

'आपको ऐसी अदालत (अ-दौलत) में अपील करना चाहिए, जहाँ दौलत काम में नहीं आती। वह है अंदर की अदालत। वहाँ केस फाइल करें और उसके साथ मनन करें। वहाँ जो बातचीत होगी, उससे सभी बातें नई तरह से प्रकाश में आएँगी। वहाँ सभी सफेद कोट✱ में होते हैं, कोई भी काले कोट में नहीं होता। वहाँ पर सब कुछ साफ-साफ दिखाई देगा कि यह घटना आपको कुछ सिखाने के लिए आई है। आप समझ पाएँगे कि आगे आप जो विकास करना चाहते हैं, उसमें आपकी नकारात्मक विचारधारा ही बाधा बन सकती है। यह घटना आपको उन सभी बाधाओं से बाहर निकालने के लिए आई है, अर्थात आपकी विचारधारा बदलने के लिए आई है। यदि आपकी सोच सही होगी तो आप हर बाधा से बाहर निकल पाएँगे। आपकी सोच गलत होगी तो आप कुदरत से वही पुरानी माँग करेंगे और आपके जीवन में वही चीजें वापस आएँगी। फिर वे ही विचार शुरू होंगे और आपको सबूत भी मिलेंगे कि "मैं जो सोच रही हूँ, सही सोच रही हूँ।'' फिर अपने आपको सही मानकर आप कहेंगी कि

✱ *निष्पक्ष विचारक*

“अब भगवान भी जमीन पर आकर मुझे बताएँ तो भी मैं नहीं मानूँगी क्योंकि मुझे इतने सारे सबूत मिले हैं।”

‘तो क्या मुझे मकान-मालिक के खिलाफ कोई भी कदम नहीं उठाना चाहिए?’

‘नहीं, ऐसा नहीं है। समस्या को निपटाने के लिए आवश्यक कदम तो आपको जरूर उठाने हैं लेकिन समस्याओं के आने पर अपनी सोच कैसी रखना है, यह सीखना अति महत्त्वपूर्ण है।’

सभी ध्यान से हरक्युलिस की बातें सुन रहे थे। उसकी बात खत्म होते ही सभी ने कहा- ‘आपके बताए अनुसार कल हम अपनी-अपनी समस्याओं पर जरूर खोज करके आएँगे।’

12

सुबह-सुबह हरक्युलिस समुद्र किनारे से टहलकर आया तो भाईजी से उसकी मुलाकात हो गई। भाईजी पिछले दो-तीन दिनों से हरक्युलिस की गतिविधियों पर नजर रखे हुए थे। उन्होंने हरक्युलिस से पूछा- ‘आजकल तुम यंग हट में कुछ ज्यादा ही दिखाई देते हो, क्या बात है?’

‘हाँ, वहाँ रोज शाम को नौजवानों का एक ग्रुप आया करता है। वह चाहता है कि मैं उनकी समस्याओं के समाधान पर कुछ प्रकाश डालूँ। मुझे भी इस काम में बड़ी रुचि है इसलिए मैं दिन में मेन्टेनेन्स का काम निपटाकर अकसर रात आठ बजे के बाद उनके साथ हो लेता हूँ और उनसे ही उनकी समस्या की खोज करवाता हूँ।’

‘अच्छा यह बात है तो क्यों न उस हट का नाम “खोज हट” रख दिया जाए; कैसा रहेगा? लोग आएँगे और तुमसे अपने सवाल

पूछेंगे। तुम्हारा काम होगा उन्हें संतुष्ट करना।'

'बहुत खूब।' भाईजी की युक्ति पर हरक्युलिस प्रसन्न हो उठा।

शाम सात बजे से ही हरक्युलिस 'खोज हट' को सजाने में जुट गया। थोड़ी देर के बाद जब ग्रुप के सभी लोग आए तब इस अप्रत्याशित बदलाव को देखकर वे आश्चर्यचकित रह गए। हरक्युलिस ने सभी को इसका कारण बताया और कहा, 'मेरी सलाह अब सबके लिए खुली है।'

आलोक और जेसिका के चेहरे देखकर हरक्युलिस ने कहा- 'आज तो खोज की खुशी आप दोनों के चेहरे पर साफ झलक रही है।'

'हाँ, आपने ठीक पहचाना। कल हमने लिखकर खोज की है और वह हम आपके सामने पढ़ना चाहते हैं।'

'जरूर पढ़ें।' हरक्युलिस ने कहा।

अपनी-अपनी जगह पर बैठने के बाद आलोक ने पढ़ना शुरू किया- कॉलेज के प्रोफेसर बहुत पक्षपाती हैं। वे अपने चहेते विद्यार्थियों को ऊंची श्रेणी देते हैं और मुझ पर अन्याय करते हैं। मेरी इस शिकायत पर मेरा मनन कहता है-

-प्रोफेसर हमेशा ऐसा ही करेंगे, मैंने यह स्टैम्पिंग की है।

-मान्यता और स्टैम्पिंग को हटाकर देखें तो समस्या बहुत छोटी प्रतीत होती है।

-हालाँकि मैं सोचता हूँ कि मेरा परफॉर्मेन्स बहुत अच्छा है लेकिन हो सकता है कि दूसरों का परफॉर्मेन्स मुझसे बेहतर हो।

-इस घटना से यदि मेरे अंदर स्वस्थ प्रतियोगिता की भावना जागती है तो यह घटना मेरे लिए सकारात्मक हुई।

–इस घटना से यदि मेरे कार्य नियोजनबद्ध हो रहे हैं तो निश्चित तौर से यह घटना मेरी उन्नति के लिए है।

–यदि सभी मनन बिंदु सकारात्मक हैं तो यह घटना अन्यायकारक कहाँ है? दुःख करके मैं अपने ऊपर अन्याय क्यों कर रहा हूँ? मेरा अन्याय बंद होगा तो ही दूसरों का मुझ पर होनेवाला अन्याय बंद होगा।

आलोक का मनन सुनकर हरक्युलिस बहुत खुश हुआ। आलोक की खोज ने सभी को एक नई अंतर्दृष्टि प्रदान की।

'अब मैं पढ़ूँ?' उत्साहित होकर जेसिका ने पूछा।

'हाँ, जरूर।'

जेसिका ने पढ़ना शुरू किया– मकान मालिक का यह कैसा न्याय है कि सालभर का डिपॉजिट लेकर भी समय से पहले ही मकान खाली करने को कह रहा है। इस पर मेरा मनन कुछ यूँ हुआ–

–मकान मालिक हमेशा किरायेदार को तंग करते हैं, इस गलत विश्वास के कारण ही यह घटना मैंने अपने जीवन में आकर्षित की है।

–मकान मालिक मुझ पर अन्याय कर रहा है, इसका अर्थ मैंने अनजाने में अपने ऊपर अन्याय होना चाहा था। मैंने ही यह ऑर्डर दिया था।

–माँग और पूर्ति के सिद्धांत के अनुसार यह घटना मेरे जीवन में घटी है यानी मैं ही इसके लिए जिम्मेदार हूँ।

–कुदरत मुझे यह संकेत दे रही है कि मैं अब खुद को यह निर्देश दूँ कि मैं अन्याय नहीं, न्याय देखना चाहती हूँ, तभी जीवन में कुछ नया आएगा।

–मैं जब तक अपनी मान्यता को सही सिद्ध करने में लगी

रहूँगी तब तक मेरे साथ यह सब चलता रहेगा।

-मैं अपने ऊपर कितना अन्याय कर रही हूँ। जैसे- जिम में जाने से जी चुराती हूँ, तला हुआ खाना और जंक फूड खाकर अपनी पाचन क्रिया पर अन्याय करती हूँ, देर रात तक जागकर शरीर की नींद की जरूरत को पूरा नहीं करती, अपने विचारों को सकारात्मक न रखकर, अपने मन पर अन्याय करती हूँ... आदि।

'यह सब मनन करके अब मेरा पूरा ध्यान भीतर की ओर मुड़ गया है।' जेसिका ने खुश होकर कहा।

'आप दोनों ने मेरे बताए अनुसार मनन किया है और उसका फल मिलना भी शुरू हो गया है। इसी तरह अपने हर जख्मी विचार को प्रकाश में लाकर उसकी तह तक जाना है।' हरक्युलिस ने प्रशंसा करते हुए कहा।

अंगद और पूजा भी उन दोनों की खोज से बहुत प्रेरित हुए।

तभी अंगद बोला- 'मैं आपसे कुछ कहना चाहता हूँ।'

'हाँ कहो।'

'जैसे कि मैंने पहले ही बताया कि पिछले दो साल से मैं नौकरी की तलाश में हूँ। बेरोजगार होने के कारण लोग मुझे इज्जत नहीं देते। मैं कहीं भी जाऊँ जैसे शादी-ब्याह या अन्य सामाजिक कार्यों में तो लोग हिकारत भरी नजरों से देखते हैं। यहाँ तक कि मेरी शादी के लिए एक रिश्ता आया और मेरे बेरोजगार होने की वजह से मुझे अपमानित होना पड़ा। ''इसे कौन लड़की देगा?'' का फिकरा मुझे सुनना पड़ा। ऐसा कहकर लोग मेरी भावनाओं के साथ खिलवाड़ करते हैं। क्या यह सरासर अन्याय नहीं है?' अंगद ने अपना जख्म खोलते हुए कहा।

'आज आपको न्याय दिलवाने के लिए मैं अपने साथ मेरे

गुरु को लाया हूँ। हम सभी अब इस विषय पर उनसे मार्गदर्शन प्राप्त करेंगे।' हरक्युलिस ने खुशखबरी सुनाते हुए कहा।

यह सुनकर सभी हरक्युलिस की ओर अचरज से देखने लगे। तभी हरक्युलिस ने बड़े जतन से संजोकर रखा हुआ ग्रंथ *'खोज- स्वयं का सामना'* बैग से बाहर निकालकर सामने टेबल पर रख दिया। उसे प्रणाम किया और ग्रंथ खोलकर पढ़ना शुरू किया-

> आज तक इंसान न्याय और अन्याय की परिधि में रहकर जीवन की घटनाओं का आकलन करता आया है। वास्तव में उसे न्याय और अन्याय की असली परिभाषा समझनी चाहिए।[१]
>
> किसी ने आपके साथ ठीक से व्यवहार नहीं किया या किसी ने आप पर अन्याय किया तब अपने आपसे पूछें, 'उस घटना की वजह से मैं परेशान हुआ या उसके बाद जो विचार आए, उनसे परेशान हुआ? तब हकीकत सामने आएगी कि 'उस घटना के बाद जो विचार आए, उनसे मैं परेशान हुआ।' यदि आपको विचार ही नहीं आया होता कि 'मुझ पर अन्याय हुआ है' तो आप परेशान नहीं हुए होते। किसी ने आकर आपको यह विचार नहीं दिया या किसी ने लिखकर भी नहीं बताया कि यह विचार करो। आपने ही वह विचार लाया, जिसके कारण आप दुःखी हुए।[२]

'यानी मेरे ऊपर अन्याय हो रहा है, यह विचार आना ही दुःख का कारण है।' अंगद ने अविश्वासभरे स्वर में पूछा।

'हाँ, बेशक।' हरक्युलिस ने जवाब दिया।

> कोई भी घटना कभी दुःख लेकर नहीं आती। वस्तुतः दुनिया में दुःख बनाया ही नहीं गया है लेकिन इंसान को इतनी आज़ादी दी गई है कि वह दुःख को भुगत सकता है। किसी जानवर को दुःख भुगतने का कोई मौका नहीं है क्योंकि जानवरों के पास कोई विकल्प ही नहीं

होता। इंसान के पास दोनों विकल्प उपलब्ध होते हैं। आपको तय करना है कि आप आनंद में रहना चाहते हैं या दुःख में? आप अपने विचारों से ही सुख और दुःख का निर्माण करते हैं।[३]

'यह बात तो बड़ी अतार्किक लगती है।' आलोक बुदबुदाया।

'बात चाहे अतार्किक लगे लेकिन सत्य यही है कि कोई घटना दुःखद नहीं होती बल्कि उस घटना के बाद आनेवाले दुःखद विचार ही दुःख का निर्माण करते हैं। इस बात को एक उदाहरण द्वारा और अच्छे से समझें।' कहकर हरक्युलिस ने पढ़ना शुरू किया।

एक इंसान के चाचाजी अमेरिका में रहते थे और वह खुद भारत में रहता था। अचानक एक दिन उसके चाचाजी गुजर गए मगर उस इंसान को इस बात का जरा भी दुःख नहीं हुआ क्योंकि उसे इस घटना की जानकारी ही नहीं मिली थी। अगर उसे चाचाजी के निधन के वक्त ही सूचना मिली होती तो उसके मन में दुःखद विचार आते। लेकिन चाचाजी की मौत की खबर मिलने से पहले ही वह इंसान गुजर गया यानी उसने अपने जीवन में चाचाजी की मौत का दुःख भोगा ही नहीं। इससे समझें कि क्या उसके चाचाजी का मरना दुःख है या चाचाजी के मरने के बाद उसे जो विचार सताते, वह दुःख है? इससे आपको स्पष्ट हुआ होगा कि घटना नहीं बल्कि उसके बाद जो विचार आते हैं, वे दुःख का कारण हैं।[४]

'यानी लड़कीवालों ने मुझे अस्वीकृत किया। यह विचार ही मेरे दुःख का कारण है!' अंगद ने सवाल किया।

'बिलकुल सही समझे।'

यदि किसी ने आपको अस्वीकृत किया और उसके प्रति बदले की भावना जागृत होने के कारण आपके अंदर जिद व साहस का उदय हुआ तो यह अन्याय आपके साथ होनेवाला कितना बड़ा न्याय है।

आप अपना ध्यान अन्याय पर न रखते हुए, उससे होनेवाले फायदों पर रखेंगे तो निश्चित ही आपके विचारों को नई दिशा मिलेगी। फिर आप कह पाएँगे कि 'मैं अन्यायमुक्त हो गया।' जो विचार आपके अंदर आएँ, उन्हें सिर्फ दिशा देने का काम करना है। बाकी सब आपके जीवन में अपने आप होने लगेगा।[५]

'इस घटना से खुद पर अन्याय न करने की समझ तो मुझे मिली लेकिन मेरे माता-पिता ने मुझे सहयोग न देते हुए लड़कीवालों का पक्ष लेकर मुझ पर जो अन्याय किया, इस बात से मैं बहुत दुःखी हूँ।' अंगद ने मन का गुबार निकालते हुए कहा।

'ग्रंथ में आगे इसी बात को समझाया गया है। ध्यान से सुनें।'

कई बार घर के बुजुर्ग आपका पक्ष लेते हैं तो आपको लगता है कि मुझे इंसाफ मिला मगर सचाई यह है कि आप अभी भी इंसाफ से महरूम हैं। हालाँकि घर के बुजुर्गों द्वारा मिले इंसाफ से आप खुश तो हो जाते हैं लेकिन मन को संतुष्ट करनेवाला इंसाफ आधे लोगों को खुश करता है और आधे लोगों को दुःखी करता है। सच्चा इंसाफ सभी को खुश करता है। अंदर की अदालत का नया इंसाफ अब आपने जाना है। इस तराजू को नहीं छोड़ना है, इसे हमेशा पकड़कर रखना है। इंसाफ के तराजू को संतुलित कैसे रखें, इन-साफ यानी अंदर की सफाई कैसे हो, यह आपको सीखना है। एक तरफ संस्कार, वृत्तियाँ हैं और दूसरी तरफ शरीर कुछ अवस्थाओं में कंपित होता रहता है, दोनों में आप इंसाफ दिलाएँ।[६]

इन सभी बातों को समझकर आपको न सिर्फ इंसाफ मिल रहा है बल्कि आप व्हाइट कोट वकील भी बन रहे हैं। आगे आप खुद इंसाफ देंगे, इंसाफ के लिए किसी और पर निर्भर नहीं रहेंगे। किसी पर अन्याय होगा तो सबसे पहले आप खुद के साथ इंसाफ करेंगे वरना गलत विचारों के बहकावे में आकर आप खुद के साथ नाइंसाफी

करते हैं।[७]

जैसे रास्ते से कोई इंसान जा रहा है और कुछ गुंडे आकर उसे हंटर मारकर चले जाते हैं। यह देख अगर आप खुद को थप्पड़ मारें तो क्या यह इंसाफ है? यह इंसाफ नहीं है मगर आप ऐसा ही करते हैं। आप कोई दृश्य देखते हैं और नकारात्मक विचार मन में लाकर खुद पर ही अत्याचार शुरू कर देते हैं। आप इस बात से बेखबर हैं क्योंकि ये सारी बातें अदृश्य में चल रही हैं। अब तक आपको किसी ने बताई नहीं हैं। आपने सभी को यही करते देखा है इसलिए आप भी वही करते रहते हैं। जब चार लोग आपस में मिलते हैं तब उनकी यही बातचीत होती है कि 'ऐसा हो गया-वैसा हो गया... आज-कल जमाना खराब है...।' इस प्रकार सभी अपने-अपने विचारों पर स्टैम्पिंग कर रहे हैं तो कैसे इंसाफ मिलेगा? आगे कभी भी विचार आए तो उस समय आपमें यह दृढ़ता होनी चाहिए कि 'अब इस विचार से मैं दुःखी नहीं होऊँगा, इस विचार पर मैं कोई स्टैम्पिंग नहीं करूँगा।'[८]

13

यह विषय समाप्त होते ही पूजा ने कहा- 'एक सवाल काफी समय से मुझे बहुत तंग कर रहा है। खोज करने के बाद भी मुझे उसका जवाब नहीं मिला- ईश्वर ने मेरी माँ को छीनकर मुझ पर बहुत बड़ा अन्याय किया है।'

कुछ साल पहले पूजा की माँ एक लंबी बीमारी के बाद गुजर गई थीं। पूजा को अपनी माँ की बहुत याद आती थी।

हरक्युलिस ने कहा- 'हम इसी विषय पर आ रहे हैं, सुनते रहें।'

सृष्टि में हर जीव का खयाल रखा जा रहा है मगर इंसान को लगता है कि फलाँ रिश्तेदार नहीं रहा यानी मेरा खयाल नहीं रखा जा रहा है।

वास्तव में जमीन पर रहनेवाली छोटी चींटी हो या समुद्र में रहनेवाला कोई जीव हो, सभी का खयाल रखा जा रहा है। इंसान की अपनी परिभाषा होती है कि 'ऐसा-ऐसा होना यानी खयाल रखा जाना।' इस परिभाषा में न बैठनेवाली घटनाओं को वह 'खयाल न रखने' का लेबल लगाता है। जैसे मृत्यु उपरांत जीवन का ज्ञान न होने के कारण किसी के मरने पर वह कहता है- 'कितना बुरा हुआ।' इंसान की सोच इतनी ही है इसलिए वह जिंदगीभर चाहता है कि उसके साथ रहनेवाले लोग कभी न मरें ताकि उसे दुःख न हो। चाहे वे जिंदा रहते हुए नरक की यातना क्यों न भुगत रहे हों पर उसकी खुशी के लिए उनको जिंदा रहना चाहिए।[१]

अगर आपका प्रेम सच्चा होगा तो जो मरना चाहेगा, उसे आप मरने की अनुमति देंगे क्योंकि यही उसके लिए इंसाफ है। इंसाफ की परिभाषा बहुत अलग है। सच्चा इंसाफ आप तभी कर पाएँगे जब आपको इस जीवन का और मृत्यु उपरांत जीवन का पूरा ज्ञान मिलेगा। आधा जीवन पकड़कर आप सच्चा इंसाफ नहीं कर पाएँगे। आज तक आप जिसे अत्याचार समझ रहे थे, वह असल में अत्याचार था या नहीं, इस पर कोई स्टैम्पिंग न करते हुए उसे जैसा है, वैसा रखकर पहले खोज करें।[२]

यह सब सुनकर पूजा को यूँ लगा; जैसे मन एकदम हल्का हो गया हो। आज तक वह अपनी माँ की मृत्यु को अपने ही दृष्टिकोण से देख रही थी। उसे कभी यह खयाल नहीं आया कि इस घटना का कोई और कोना भी हो सकता है। माँ की मृत्यु की घटना को उसने ईश्वर द्वारा उस पर किया गया अन्याय करार दिया था, जब कि अब उसे लगने लगा कि माँ की मृत्यु को स्वीकार न करके वह माँ के साथ नाइंसाफी कर रही थी।

'अच्छा चलो, अब हम अपने पेट के साथ नाइंसाफी नहीं

स्वयं का सामना

होने देंगे।' आलोक हँसते हुए बोला। उसने वेटर को बुलाकर खाने का ऑर्डर दिया। नई समझ के साथ सबने भोजन का आस्वाद लिया और फिर निकल पड़े अपने-अपने घर की ओर।

❈ ❈ ❈

आज प्रात: हरक्युलिस रोज के रास्ते से न जाते हुए दूसरे रास्ते की ओर मुड़ गया। काफी दूर निकल जाने पर उसे समुद्र किनारे खड़े कुछ जहाज दिखाई दिए। वह जानता था कि रिसॉर्ट से कुछ दूरी पर मालवाहक जहाजों के लिए बंदरगाह बना हुआ है। उत्सुकतावश वह उस ओर बढ़ गया। निकट जाने पर देखा तो वहाँ भाईजी खड़े थे।

'अरे, आप यहाँ कैसे?'

'अपने कारोबार के सिलसिले में मुझे जहाज से कुछ सामान आयात करना पड़ता है, वही जाँचने के लिए मैं आया था।' ऐसा कहकर भाईजी असली बात छिपा गए। बात बदलते हुए उन्होंने कहा- 'तुम्हारा खोज हट का काम कैसा चल रहा है? कल यूँ ही घूमते-घूमते मैं उस तरफ आया था। वाकई में तुम अपनी बात रखने की कला में माहिर हो।'

भाईजी की बात सुनकर हरक्युलिस मुस्कुरा उठा। उसने मन ही मन कहा; इन्हें क्या मालूम कि देवी माँ के आशीर्वाद से ही यह सब संभव हुआ है। भाईजी से विदा लेकर वह वापस लौट आया। उसे अपना होमवर्क जो करना था।

उधर, भाईजी परेशान थे कि हरक्युलिस को आए काफी दिन हो चले हैं और अब तक पुजारी को भेजा जानेवाला माल नहीं आया है।

आजकल हरक्युलिस शाम सात बजे से ही 'खोज हट' में

जाकर बैठ जाया करता था। हट की साफ-सफाई, रख-रखाव उसके ही जिम्मे था। आलोक के ग्रुप के लोग तो हट के स्थायी सदस्य थे ही, अन्य कुछ लोग भी बीच-बीच में आ जाया करते थे। कभी हरक्युलिस की बातें सुनते तो कभी अन्य लोगों की जानकारियों से अपनी समस्याओं का समाधान खोज लेते।

आज भी रात आठ बजे से पहले ही कुछ लोग हट में आकर बैठे थे। वे पिछले दो-तीन दिनों से नियमित रूप से हरक्युलिस की ज्ञानभरी बातें सुन रहे थे। हरक्युलिस ने उन पर नजर डालकर पूछा- 'क्या आप में से किसी को कोई शंका है?'

हरक्युलिस के सहानुभूतिपूर्ण शब्द सुनकर एक महिला सुबक-सुबककर रोने लगी। कहने लगी- 'मैंने अपनी जालिम सास से जो प्रताड़ना और वेदना भोगी है, वैसी किसी के नसीब में न हो। दस साल पहले बहुत से मेहमानों के सामने उन्होंने मुझ पर चोरी का इल्जाम लगाया था। बाद में सच्चाई सबके सामने आ गई। आज मेरी शादी को १५ वर्ष हो चुके हैं लेकिन दस साल पहले ससुरालवालों ने मुझ पर जो अन्याय किया, मैं उसे भूल ही नहीं पाती।'

हरक्युलिस ने उस महिला से पूछा- 'आप पिछले दो-तीन दिनों से यहाँ आ रही हैं तो आपने खोज, मान्यकथा, स्टैम्पिंग आदि शब्दों के बारे में तो सुना ही होगा।'

'हाँ, उन शब्दों को सुनकर ही मैं आज आपसे प्रश्न पूछने का साहस कर पा रही हूँ।' महिला ने जवाब दिया।

'आप स्वयं से यह सवाल पूछें कि ''यदि दस वर्ष पहले की गई प्रताड़ना को आज भी मैं भुगत रही हूँ तो ससुरालवालों ने मुझे ज्यादा दुःख दिया है या मैंने ही खुद को ज्यादा दुःखी किया है?'' घटना तो हो गई मगर वास्तव में उन लोगों ने आपको कितने समय

दुःख दिया- दस घंटे... दस दिन... दस महीने...! और दस साल से वह घटना याद कर-करके आप खुद को जो दुःख दे रही हैं, उसका क्या? दोनों में ज्यादा बुरा कौन? सास ने दुःख दिया, यह सच है लेकिन अब आप उसी घटना पर बार-बार सोच-सोचकर खुद को इतने सालों से कितना दुःख दे रही हैं। सचमुच में हमें दुःख देनेवाला कौन है? इस खोज से दुःखों के अंत की शुरुआत होती है।'

महिला, हरक्युलिस की बातें ध्यान से सुनती रही।

'इस तरह जब कोई अपने दुःख की सही दिशा में और समझदारी के साथ खोज करता है तो वह दुःख में दुःखी नहीं बल्कि खुश होता है। अतः पहले आप खुद को दुःख देना बंद करें, फिर दूसरे से उम्मीद रखें कि वह आपको दुःख न दे। खोज के पहले उस इंसान को यह बिलकुल दिखाई ही नहीं देता कि वह रोज अपने विचारों द्वारा खुद को पीड़ित कर रहा है। फिर समझ मिलने के बाद वह कहता है- 'अरे, इस ढंग से तो मैंने कभी सोचा ही नहीं था, मैं भी कितना मूर्ख हूँ, हर बार उसी घटना को याद कर-करके खुद को ही दुःख दे रहा हूँ!'

'हाँ, मुझसे भी तो यही गलती हो रही है।' महिला ने कुछ सोचते हुए कहा।

'इस तरह जब आप सोचेंगे, खोज करेंगे तो आप दूसरों की शिकायत करना और खुद को दुःख देना बंद कर देंगे। साथ ही साथ आपको यह भी समझ में आएगा कि शिकायत और समाधान दूसरे में नहीं बल्कि अपने अंदर ही ढूँढ़ना चाहिए।

जब आप अपने दुःख की खोज करें तब आइने के सामने खड़े होकर अपने आपसे कहें- 'तुम अपने आपको इतना दुःख क्यों दे रही हो?' पहले आप दूसरे पर दोष लगाकर कहती थीं, 'उसने मुझे

दुःख क्यों दिया?' अब आप खुद को कहें कि 'इतना दुःख तुमने अपने आपको क्यों दिया?' यह प्रयोग करने से आप अपने स्वभाव और सच्चाई को जानेंगे। यह बात प्रकाश में आना बहुत महत्त्वपूर्ण है कि जिस बात की हम शिकायत कर रहे हैं, कहीं हम भी तो वही नहीं कर रहे हैं?

जैसे सामनेवाले ने आपको गाली दी और आपको बुरा लगा। अब आप उसे गाली देकर कहते हैं कि 'कभी किसी को गाली मत देना।' मगर आपको यह नहीं दिख रहा है कि आप गाली देकर ही उसे यह बता रहे हैं। यह बिलकुल ऐसे ही हुआ जैसे कोई आपके घर के बाहर दीवारों पर कुछ लिखकर जाता है तो आपको बहुत गुस्सा आता है। फिर आप अपने ही घर की पूरी दीवार पर बड़े अक्षरों में लिख डालते हैं कि 'यहाँ कोई न लिखे, लिखने से पहले पूछे।' ऐसा करके आप नहीं जानते कि आप भी वही कर रहे हैं, जो आपकी शिकायत है।'

हरक्युलिस की बातें सुनकर महिला खामोश रही। सत्य सुनकर उसके मुख से बोल ही नहीं फूट रहे थे।

हरक्युलिस ने कहा, 'सभी आँखें बंद करके थोड़ी देर के लिए मनन करें कि कोई इंसान दस साल पहले आपको थप्पड़ मारकर गया है और यदि आप रोज वह बात याद कर-करके अपने आपको थप्पड़ मार रहे हैं तो कौन ज्यादा बुरा? कौन ज्यादा जालिम? किसकी शिकायत करनी चाहिए? मन के थाने में किसकी एफ.आई.आर. लिखानी चाहिए? अपने जीवन में गहराई से खोज करें कि कहाँ-कहाँ और किस-किसके प्रति आपको शिकायत है?'

मनन करके सभी ने स्वीकार किया कि दूसरे की अपेक्षा हम खुद ही अपने आप को ज्यादा दुःख दे रहे हैं।

स्वयं का सामना

तभी एक महिला कह उठी– 'मैं जहाँ भी जाती हूँ, वहाँ मुझे बहुत काम करना पड़ता है। घर में, ऑफिस में, यहाँ तक कि अपने मायके में भी मुझे ज्यादा काम करना पड़ता है। मुझे लगता है कि मेरे ही साथ यह अन्याय क्यों हो रहा है?'

हरक्युलिस ने उसे समझाया कि 'आपको हर जगह काम करना पड़ता है यानी वास्तव में आपको काम करने का मौका मिल रहा है। मौका मिला है तो उसका भरपूर लाभ लेकर खुशी से काम करें। एक कुली भी वजन उठाता है और एक वेटलिफ्टर यानी व्यायाम करनेवाला भी वजन उठाता है लेकिन दोनों की वजन उठाने की भावना अलग-अलग होती है। कुली कहता है, ''यह बोझ है'' और वेट लिफ्टर कहता है, ''यह स्वास्थ्य बढ़ाने और दिखाने का मौका है।'' अब आपको निश्चित करना है कि कुली की तरह काम करें या वेटलिफ्टर की तरह? आपको काम करने का मौका मिल रहा है तो आज़ाद होकर काम करें। फिर आप इससे भी ज्यादा काम कर पाएँगे। वैसे कितने भी काम आपके पास हों तो भी आप एक वक्त में एक ही काम करते हैं। जैसे घड़ी में सेकेंड के कांटे को एक सेकेंड में एक बार ही टिक करना पड़ता है। उसी तरह आपको भी एक समय पर एक ही काम करना होता है। एक साथ सारे काम करने की सोच ही, काम का बोझ महसूस करवाती है।'

यह सुनकर महिला ने कहा– 'मैं अब वेटलिफ्टर की भावना से ही हर कार्य करूँगी।'

14

रात आठ बजते ही आलोक का ग्रुप आ गया। वातावरण बहुत खुशनुमा था। खोज के कारण विपरीत परिस्थितियों में भी

आनंदित रहना उनके लिए अब सहज हो चला था। जेसिका के मन की बात ताड़ते हुए हरक्युलिस ने पूछा, 'क्या आप कुछ कहना चाहती हैं?'

जेसिका के मन में बहुत से विषय उथल-पुथल मचा रहे थे। उसने बोलना शुरू किया- 'मैंने देखा है कि अकसर शिक्षण संस्थाओं में दाखिला लेने के लिए संस्था को इतनी मोटी रकम खिलानी पड़ती है कि बच्चों को पढ़ाना साधारण इंसान के बलबूते के बाहर की बात हो चली है। इसी तरह अस्पताल, सरकारी दफ्तरों और अन्य विभागों में भी भ्रष्टाचार ने अपने पैर फैलाकर रखे हैं। सदाचार का कोई महत्व ही नहीं है। अपने यहाँ की कार्यप्रणाली ही भ्रष्ट है। किसी को तो आवाज उठाना ही चाहिए। वरना एक साधारण इंसान जीवन की गाड़ी कैसे चला पाएगा? मैं चाहती हूँ कि ऐसा कुछ करूँ कि लोगों को न्याय दिला सकूँ।'

हरक्युलिस ने जेसिका को समझ दी कि 'लोग सोचते हैं कि मैं यह अन्याय बंद करवाऊँ, वह गड़बड़ी रुकवाऊँ मगर आपके साथ जो अन्याय हो रहा है, पहले उसे बंद करें। वह अन्याय बंद नहीं हुआ तो दूसरों पर हुए अन्याय को आप कैसे रोक पाएँगे? क्योंकि आज़ाद इंसान ही आज़ादी दिला सकता है।' इतना कहकर हरक्युलिस ने बैग से *'खोज- स्वयं का सामना'* ग्रंथ बाहर निकाला, उसे प्रणाम किया और कहा- 'आपके सवाल का जवाब मैं पढ़कर सुनाता हूँ।'

जब लोग बड़ी-बड़ी बातें करते हैं कि मुझे समाज पर हो रहे अन्याय को मिटाना है तब उन्हें कहा जाता है कि पहले आपको आज़ाद होना पड़ेगा। आप दूसरों को आज़ाद करना चाहते हैं, दूसरों पर हो रहे अत्याचार को रोकना चाहते हैं तो उसकी शुरुआत आपको खुद से ही करनी होगी। आप खुद पर जो अत्याचार कर रहे हैं, उसे

रोकना होगा। खुद पर हुए अत्याचार नहीं रोक पाए तो दूसरों पर होनेवाले अत्याचार कैसे रोक पाएँगे? कहाँ से आएगी ताकत आपके पास? इसलिए पहले आपको ताकत इकट्ठी करनी होगी। ताकत इकट्ठी हो जाएगी तो आप सभी अन्यायकारक बातों के लिए धन्यवाद ही देंगे कि इन बातों की वजह से मैंने अपने ऊपर हो रहे अत्याचार को खत्म किया। अब आप नए दृष्टिकोण से देखेंगे। फिर आपकी उपस्थिति ही अत्याचार रोकने लग जाएगी।[१]

'यह सुनकर तो... यानी अपने ऊपर हुआ अन्याय हमें उससे निपटने की ताकत देता है... और इस ताकत के द्वारा ही हम अन्य लोगों पर हो रहे अन्याय पर रोक लगा सकते हैं... अनोखा सत्य...!' पूजा हर्षित हो उठी।

हाँ, एक इंसान जो खुद आज़ाद नहीं है, कहीं पर भी जाएगा तो अनजाने में गुलामी ही लाएगा। यह स्वाभाविक ही है कि इंसान खुद के साथ जो करता है, दूसरों के साथ भी वही करता है। जो इंसान खुद को माफ नहीं करता, वह दूसरों को भी माफ नहीं कर पाता। उसकी देहभाषा हमेशा दूसरों को यह कहकर तकलीफ ही देती है कि 'तुम बुरे हो।' इस प्रकार कहीं न कहीं तो अत्याचार चल ही रहा है। लोग आए दिन टी.वी. और अखबार में सनसनीखेज खबरें देखते व पढ़ते हैं। वे इसी में उलझे रहते हैं कि दुनिया को क्या हो गया है? यदि आप इसे रोकना चाहते हैं तो सबसे पहले आपको आज़ाद होना होगा। आप आज़ाद नहीं हुए तो लोग आप पर अत्याचार करते रहेंगे। आप आज़ाद हो पाए तो ही दूसरों के आज़ाद होने की संभावना है। आप एक को आज़ाद नहीं कर पाए तो लाखों को कैसे आज़ाद करेंगे? इसलिए पहले अपने आपसे शुरुआत करें, अपने आपको आज़ाद करें।[२]

यह सुनकर जेसिका ने तुरंत कहा– 'खुद को आज़ाद करने के

लिए हमें अपने मन में टहलनेवाले जख्मी विचारों की पूछताछ करके, उन्हें निकालकर मन को साफ करना चाहिए। अब हम अपने विचारों के साथ बातचीत करेंगे, उन्हें बोलने का मौका देंगे।'

'हाँ, जब आप विचारों से कहेंगे कि 'तुमने खुद के साथ जो नाइंसाफी की है, वह भी बताओ तो वे खुद शरमा जाएँगे।' खोटा सिक्का तब तक चलता है जब तक उस पर कोई संदेह नहीं लाता। विचारों पर संदेह किया तो वे चुपचाप बैठ जाएँगे। यही हमारी आज़ादी का तरीका है।'

'अच्छा अब आगे पढ़ते हैं।' पूजा ने अधीरता जताई।

अपने आपको आज़ाद कर पाए तो आज तक जिस चश्मे से आप देखते आए हैं, वह चश्मा हट जाएगा और कुछ नई बातें सामने आएँगी। नई बातें आपको तुरंत समझ में नहीं आएँगी मगर जितना भी समझा है, उस पर खोज करके देखें कि आप अपने आप पर कहाँ अन्याय कर रहे हैं।[३]

धीरे-धीरे पता चलेगा कि हम पृथ्वी पर इसलिए आए हैं ताकि ये सभी बातें जान सकें। पृथ्वी अपने आपमें एक व्यवस्था है। न्याय-अन्याय की समझ प्राप्त करना इस व्यवस्था का एक हिस्सा है। विश्व में आज ऐसे लोग भी हैं, जो नाइंसाफी खत्म करने के लिए जिंदगीभर लड़ते रहते हैं मगर खुद दु:खी रहते हैं। ऐसा नहीं कहा जा रहा कि आप यह कार्य न करें, नाइंसाफी जरूर खत्म करें लेकिन सही ढंग से। लोगों को इंसाफ दिलाने के विचार आपको दिए जा रहे हैं तो आप सही ढंग से इंसाफ दे पाएँ वरना लोग दु:खी होकर यह कार्य कर रहे हैं। आप जो खुद के साथ कर रहे हैं, वह दूसरों के साथ भी करेंगे यानी उन्हें एक आज़ादी दिलाकर दूसरी गुलामी में झोंक देंगे।[४]

अत: सच्चा न्याय करने के लिए आपको अपने विचारों को मथना होगा, अपने अनुभव पर सिद्ध होना होगा। फिर आप खुद ही कहेंगे कि 'अच्छा हुआ, हमें यह मार्गदर्शन मिला।' पहले आप गलत सिरे से

गाँठ सुलझा रहे थे। धागे को गलत सिरे से पकड़कर आपको लग रहा था कि वह सुलझ जाएगा मगर वह तो उलझने और उलझानेवाला था। बाहर से तो अन्याय चल ही रहा है और ऊपर से आपकी तरफ से भी अन्याय हो जाता है यानी दोहरा अन्याय हो जाता है। अगर आपको ही हर बात स्पष्ट नहीं है तो आप लोगों को कैसे सलाह देंगे? पहले आप पूर्ण प्रकाशित हो जाएँ। आपकी इतनी तैयारी हो कि आपके अंदर एक भी हिस्सा न बचे जो अंधेरे में हो। जैसे ही ज्ञान मिलेगा, समझ बढ़ेगी तब आप कहेंगे, 'इस अन्याय की अब जरूरत नहीं है।' आपने खुद पर अन्याय करना बंद कर दिया तो दूसरों पर न्याय करना शुरू कर देंगे। फिर आप दूसरों पर अन्याय होता देखेंगे तो चाहेंगे कि उन्हें भी समझ मिले क्योंकि वे अकारण अन्याय भुगत रहे हैं। उस समय आपके मन में ये सवाल उठेंगे कि जो चीज निर्मित ही नहीं हुई, इंसान वह क्यों भोग रहा है? जो चीज मेनू में है ही नहीं, रसोई में बनी ही नहीं, उसे इंसान क्यों खा रहा है?'[५]

हरक्युलिस ने पढ़ना बंद किया। कुछ पलों के लिए सन्नाटा छा गया। सबको अपने भीतर एक नई समझ पनपती महसूस हुई।

हरक्युलिस ने फिर कहा- 'आप सभी के लिए मेरा संदेश है कि आप पर जो अन्याय हुआ है, उस पर इतनी खोज कीजिए कि आपके द्वारा खुद पर किया जानेवाला अन्याय बंद हो जाए। जरा सोचें, एक अन्याय यदि आपके जीवन में आनेवाले सभी अन्यायों को रोक पाए तो वह अन्याय कहाँ हुआ? वह तो परम न्याय हो गया।'

सभी ने हृदय से हरक्युलिस को धन्यवाद दिया और विदा ली। कुछ और लोग भी इन बातों को ध्यान से सुन रहे थे। वे भी हरक्युलिस का आभार व्यक्त करने लगे। रात के १० बज चुके थे। हरक्युलिस अपने निवास की ओर चल पड़ा।

❈ ❈ ❈

आज सुबह जब हरक्युलिस सैर को निकला तो कल की ही बातें उसके मनो-मस्तिष्क में घूम रही थीं। कल वह बहुत संजीदा हो उठा था। न्याय-अन्याय पर बतियाते हुए उसे भी एक नई अंतर्दृष्टि मिली थी। अभी तक वह खुद भी अपने ऊपर हुए अन्याय को अलग दृष्टि से देख रहा था।

अपनी बीवी राधा के साथ हुए मनमुटाव के दौरान उसे लगता था कि 'इसका मेरी जिंदगी में आना ही ईश्वर ने मुझ पर किया घोर अन्याय है। राधा का रिश्ता चाची लाई थीं। उन्हें राधा का स्वभाव मालूम था, फिर भी उन्होंने उसे मेरे लिए चुना। क्या ऐसा करके चाची ने मुझ पर अन्याय नहीं किया?' यह काँटा हरक्युलिस को हरदम चुभता रहता था लेकिन आज मनन के बाद उसे एहसास हुआ कि राधा के स्वभाव के कारण ही वह आज खुद को भीतर से पहचान सका है। राधा के बरताव के कारण उसे अपने स्वभावगत अहंकार के दर्शन हुए। वास्तव में राधा ने मुझ पर अन्याय नहीं, न्याय किया है। उसे महसूस हुआ- 'हम एक-दूसरे के विपरीत होते हुए भी एक-दूसरे के पूरक हैं।'

बच्चों को याद कर हरक्युलिस की आँखें भींग गईं। एक अरसा हो चला था उन्हें देखे। 'कुदरत ने मेरे साथ यह अन्याय क्यों किया कि मुझे अपने बच्चों से दूर होना पड़ा?'

हरक्युलिस सोचने लगा- 'खोज हट में तो मैंने सभी को खोज करने के तरीके बड़ी आसानी से बताए, अब उन्हें प्रयुक्त करने की बारी मेरी है।' इन तमाम खोजों के बाद हरक्युलिस के सामने कुछ बातें सामने आईं-

–हो सकता है, कुदरत मुझे कोई विशेष प्रशिक्षण देना चाहती हो।

–हो सकता है, दिखाई देनेवाला अभिशाप कुछ समय बाद आशीर्वाद लगे क्योंकि वर्तमान की दु:खद घटना किसी अच्छी सूचना का संकेत भी हो सकती है।

–मैं पूर्णरूप से मुक्त यानी सही मायने में बलशाली होकर वापस जाऊँगा तो बच्चों को एक आदर्श पिता की परवरिश दे पाऊँगा। इसके अलावा एक अच्छा पति भी बन पाऊँगा।

–कहीं यह मेरे लिए परम न्याय तो नहीं?

'खोज- स्वयं का सामना' ग्रंथ द्वारा मिले मार्गदर्शन से उसकी गलत धारणाएं नष्ट हो गई थीं। उसने निश्चय किया कि वह अपनी सारी मान्यकथाएँ विसर्जित करके शुद्ध और पावन अंत:करण से अपने घर लौटेगा। सैर के बाद हरक्युलिस के पाँव अपने आप होटल की ओर मुड़ गए।

भाईजी होटल में बैठकर चाय पी रहे थे। दूर से ही उन्होंने हरक्युलिस को आते देख लिया। हरक्युलिस ने होटल के स्टाफ के सदस्यों के बीच भी प्रेम और सौहार्द के बीज बोए थे। सारा स्टाफ उससे बेहद प्रभावित था। खुश रहने के कारण उनके काम की गुणवत्ता भी बढ़ी थी। यह सुखद परिवर्तन भाईजी को भी पता था। भाईजी के मन में भी हरक्युलिस की बेहतर छवि बन गई थी। हालाँकि अब उन्हें इस बात की चिंता भी होने लगी थी कि इस शुद्ध चरित्रवाले इंसान को धोखे से यहाँ रोककर पुजारी के पास चरस, गाँजा कैसे भेजूँ? भाईजी का जमीर इसके लिए राजी नहीं हो रहा था। एक तो पिछले हफ्ते से वह माल की बाट जोह रहे थे लेकिन किसी कारणवश जहाज अब तक आया नहीं था।

बहरहाल, हरक्युलिस को आते देखकर वह मन ही मन सोचने लगे- 'यह तो मुझे देवी माँ के भक्त के रूप में जानता है। कहीं इसके सामने भेद खुल गया तो...? और भेद नहीं भी खुला तो इस सच्चे भक्त के साथ धोखाधड़ी कैसे करूँ? ऐसा करना तो पाप होगा?' तभी मोबाइल की रिंग सुनकर भाईजी का ध्यान टूटा। कॉल पुलिस स्टेशन से था। पुलिस ने उनके बेटे को गिरफ्तार कर लिया था। भाईजी को तुरंत वहाँ बुलाया गया। कुछ देर के लिए भाईजी हक्का-बक्का रह गए।

'मेरे बेटे ने ऐसा क्या गुनाह किया है, जो पुलिस उसे पकड़कर ले गई?' भाईजी के मन में सवाल उठा।

भाईजी पुलिस स्टेशन पहुँचे। रातभर चरस और गांजे के नशे में धुत पड़े मिले पाँच लड़कों को पुलिस ने हिरासत में लिया था। उनमें से एक भाईजी का बेटा भी था। बड़ी मुश्किल से मामले को रफा-दफा करके भाईजी उसे छुड़ाकर घर ले आए।

उनका बेटा नशे की लत का शिकार होगा, इसका भाईजी को जरा भी गुमान न था। वे आवाक रह गए। उन्हें अपनी काली करतूतें दिखाई देने लगीं। भाईजी को एहसास हुआ कि दूसरों के लिए विष बोनेवाले के घर पर ही विषबेल फैल गई है। इस घटना के दौरान हरक्युलिस भाईजी के साथ ही था। हरक्युलिस ने भाईजी को तो समझाया ही, साथ ही उनके बेटे की लत छुड़वाने का जिम्मा भी उठाया।

उसने सबसे पहले भाईजी के बेटे का व्यसनमुक्ति केंद्र में दाखिला करवा दिया। वहाँ उन्हें भरोसा दिलाया कि भाईजी के बेटे को थोड़े समय के लिए ही वहाँ रहना पड़ेगा क्योंकि कुछ ही समय पहले उसने नशीले पदार्थों का सेवन शुरू किया है। हरक्युलिस और

भाईजी दोनों को यह सुनकर बड़ी राहत महसूस हुई। हरक्युलिस हर दिन भाईजी के बेटे से मिलने आता और उसे इस मुश्किल समय में सहारा दिया करता था। वह धीरज और दृढ़ता से उससे मित्रता बढ़ाता गया। भाईजी का बेटा भी धीरे-धीरे उससे खुलने लगा और अपने दिल की बातें बताने लगा। हरक्युलिस उसे अंदर की खोज के बारे में अवगत कराता रहता। कभी उसकी बातों पर उसे मार्गदर्शन देता और अपनी जादुई पुस्तक से उसे कुछ पन्ने पढ़कर बताता, जिससे भाईजी के बेटे की समस्याएँ कम होने लगीं।

बहुत जल्द ही उसे व्यसन मुक्ति केंद्र से छुट्टी दे दी गई और उसे घर लाया गया। उसकी स्थिति में काफी सुधार हो गया था। हरक्युलिस रोज उसे यंग हट में ले जाकर *'खोज- स्वयं का सामना'* ग्रंथ के कुछ अध्याय पढ़कर सुनाने लगा। सामान्य अवस्था में अपने बेटे को देखकर भाईजी को बड़ी खुशी हुई। इसी दौरान जिस जहाज का भाईजी को बेसब्री से इंतजार था, वह भी पहुँच गया लेकिन अब तक जो घटनाएँ हुई थीं, उससे भाईजी की सोच में एक भूचाल-सा आ गया। वे अपनी करनी पर पछताने लगे। भाईजी अब सच्चे अर्थों में देवी माँ के भक्त बनना चाहते थे।

उन्होंने मन में एक कठोर प्रण किया और दूसरे ही दिन हरक्युलिस को बुलवा भेजा। उसके इतने दिनों तक रहने के लिए धन्यवाद प्रकट किया और पुजारी के लिए एक खत दिया। देवी माँ के मंदिर के लिए एक बड़ी रकम दान स्वरूप दी और उसे सम्मानपूर्वक विदा किया।

※ ※ ※

बस में बैठा-बैठा हरक्युलिस भाईजी के यहाँ बिताए दिनों का विश्लेषण करने लगा। इससे पहले वह जितेंद्र और महेश का जीवन

बदलने में निमित्त बना था। उसे एहसास हुआ कि अब 'यंग हट' ग्रुप के चार सदस्य आलोक, अंगद, पूजा और जेसिका की सोच बदलने में वह सफल रहा। हालाँकि हरक्युलिस का मानना था कि भाईजी के बेटे की सोच में सुधार हुआ है पर उसकी सोच पूरी तरह बदली नहीं है। इसलिए उसे कुछ और समय व सहायता की आवश्यकता है। उसके स्वभाव में और परिपक्वता आने की जरूरत है ताकि उसका जीवन पूरी तरह से बदल जाए। हरक्युलिस ने खोज हट की जिम्मेदारी अंगद को देकर, उसे *'खोज- स्वयं का सामना'* इस ग्रंथ की एक प्रति भी सौंप दी थी। इस बात पर वह बहुत खुश हुआ कि देवी माँ के आदेशानुसार छह महीने में छह लोगों का जीवन वह बदल पाया। उसकी आधी यात्रा पूरी हो चुकी थी। अब उसे इंतजार था पुजारी के अगले आदेश का...!

उधर, हरक्युलिस के जाने के बाद भाईजी के मन में उसके लिए कृतज्ञता के भाव उठने लगे। हरक्युलिस के जरिए उसके बेटे को व्यसनमुक्त करके ईश्वर ने उन्हें बहुत बड़ा न्याय दिलाया था। वे तो चाहते थे कि हरक्युलिस कुछ और दिन यहाँ रहे लेकिन अब उसके रहने का कोई कारण ही शेष न था। एक तो होटल का इलेक्ट्रॉनिक मेन्टेनेन्स मैनेजर छुट्टी से वापस आ गया था और दूसरा पुजारी को माल न भेजने का उसका प्रण अटल हो चला था।

❈ ❈ ❈

आज मंगलवार था, देवी माँ का दिन। भक्तों की भारी भीड़ इसका सबूत दे रही थी। आरती के बाद लोग प्रसाद लेने के लिए कतार में खड़े थे। हरक्युलिस भी चुपचाप सबसे अंत में जाकर खड़ा हो गया। नंबर आने पर जैसे ही उसने प्रसाद लेने के लिए हाथ बढ़ाया, 'अरे तुम...!' पुजारी के बोल उसके कानों से टकराए! 'इतनी जल्दी...!

कब आए? कुछ बताया क्यों नहीं...?'

पुजारी दुविधा में पड़ गया। 'हरक्युलिस यहाँ कैसे...? माल आने से पहले ही यह कैसे आया...? आखिर माजरा क्या है?' हरक्युलिस ने बैग से एक खत और एक चेक निकालकर पुजारी को सौंपते हुए कहा- 'भाईजी ने यह खत आपको देने के लिए कहा है और साथ ही मंदिर के लिए यह चेक भी।' पुजारी ने असमंजस में पड़ते हुए खत व चेक लिया और हरक्युलिस को जाकर आराम करने के लिए कहा।

अंदर जाकर पुजारी ने खत पढ़ना शुरू किया-

प्रिय मित्र,

नमस्ते! आज तक हम अच्छे मित्र रहे हैं और हमारी व्यापारिक भागीदारी ने हमारी इस मित्रता को और प्रगाढ़ बनाया है। आपकी माँग के अनुसार मैं हरक्युलिस को यहाँ रोककर चरस, गाँजा, अफीम का स्टॉक भेजनेवाला था लेकिन जीवन ने कुछ यूं खेल खेला कि अब मेरी आँखें खुल गई हैं। इंसान को अपने कर्मों का फल भुगतना ही पड़ता है। अब तक जो हुआ सो हुआ लेकिन अब इसके आगे मैं आपके साथ इस पाप कर्म का भागीदार नहीं बनूँगा। हरक्युलिस जैसे सच्चे और पाकदिल इंसान की सज्जनता का लाभ उठाकर मैं अपने पापों का घड़ा नहीं भरना चाहता हूँ। नशीले पदार्थों का धंधा करके युवा पीढ़ी को गुमराह करने का कृत्य अब मुझसे नहीं होगा क्योंकि उस युवा पीढ़ी में हमारे-आपके बच्चे भी शामिल हैं। मेरा यह निर्णय अटल है और उम्मीद करता हूँ कि आप भी इस पर गंभीरता से विचार करें।

आशा है कि इससे हमारी मित्रता पर कोई आँच नहीं आएगी।

आपका शुभचिंतक

भाईजी

खत पढ़कर पुजारी सकते में आ गया। वह निढाल होकर धम्म-से वहीं बैठ गया।

हरक्युलिस का चौथा कार्य

दो दिनों से पुजारी विचारों के ताने-बाने में उलझा हुआ था। वह हरक्युलिस से सख्त नाराज था। अपनी नाराजगी को प्रकट करने के लिए पुजारी ने चुप्पी साध रखी थी लेकिन अंदर ही अंदर उसका मन आक्रोश कर रहा था - 'हरक्युलिस के प्रायश्चित्त ने मेरा इतने सालों का जमा-जमाया धंधा चौपट करके रख दिया है। प्रायश्चित्त करके उसे तो पुण्य लगेगा मगर मेरे पेट का क्या...? लड़की की शादी भी करनी है, उसका खर्च कैसे निकलेगा...? शायद मेरा नसीब ही खराब है। हरक्युलिस का प्रायश्चित्त खत्म होगा, तभी मेरी किस्मत चमकेगी...!!!'

अब पुजारी को हरक्युलिस की उपस्थिति बेहद खटकने लगी थी। हरक्युलिस द्वारा उसकी बहन पर किए उपकार भी वह भूल गया। हरक्युलिस को मंदिर से निकाल बाहर करने के विचारों में खोते हुए न जाने कब उसे नींद लग गई।

मध्यरात्रि में अचानक हरक्युलिस नींद से जाग उठा। पेट दर्द

था कि उसे सोने ही नहीं दे रहा था। बेचैनी से वह करवटें बदलता रहा। पेट की मरोड़ें रुकने का नाम नहीं ले रही थीं। हरक्युलिस ने किसी तरह रात गुजारी। सुबह उठकर भी उसका जी मिचला रहा था और उसे उबकाई-सी आ रही थी। मुँह का स्वाद कड़वा हो चला था। अतिसार (डायरिया) के सारे लक्षण दिखाई दे रहे थे। कमजोरी के कारण उससे उठा भी न जा रहा था। हरक्युलिस को देर तक बिस्तर पर पड़ा देखकर पुजारी उसके पास गया और उसके देर तक सोने का कारण पूछने लगा। हरक्युलिस का पीला पड़ा चेहरा और सूखे होंठ देखकर पुजारी को स्थिति की गंभीरता समझ में आ गई। उसने तुरंत ही हरक्युलिस को डॉक्टर के पास ले जाने का निर्णय लिया।

पुजारी उसे पास ही शहर के अस्पताल में ले गया। रास्ते में उसने मन ही मन एक योजना बनाई- 'हरक्युलिस को अस्पताल में भर्ती करके मैं उसका सामान वहीं पहुँचाकर किसी से झूठ-मूठ कहलवा दूँगा कि मैं कुछ दिनों के लिए बहन के यहाँ जा रहा हूँ। ठीक हो जाने के बाद वह जाने और उसका काम जाने। मुझे अब उससे कोई लेना-देना नहीं है।

अस्पताल में हरक्युलिस की हालत देखकर डॉक्टर ने उसे भर्ती होने की सलाह दी। अपनी योजना को सफल होता देख पुजारी ने डॉक्टर की सलाह मान ली। अस्पताल के जनरल-वार्ड में एक बेड हरक्युलिस को दे दिया गया। डॉक्टर ने लक्षणों को देखते हुए पेट दर्द व मचली आने का कारण 'भोजन की विषाक्तता (फूड पॉइजनिंग)' बताया। पुजारी को इन सब बातों से कोई मतलब नहीं था। 'शाम को आऊँगा' कहकर वह वापस घर लौट आया।

इधर, पेट दर्द के साथ-साथ सिर दर्द ने भी हरक्युलिस पर धावा बोल दिया। अब तो हरक्युलिस पूरी तरह से निराश हो गया

और उसका सारा मानसिक बल न जाने कहाँ गायब हो गया। उसने डॉक्टर को बुलाकर अपनी माइग्रेन की पुरानी तकलीफ का जिक्र किया। डॉक्टर ने तमाम जाँचें करके उपचार शुरू किया।

हरक्युलिस ने बिस्तर पर लेटे-लेटे इधर-उधर नजर दौड़ाई। उसे अपने आजू-बाजू के पलंगों पर कई मरीज लेटे हुए दिखाई दिए। हरक्युलिस के विचार पुन: अपनी बीमारी के चारों ओर परिक्रमा लगाने लगे। 'ये माइग्रेन का दर्द बार-बार क्यों उभर आता है? मैंने कल ऐसा क्या खा लिया, जो मैं फूड पॉइजनिंग का शिकार हो गया और मेरी हालत इस कदर नाजुक हो गई है।' सोचते-सोचते हरक्युलिस को नींद लग गई।

दोपहर भोजन के समय नर्स ने उसे उठाया। इच्छा न होते हुए भी उसे थोड़ी खिचड़ी खानी पड़ी। दवाइयों के असर के कारण उसे कुछ ज्यादा नींद आ रही थी। शाम को नींद खुलने पर उसे पहले से कुछ बेहतर महसूस हुआ।

हरक्युलिस ने उठकर दवाइयों का सेवन किया। एक ही दिन में वह अस्पताल में ऊब गया था। वह अपनी अवस्था पर खीझ-सा पड़ा। बिस्तर पर लेटे रहना उसे किसी सजा से कम नहीं लग रहा था। व्याकुलता उसे रह-रहकर सताने लगी।

तभी उसे अंतरात्मा की आवाज सुनाई दी - 'हरक्युलिस, इस सुनहरे मौके को मत खोना।' इस वाक्य के साथ ही हरक्युलिस के दिमाग की घंटी बज उठी। उसे महसूस हुआ कि खोज करने का इतना अच्छा मौका उसे और कहाँ मिलेगा? वह चुपचाप बिना कोई प्रतिरोध किए बिस्तर पर लेट गया। उसने आँखें बंद कर लीं। यूँ लगा जैसे देवी माँ स्वयं उससे संवाद कर रही हों-

हरक्युलिस- अपने विचारों को बीमारी के चारों ओर घुमाकर कहीं मैं

पुरानी माँग तो नहीं दुहरा रहा हूँ?

देवी माँ- बिलकुल सही पहचाना।

हरक्युलिस- हर घटना से यदि कुदरत हमें कोई संकेत देती है तो मेरा अस्पताल में भर्ती होना किस बात का इशारा है?

देवी माँ- तुम्हें अपने खान-पान और स्वास्थ्य के प्रति अब ज्यादा सतर्क रहना चाहिए।

हरक्युलिस- यह माइग्रेन की तकलीफ जब देखो तब सिर क्यों उठाती है?

देवी माँ- अपनी बीमारी को व्यक्तिगत मत समझो। यह बीमारी तुम्हें इसलिए दी गई है ताकि तुम उसकी खोज करके उससे आज़ाद होकर लोगों को बीमारी के दौरान आनेवाले नकारात्मक विचारों से उबार सको।

हरक्युलिस- यानी जब तक मैं सीखूँगा नहीं तब तक यह मेरे साथ ही रहेगी?

देवी माँ- जब तुम बीमारी में विचारों को सही दिशा दे पाओगे तब बीमारी की अवस्था में भी तुम्हें वह अनुभव नहीं होगा, जो पहले हुआ करता था।

हरक्युलिस- क्या मतलब?

देवी माँ- जब तुम बीमारी में विचारों को सही दिशा दे पाओगे तब तुम यह नहीं सोचोगे कि यह क्यों आई...? अब मेरा क्या होगा...? इलाज में कितना खर्च हो जाएगा...? हालाँकि व्यवहारिक बुद्धि का प्रयोग करते हुए तुम आवश्यक सावधानियाँ जरूर बरतोगे। लेकिन डर, निराशा, असुरक्षा की भावना से तुम मुक्त रहोगे क्योंकि तुम बीमारी के पीछे छिपे स्वास्थ्य को देख रहे हो।

हरक्युलिस- मुझे आपकी बातें सुनकर ही अच्छा महसूस होने लगा है। मेरी तकलीफ कुछ कम होती हुई प्रतीत हो रही है। वास्तव में केवल फोकस बदलने की बात है। अब मुझे समझ में आया कि बीमारी हमसे जो सोच-विचार करने को कहती है, उसे छोड़कर हम उल्टा-सीधा विचार करने लगते हैं।

देवी माँ- जब सोच सही दिशा में चलती है तब आप स्व में अस्त यानी स्वस्थ होते हैं।

हरक्युलिस- माँ, आपसे वार्तालाप करके मुझे बहुत सुकून मिला है, खोज और मनन करने का नया रास्ता मिला है। आप ऐसे ही मार्गदर्शन देते रहना।

शाम को डॉक्टर ने हरक्युलिस की जाँच की। अब वह पहले से बेहतर था। दवा व खान-पान का ध्यान रखने को कहकर डॉक्टर चला गया। हरक्युलिस ने पुजारी को खबर भिजवाई कि शाम को आते वक्त *'खोज- स्वयं का सामना'* ग्रंथ भी लेते आएँ।

कुछ देर बाद सिर्फ ग्रंथ ही नहीं बल्कि हरक्युलिस का सारा सामान लेकर पुजारी अस्पताल पहुँच गया। हरक्युलिस हैरत से पुजारी की ओर देखने लगा।

पुजारी ने तटस्थ भाव से कहा- 'मैं कुछ दिनों के लिए अपनी बहन के यहाँ जा रहा हूँ। तुम ठीक होने के बाद अपने घर वापस लौट सकते हो। तुम्हारे लिए मंदिर में अब कोई जगह नहीं है।'

पुजारी के मुख से यूँ कड़वे बोल सुनकर हरक्युलिस स्तब्ध रह गया। वह कहना चाहता था कि आपके चले जाने से मेरा प्रायश्चित्त कैसे पूरा होगा लेकिन पुजारी तीर की तरह बाहर निकल गया।

पुजारी के इस तरह चले जाने से हरक्युलिस मायूस हो गया।

एक तो बीमार और उस पर कटु वचनों की बौछार। बेबसी की हालत में वह चुपचाप बिस्तर पर पड़ा रहा। देवी माँ को पुकारने के अलावा उसके पास कोई चारा भी न था। उसने सारी परिस्थिति देवी माँ को अर्पित कर दी। 'मेरा प्रायश्चित्त अब तेरे ही हाथ में है' कहकर वह सो गया।

16

सुबह उठकर हरक्युलिस ने ग्रंथ को प्रणाम किया और स्वास्थ्य संबंधी खोज का अध्याय निकालकर पढ़ने लगा।

> संपूर्ण स्वास्थ्य प्राप्त करने के लिए खुश रहना ही सही तरीका है, चाहे यह पहले कठिन लगे। इसके लिए आपको दिखावटी सत्य से दूर रहना चाहिए। दिखावटी सत्य यानी ऐसे दृश्य, जिन्हें देखकर आप दु:खी होते हैं और उन्हें ही सत्य मान लेते हैं। ऐसे समय दिखावटी सत्य ही आपके मन पर हावी हो जाता है। इस स्थिति में आपको दिखावटी सत्य के पीछे छिपे 'ओनली (एकमात्र) सत्य' पर ध्यान लगाना चाहिए।[१]

पढ़ते-पढ़ते हरक्युलिस ने आँखें बंद कर लीं। उसने महसूस किया कि पुजारी का चले जाना दिखावटी सत्य है। उसके जाने के बाद भी मेरा प्रायश्चित्त जरूर पूरा होगा, यही ओनली (एकमात्र) सत्य है। उसने आगे पढ़ना शुरू किया।

> दिखावटी सत्य यानी जैसा दिख रहा है, वैसा है नहीं। जैसे जब आप देखते हैं कि बहुत बारिश हो रही है तब आप उसे ही सत्य मान लेते हैं। फिर अधिक बारिश होने के कारण जो भी तकलीफें उठानी पड़ती हैं, आप उसका ही चित्र देखने लगते हैं। मगर उस वक्त बारिश के पीछे से जो सूरज निकल रहा होता है, वह आपको नहीं दिखाई देता। अगर आपको वह सूरज दिखाई देने लगे तो आपके

मुँह से अनायास ही निकल पड़ेगा- 'सूर्य के लिए धन्यवाद।' अत: अब जरूरत से ज्यादा बारिश देखकर यह न कहें- 'कितनी बारिश है, कितनी तकलीफ है बल्कि यह कहें- थैंक्यू फॉर द सन।' इसी तरह बीमारी को देखकर यह न कहें कि कितनी तकलीफ है बल्कि उसके पीछे छिपे स्वास्थ्य को देखें और कहें, 'थैंक्यू फॉर हेल्थ... स्वास्थ्य के लिए धन्यवाद।'[२]

आपके जीवन में वही आकर्षित होता है, जिसे आप देखते हैं और आप क्या देख रहे हैं? यही न... कि कितनी बीमारियाँ फैल रही हैं... जीवन का कोई भरोसा नहीं है... कभी भी कोई दुर्घटना हो सकती है... कहीं मेरे साथ तो ऐसा नहीं हो जाएगा... इत्यादि। जरा सोचिए कि आप कितने खतरे में हैं।[३]

आप एक ऐसे लोहे के टुकड़े हैं, जिसके अंदर अगर सत्य का ज्ञान डाल दिया जाए तो आप मैगनेट बन जाएँगे। अगर दिखावटी सत्य डाला तो पीतल बन जाएँगे। पीतल यानी पीया हुआ, बेहोश। अगर आपको इस बात का यकीन हो जाए तो आप दिखावटी सत्य में नहीं उलझेंगे।[४]

आप नहीं जानते कि दिखावटी सत्य में उलझकर आप कितना आनंद खो रहे हैं। वस्तुत: दिखावटी सत्य में उलझकर आप अपने पाँव पर खुद कुल्हाड़ी मार रहे हैं। जो लोग बीमार रहते हैं, उनका सारा ध्यान बीमारी में ही लगा रहता है। ऐसे में वे क्या आकर्षित करेंगे...? बीमारी के अलावा कुछ भी तो नहीं...। जब आपको शरीर पर बीमारी के लक्षण दिखाई दें तब आप कहें- 'मैं बीमारी के लक्षण नहीं देखूँगा, उसके पीछे छिपा स्वास्थ्य ही देखूँगा।' व्यवहारिक ज्ञान रखते हुए डॉक्टर द्वारा बताई हुई दवाइयाँ जरूर लें।[५]

आपने स्वास्थ्य देखना शुरू किया तो कहीं न कहीं से उसका सकारात्मक परिणाम आना शुरू हो जाएगा। दवा, दुआ, चमत्कार, आपके सकारात्मक विचार और आंतरिक शक्ति से सब जागृत होने

लगेगा। बीमारी को दिखावटी सत्य के रूप में देखने मात्र से ही बीमारी ठीक होने लगेगी। बीमारी दिखावटी सत्य है, स्वास्थ्य द ओनली सत्य है, ईश्वर का गुण है।[६]

दरअसल, स्वास्थ्य तो आपके पास आना ही चाहता है। वह तो दरवाजे पर यह सोचते हुए खड़ा है कि 'कब सामनेवाला दिखावटी सत्य से बाहर आए ताकि मैं अंदर प्रवेश करूँ मगर यह बंदा तो बीमारी को पकड़कर ही बैठा है, छोड़ता ही नहीं।'[७]

इंसान अपनी शक्ति नहीं पहचानता इसलिए बीमारी को देखता है मगर अब आप बीमारी को देखकर कहेंगे, 'यह दिखावटी सत्य है। मैं सिर्फ स्वास्थ्य देखूँगा।' ऐसा करने से आप एक अलौकिक ऊर्जा से भर उठेंगे। आपने सिर्फ दिखावटी सत्य को अनदेखा करना शुरू कर दिया तो आप चुंबक बनने लगेंगे और सारी सकारात्मक चीजें आपकी तरफ खिंचने लगेंगी। प्रेम, साहस, आनंद, संतुष्टि और स्वास्थ्य आपके जीवन में आकर्षित होगा।[८]

यह सब पढ़कर हरक्युलिस की सोच को एक नई दिशा मिली। हरक्युलिस अब काफी तरोताजा महसूस कर रहा था। अपनी निराशा और मानसिक दुर्बलता से वह काफी हद तक उबर चुका था। कुछ समय बाद डॉक्टर ने आकर हरक्युलिस की जाँच की और उसे शाम को घर जाने की इजाजत दे दी।

शाम होने पर हरक्युलिस चिंता में पड़ गया। 'अब मैं कहाँ जाऊँ? पुजारीजी तो चले गए। मंदिर का द्वार तो बंद ही होगा! ...और पुजारी ने मेरा सारा सामान भी यहाँ लाकर रख दिया है। अब क्या करूँ, कहाँ जाऊँ...?' अनमनेपन से वह अपना सामान समेटकर जाने ही वाला था कि तभी उसने स्ट्रेचर पर एक आदमी को ऑपरेशन थिएटर की ओर ले जाते देखा। जरा नजदीक जाकर उसने देखा तो लहू-लुहान पुजारी को देखकर उसके होश उड़ गए।

स्वयं का सामना 143

❊ ❊ ❊

पुजारी इस हाल में...? कहाँ और कैसे दुर्घटना में घायल हो गए? पुजारी दर्द के मारे जोर-जोर से कराह रहा था। हरक्युलिस के मस्तिष्क में तरह-तरह के सवाल कौंधने लगे। वह अपनी कमजोरी भूलकर दौड़ते हुए स्ट्रेचर के पीछे-पीछे हो लिया। सारी औपचारिकता, एक्स-रे आदि के समय घर के सदस्य की तरह हरक्युलिस पुजारी के साथ बना रहा।

सुबह जब पुजारी की आँख खुली तो उसने स्वयं को अस्पताल में पाया। उसे वस्तुस्थिति का एहसास हुआ। पुजारी की आँखों के आगे दुर्घटना के समय का दृश्य चलचित्र की भाँति सरकने लगा... वह सिटी बस स्टॉप पर जाने के लिए रिक्शा में बैठा... अचानक एक बच्चा दौड़ता हुआ सामने आया... ड्रायवर उसे बचाने की कोशिश में एक खंबे से जा टकराया... रिक्शा उलट गई... वह रिक्शा से बाहर गिर पड़ा और उसकी एक टांग रिक्शा के नीचे आ गई... कुछ लोगों ने उसे अस्पताल पहुँचाया।

सामने ही उसे हरक्युलिस नजर आया। पुजारी को अपना बाँया पैर कुछ भारी सा महसूस हुआ। हरक्युलिस ने पुजारी को आँखों ही आँखों में ढाढ़स बँधाया और उसके बाँए पैर में सिम्पल फ्रैक्चर होने की बात बताई।

पुजारी की आँखों में पहली बार हरक्युलिस के लिए कृतज्ञता के आँसू छलछला उठे। वह मन ही मन सोचने लगा- 'ये न होता तो क्या होता? मैंने क्रोध में आकर इसे क्या-क्या नहीं कहा! इसके निष्कपट हृदय को भी मैं नफा-नुकसान के तराजू में तौलता रहा। हाय... मुझसे यह कैसा पाप हो गया...! अभी-अभी बीमारी से उठकर भी हरक्युलिस मेरी सेवा में खड़ा है। मेरे सभी आदेशों को

निष्ठा से मानने पर भी मैं उसके प्रति इतना निष्ठुर कैसे रहा?' सोचते हुए पुजारी विलाप करने लगा और रह-रहकर हरक्युलिस से अपने व्यवहार की माफी माँगने लगा।

हरक्युलिस ने पुजारी को शांत रहने के लिए कहा। भावना का आवेग बह जाने के बाद पुजारी ने हरक्युलिस से अपने चोट की गंभीरता के बारे में पूछताछ की। इस पर हरक्युलिस ने जानकारी दी- 'पैर में सूजन कम होने के बाद कल आपके पैर में प्लास्टर चढ़ाया जाएगा। साथ ही शरीर पर तीन-चार जगहों पर जो चोटें लगी हैं, उनके उचित इलाज के लिए आपको दो दिन डॉक्टर के निरीक्षण में रहना होगा। आप कोई चिंता न करें। मैं आपके साथ ही हूँ।'

'जैसी ऊपरवाले की इच्छा!' कहकर पुजारी असहाय होकर मुँह फेरकर सो गया। हरक्युलिस ने उसे किसी तरह के प्रश्न न पूछते हुए सोने दिया और डॉक्टर से पुजारी के उपचार संबंधी सलाह लेने चला गया।

वहाँ पर उसे यह भी पता चला कि रिक्शा ड्रायवर को ज्यादा चोट नहीं आई थी। उसकी मरहम-पट्टी करके उसे अस्पताल से घर जाने की अनुमति दी गई है।

हरक्युलिस पिछले दो दिनों से देख रहा था कि पुजारी के बेड के पास ही एक छह-सात साल का लड़का बुखार से तप रहा है। उसके माता-पिता अभय व अनुया निरंतर उसके पास बैठकर उसकी देखभाल में लगे थे। बीच-बीच में वे आपस में झगड़ा भी कर रहे थे और बच्चे की बीमारी को एक-दूसरे पर थोप रहे थे। हरक्युलिस सारी बातों का निरीक्षण कर रहा था। चूँकि पुजारी आराम कर रहा था अत: हरक्युलिस सहज ही बच्चे के पिता से बच्चे

की सेहत संबंधी पूछताछ करने लगा। अभय मानो भरा हुआ ही बैठा था। सहानुभूति के दो बोल सुनते ही वह शुरू हो गया-

'मेरे जीवन में एक ही दु:ख है कि मेरा बेटा चीकू बार-बार बीमार हो जाता है। कभी वायरल फीवर, कभी मलेरिया तो कभी सर्दी-जुकाम। उसके बीमार होने पर घर भर में विषाद छा जाता है। मैं और मेरी पत्नी सदा इसका बहुत खयाल करते हैं फिर भी...?'

हरक्युलिस ने *'खोज- स्वयं का सामना'* ग्रंथ उन्हें सुपुर्द करके 'दु:ख के कारण - स्टैम्पिंग, मान्यकथा' का अध्याय पढ़ने को कहा। चूँकि अभय रात को बेटे के पास ही रुकता था इसलिए उसने जल्द ही बताया हुआ अध्याय पढ़कर समाप्त कर दिया। उसे पुस्तक की शिक्षाएँ बड़े काम की लगीं। रात सोने से पहले उसने हरक्युलिस से इस विषय पर चर्चा करने का निवेदन किया। दोनों अस्पताल के कॉरीडोर में जाकर बैठ गए ताकि उनकी बातचीत से किसी की नींद में खलल न पड़े। अभय ने वार्तालाप शुरू किया-
'मैंने वह अध्याय पढ़कर महसूस किया कि स्टैम्पिंग व मान्यकथाएँ किस तरह हमारे दु:ख का कारण बनती हैं लेकिन चीकू की बीमारी में मैं सही खोज नहीं कर पा रहा हूँ। अपनी दु:खद मनोदशा से बाहर नहीं निकल पा रहा हूँ। क्या इस विषय में आप कुछ मशवरा देंगे?'

'आपने *'खोज- स्वयं का सामना'* ग्रंथ में पढ़ा ही होगा कि आपकी मान्यताएँ और स्टैम्पिंग ही दु:ख का कारण हैं। अत: आप खोज करें कि क्या आपकी यह मान्यता है कि चीकू बीमार नहीं पड़ना चाहिए, बीमार होना बुरी बात है?'

'हाँ, मेरी सोच तो यही कहती है।' अभय मंद स्वर में बुदबुदाया।

'कभी डॉक्टर से जाकर पूछें कि क्या बच्चे का बीमार होना

गलत है? डॉक्टर आपको बताएगा कि बच्चे बीमार भी होते हैं, खेलते वक्त गिरते भी हैं, उन्हें स्कूल में बच्चे चिढ़ाते भी हैं, उन्हें बहुत ज्यादा होमवर्क भी मिलता है, उनके साथ बहुत कुछ होता है। यह स्वाभाविक प्रक्रिया है, इससे उनका विकास ही होता है।

जो माँ-बाप बच्चों को जरा भी दुःख, तकलीफ नहीं होने देते, बीमार नहीं पड़ने देते, गिरने नहीं देते, वे बच्चे बड़े होकर कैसे रहेंगे? जीवन में अचानक एक भी दुःख आएगा तो वे मुरझा जाएँगे। आपने उन्हें आंधी से लड़ना नहीं सिखाया तो वे तूफान का सामना कैसे कर पाएँगे? एक पौधे के जीवन में जब छोटे-छोटे तूफान आते हैं तो उनसे लड़-लड़कर उसकी जड़ें मजबूत होती जाती हैं इसलिए बड़े होकर वह बड़े तूफान भी झेल पाता है।

अगर आपको बच्चे से वाकई प्रेम है तो आप उसे बीमार होने की अनुमति दें वरना आपका डर बच्चे के अंदर बीमारी के प्रति डर को बढ़ावा देता है। उसकी बीमार होने की आशंका को बल देगा। आप चाहते हैं कि आपका बच्चा बीमार न हो मगर अप्रत्यक्ष रूप से आप उसे बीमार होने में योगदान दे रहे हैं।'

हरक्युलिस ने आगे कहा – 'बच्चे का बीमार होना बुरा है!' आपने यह स्टैम्पिंग कर दी थी। अब यह स्टैम्पिंग करना छोड़ दें।

शरीर के साथ हर पल कुछ होता रहता है। शरीर कभी बीमार होता है तो कभी स्वस्थ। वातावरण बदलता है तो शरीर फीडबैक (कर्म संकेत) देता है- 'खाने-पीने में कुछ परिवर्तन लाओ, थोड़ा व्यायाम करो, कुछ नया करो, मौसम बदल चुका है' वरना आप जागेंगे ही नहीं। शरीर के फीडबैक द्वारा वास्तव में कुदरत मदद कर रही होती है ताकि माँ-बाप को पता चले कि अब बच्चे की दिनचर्या में बदलाव लाने की जरूरत है।'

'शायद आप ठीक कह रहे हैं। चीकू की बीमारी को देखकर मैं अपने बचपन के साथ उसकी तुलना करने लगता हूँ। मैं सोचता हूँ कि बचपन में मैं तो कभी इतना बीमार नहीं पड़ता था। अनुया भी जब अपनी शारीरिक तकलीफों के बारे में बताती है तो मैं सोचता हूँ, इन्हें क्यों आए दिन कुछ न कुछ होता रहता है? मैं कितना स्वस्थ रहता हूँ।' अभय ने झुंझलाते हुए कहा।

'आपको बीमार होने की जरूरत नहीं थी मगर हो सकता है चीकू को हो। बचपन में आपके साथ जो हो रहा था, आपको उसकी जरूरत थी। जो आपके साथ हुआ, वह चीकू के साथ नहीं हो रहा है क्योंकि दोनों की जरूरतें अलग-अलग हैं। हम बीमारी को भी ऐसे तौलते हैं कि हमारे साथ यह नहीं हुआ तो बीवी-बच्चों के साथ भी नहीं होना चाहिए। यही स्टैम्पिंग है।' हरक्युलिस ने यह कहते हुए अभय की परेशानी का विश्लेषण किया।

'हाँ, मेरे साथ यही हो रहा है।' अभय ने बात स्वीकारी।

'मेरे साथ नहीं हुआ इसलिए किसी के साथ नहीं होना चाहिए, ऐसी भावना क्यों हो? आप अपना डुप्लीकेट क्यों बनाना चाहते हैं? इसी चाहत में इंसान का दु:ख बढ़ता रहता है। आपने चीकू के लिए एक कोट बना लिया है। अब उस कोट में आप चीकू को बिठाना चाहते हैं और वह बैठ नहीं रहा है। इसी बात का आपको दु:ख है। आप चीकू से कहते हैं, इधर से थोड़े मोटे हो जाओ, उधर से थोड़े पतले हो जाओ। परिणामत: वह भी परेशान, आप भी परेशान लेकिन आप अपनी बात छोड़ना ही नहीं चाहते हैं। आपने उसे अपने कोट में फिट करने की ठान ही ली है।'

हरक्युलिस ने आगे कहा- 'आप सालों-साल कोशिश करते रहेंगे, फिर भी कोई न कोई बात ऐसी निकल ही आएगी, जो आपके

कोट में फिट नहीं होगी । तो क्या आप उतने साल दुःख मनाना चाहते हैं या मानते हैं कि आपका कोट ही गलत है?'

'मेरा कोट ही गलत है।' अभय ने मंजूरी दी।

'जब आपको यह स्पष्ट रूप से दिखाई देगा तो सहज ही आप अपना कोट फेंक देंगे। वरना कोट सिल-सिलकर आपका प्रेम अत्याचार बन जाता है। लोगों को लगता है कि वे प्रेम दे रहे हैं मगर वास्तव में प्रेम के नाम पर अत्याचार ही कर रहे होते हैं। सामनेवाले को अपनी तरह ही बनाना चाहते हैं। आप बच्चे को उसके हिसाब से विकसित होने दें। वह कुछ सीख रहा है। अगर बीमार होना उसकी जरूरत है तो उसे स्वीकार करें। खोज करें कि उसके बीमार होने से कहीं आपको तकलीफ तो नहीं होती है, इस वजह से तो आप नहीं चाहते हैं कि वह बीमार न हो!'

'यही बात थी।' कहते हुए अभय ने सिर झुका लिया।

'खोज में यह सब सामने आएगा। इंसान कहता है, मेरा फलाँ रिश्तेदार जिंदा होता तो मैं खुश रहता यानी आपको खुश करने के लिए इंसान मर भी नहीं सकता! हर एक अपने हिसाब से पृथ्वी पर आया है और अपने समय पर पृथ्वी से जाएगा। जो जा रहा है, उसे जाने दिया जाए; जो आ रहा है, उसे आने दिया जाए। हर दुःख पर खोज हो कि इसके पीछे आपने क्या स्टैम्पिंग की है? सामनेवाले के बीमार होने से यदि आपको दुःख हो रहा है तो क्या आपको खुश करने के लिए वह बीमार भी न पड़े?

खोज कर जब सब स्पष्ट होगा तो फिर आप आवश्यक सावधानी रखेंगे मगर आपको उसका दुःख नहीं होगा। जो चीजें खाने से बच्चा बीमार होता है, वे चीजें खाने से आप उसे रोकेंगे। हमेशा डरे-डरे-से रहने की जरूरत नहीं है कि कहीं वह बीमार न हो

जाए...। डरते रहने से यह दुःख चलता ही रहेगा। जब खोज पूरी हो जाएगी तब आप उस दुःख से मुक्त हो जाएँगे।'

'आपका बहुत-बहुत धन्यवाद जो आपने इतना अमूल्य मार्गदर्शन दिया।' अभय ने कृतज्ञता जतलाते हुए वार्तालाप को पूर्णविराम दिया।

'अब रात काफी हो गई है, थोड़ा विश्राम कर लें।' हरक्युलिस ने जम्हाई लेते हुए कहा। दोनों अपनी-अपनी जगह पर जाकर सो गए।

17

सुबह-सुबह पुजारी नींद से जागा तो एक नए विचार के साथ। मन ही मन उसने निश्चय किया- 'अब प्रायश्चित्त करने की बारी मेरी है। हरक्युलिस के प्रायश्चित्त में मदद करना ही मेरा सबसे बड़ा प्रायश्चित्त है।' इस नए विचार ने उसे संतुष्टि दी। उसने हरक्युलिस से कहा- 'मैं तुमसे एक वचन चाहता हूँ।'

'कहिए, कैसा वचन? मैं अवश्य पूरा करूँगा।'

'तुम्हें मेरे ठीक हो जाने के बाद मेरे साथ मंदिर में चलकर रहना होगा। मेरी तीमारदारी के लिए नहीं बल्कि तुम्हारे बचे हुए कार्य पूर्ण करने के लिए।' रूंधे गले से पुजारी ने विनती की।

'अंधे को क्या चाहिए, दो आँखें।' कहकर हरक्युलिस हँस पड़ा।

हरक्युलिस की ओर से निश्चिंत होकर पुजारी ने उससे सवाल किया- 'कल रात तुम कॉरीडोर में किससे बात कर रहे थे?'

'अभय से। अपनी किसी समस्या पर वह मार्गदर्शन चाहता था।'

पुजारी ने कहा – 'मैं देख रहा हूँ कि तुम्हारी सुलझी हुई बातें सुनकर लोग बहुत जल्द अपनी समस्याओं से बाहर आ जाते हैं। अब जब कि मैं यहीं पर हूँ तो तुम मेरे ही सामने सबको ज्ञान-दान किया करो ताकि कुछ बातें मेरे कानों पर भी पड़ सकें।'

पुजारी की बात सुनकर हरक्युलिस आश्चर्य में पड़ गया। उसने सोचा–'पुजारी को इसकी क्या जरूरत है? वे तो खुद देवी माँ के भक्त हैं, वेदज्ञाता हैं!' इन विचारों से बाहर निकलकर हरक्युलिस ने हाँ में सिर हिला दिया।

इन दो दिनों में जनरल वार्ड के अन्य मरीज भी हरक्युलिस की सज्जनता से वाकिफ हो चले थे। हरक्युलिस से बातें करके वे सुकून महसूस किया करते थे। हरक्युलिस ने सभी को बारी-बारी से *'खोज-स्वयं का सामना'* ग्रंथ का 'दुःख के कारण– स्टैम्पिंग, मान्यकथा' वाला अध्याय पढ़ने को कहा। हरक्युलिस जानता था कि आगे ये लोग कौन से सवाल पूछेंगे। उसकी तैयारी हरक्युलिस ने पहले ही कर रखी थी। सभी के लिए यह बात किसी आश्चर्य से कम न थी कि दो दिनों पहले जो इंसान खुद मरीज था, इतनी जल्दी भला-चंगा होकर पुजारी की मदद कैसे कर पा रहा है? डॉक्टर भी यही सोचकर हैरान थे।

पुजारीजी के सुबह के नाश्ते, दवाई, स्पंजिंग आदि कार्य निपटाने में हरक्युलिस ने नर्स की मदद की। नर्स के जाने के बाद हरक्युलिस रिलैक्स होकर बैठ गया। तभी बेड नंबर १० पर लेटी एक अधेड़ महिला अनुपमा मुखर्जी ने हरक्युलिस को अपने पास बुलाया और कहा– 'क्या मैं आपसे एक शंका पूछ सकती हूँ?'

'हाँ, जरूर', हरक्युलिस ने सहजता से उत्तर दिया।

'मुझे पेट के अल्सर की तकलीफ है। मैं खुद रेकी मास्टर हूँ। मन में शुभ विचार रखते हुए दूसरों को हीलिंग भी देती हूँ। इससे लोगों को आरोग्य लाभ भी मिलता है मगर मुझे इस बात का दुःख है कि मेरे शरीर में यह तकलीफ क्यों है? सबका भला करने के बावजूद मेरे साथ ऐसा क्यों? आपने बताए हुए अध्याय को भी मैंने पढ़ा परंतु मैं खोज नहीं कर पा रही हूँ।'

हरक्युलिस ने शांति से उनकी बात सुनी और जवाब दिया– 'पहली बात यह समझें कि आप रेकी मास्टर हैं, हीलर हैं यानी आपको निरोगी रहने का प्रमाण-पत्र नहीं मिल गया। आप किसी और को ठीक करती हैं इसलिए आपका शरीर स्वस्थ ही रहेगा, ऐसा जरूरी नहीं है। आपके शरीर में होनेवाली बीमारियाँ आपको बताने के लिए आती हैं कि रोग क्या होता है? जब तक आप खुद महसूस नहीं करते तब तक किसी और की मदद भी नहीं कर पाते। आपके शरीर में उत्पन्न रोग आपको कुछ बता रहे हैं ताकि आगे और अच्छे ढंग से आप लोगों की मदद कर पाएँ। इसे अव्यक्तिगत समस्या समझें। इसे यदि आपने अपनी बीमारी, अपनी तकलीफ समझी तो परेशानी होगी। यूँ समझें कि यह बीमारी औरों के लिए है। लुई कुने, जिन्होंने नैचरोपैथी (प्राकृतिक चिकित्सा पद्धति) में बड़ी खोज की, उन्हें बचपन से कई रोगों ने घेर रखा था। उनकी कमजोरियाँ, उनकी बीमारियाँ उनकी खोज का कारण बनीं। आपके शरीर में भी कुछ रोग हों तो वे कुछ ऐसे आविष्कार करने के लिए निमित्त बनें, जिससे दूसरों को लाभ मिले।'

हरक्युलिस ने आगे कहा– 'आप गांधीजी का उदाहरण जानती ही हैं। जोहन्सबर्ग रेल्वे स्टेशन पर उन्हें ट्रेन से उतार दिया गया था। टिकट होने के बावजूद भी मारा-पीटा गया, गालियाँ दी गईं। कितना

अत्याचार किया गया मगर आगे चलकर वे हिंदुस्तान की आज़ादी का कारण बने। दक्षिण अफ्रीका में गांधीजी से अछूतों जैसा व्यवहार किया गया इसीलिए भारत में वे अछूतों के उद्धार का कारण बने। इस उदारहण से समझें कि अपनी बीमारियों, तकलीफों को व्यक्तिगत न समझें। आपके द्वारा आगे कुछ कार्य होनेवाले हैं, इस कारण ये समस्याएँ आई हैं। उन्हें निमित्त बनाकर गुणों का अभ्यास करें, उनका फायदा उठाएँ। अनु दीदी! आपके द्वारा दूसरों को स्वास्थ्य लाभ मिले, लोगों को योग्य-आरोग्य प्राप्त हो, मैं आपको यही शुभकामना देता हूँ।'

अनु दीदी तन्मय होकर हरक्युलिस की वाणी सुन रही थीं। हरक्युलिस के मौन होते ही उनकी तन्द्रा टूटी। हरक्युलिस को धन्यवाद देकर वे उसकी बातों पर गौर करने लगीं।

पुजारी भी कान लगाकर हरक्युलिस की बातें सुन रहा था। अनु दीदी को बताए हुए जवाब को सुनकर उसका मनन भी शुरू हो गया। उसे घुटनों के दर्द ने पिछले दो सालों से परेशान कर रखा था। वह महसूस करता था कि मंदिर के पुजारी की जिम्मेदारी निभाते हुए भी ईश्वर उसके साथ ऐसे कैसे कर सकता है? आज उसे अपने सवाल का आंशिक रूप से जवाब मिल गया।

कुछ समय बाद डॉक्टर राउंड लेने आए और पुजारी के पैर की जाँच की। आज पैर की सूजन कम हुई थी इसलिए उसके पैर में प्लास्टर चढ़ाया जानेवाला था।

पुजारी को स्ट्रेचर पर लेटाकर ऑपरेशन थिएटर में ले जाया गया। कुछ समय में उनके पैर पर प्लास्टर चढ़ गया था। दर्द से कराहते पुजारी को हरक्युलिस मसीहा की तरह प्रतीत हो रहा था। हरक्युलिस ने डॉक्टर से दवाइयों की पर्ची ली और उन्हें कैसे देना

है, यह भी पूछ लिया। बाजार जाकर हरक्युलिस दवाइयाँ लेकर आया और समय पर उन्हें देता रहा। कुछ समय बाद पुजारी सो गया। तभी बेड नंबर तीन पर लेटे हुए प्रौढ़ व्यक्ति मिस्टर श्रीनिवासन ने इशारे से हरक्युलिस को बुलाया और अपने एक सवाल को सुलझाने की विनती की। हरक्युलिस ने खुशी से हामी भरी। मिस्टर श्रीनिवासन तत्परता से बोल उठे- 'मैं काफी वर्षों से ध्यान विधियों का अभ्यास कर रहा हूँ और स्वबोध होने का अनुभव प्राप्त करने के लिए साधना कर रहा हूँ लेकिन मेरा शरीर किसी न किसी व्याधि से ग्रस्त रहता है इसलिए मैं सदा दूसरों पर निर्भर रहता हूँ। शारीरिक बीमारियाँ मेरी आध्यात्मिक उन्नति में बाधा बन रही हैं। इसका क्या उपाय है? परावलंबी होकर क्या मैं अपने सच्चे स्वरूप का आनंद पा सकता हूँ?'

हरक्युलिस ने कहा- 'नहीं ! शारीरिक बीमारियाँ आध्यात्मिक उन्नति में बाधा नहीं बनती हैं। जिन लोगों ने सत्य जाना, उन्होंने देखा कि शरीर खुद एक बीमारी है। उस बीमारी को एक और बीमारी होती है। उन्होंने शरीर को बीमारी इसलिए कहा क्योंकि शरीर हमें अपने साथ आसक्त कर देता है। हाँ, जब यही शरीर हमें अपनी आसक्ति से मुक्त करता है तब वह बीमारी नहीं रहता; मंदिर बन जाता है। समझ मिलने के बाद आप इस शरीर रूपी मंदिर के अंदर उखड़े हुए प्लास्टर (अशांति) को ठीक करने की आवश्यकता महसूस करेंगे। अगर पेन्ट निकल गया है तो पेन्ट लगाएंगे। जो भी तकलीफ है, उसे दूर करेंगे मगर वह ठीक नहीं हुई तो रोते-धोते नहीं बैठेंगे।

पुराने समय के कुछ संतों ने यह भी कहा है- 'शारीरिक पीड़ा होना इसलिए जरूरी है ताकि सत्य की याद बनी रहे वरना सुख-सुविधाओं के होते इंसान ईश्वर को भूल जाता है। यदि दर्द

को निमित्त बनाना सीख लिया जाए तो दर्द के पीछे छिपी असली चीज की याद बनी रहती है। अगर बीमारी के साथ यह होने लगे तो वह बीमारी कल्याणकारी साबित होगी।'

'अच्छा...!'

'विश्व में ऐसी कोई भी चीज नहीं बनाई गई है, जो सत्य प्राप्ति में बाधा है। बीमारी भी बाधा नहीं है मगर आपको बाधा लग सकती है। कहीं कोई नरक नहीं बनाया गया है मगर महसूस जरूर किया जा सकता है। लोग अपनी मान्यताओं की वजह से नरक भुगत सकते हैं मगर वह बनाया नहीं गया है। उसी तरह शारीरिक बीमारी भी आध्यात्मिक उन्नति में बाधा नहीं है। इसका अर्थ आपको अपनी बीमारी का इलाज नहीं करना है, ऐसा भी न समझें। उस बीमारी का इलाज जरूर करवाएँ। फिर भी अगर कोई बीमारी रह जाए तो उसे निमित्त बनाएँ। जब वह बीमारी आपको हर पल अपने असली स्वरूप की याद दिलाती रहे तब वह मंगलकारी हो गई। बीमारी को भी मोक्ष पाने में निमित्त बनाएँ। यह समझ रखें कि इन बीमारियों के बावजूद भी मोक्ष प्राप्त किया जा सकता है।'

हरक्युलिस ने बोलना जारी रखा- 'रहा आपका दूसरा सवाल कि स्वबोध प्राप्ति और दूसरों पर निर्भरता इन दोनों बातों का संबंध है क्या? इसे यूँ समझें कि जब आप मन को साधने की विधियाँ सीखने के लिए कहीं जाते हैं तो आपको अपनी बीमारी के कारण जाने-आने के लिए दूसरों पर निर्भर रहना पड़ता है मगर मनन करने के लिए आपको अपने माता-पिता, पत्नी, पड़ोसी या किसी भी इंसान से इजाजत लेने की आवश्यकता नहीं होती। तेज आनंद हमारा मूल स्वभाव है। ऐसा नहीं है कि किसी पर निर्भर होने की वजह से हम वह आनंद नहीं उठा सकते। श्रीनिवासनजी, आपके शरीर की यह मर्यादा

है कि आपका शरीर किसी और पर निर्भर है। इस मर्यादा को अपनी चुनौती बनाएँ, रुकावट नहीं।'

'हाँ, यह दृष्टिकोण मेरे लिए बड़ा लाभकारी बन सकता है।' श्रीनिवासनजी कह उठे।

'जिस तरह से कैरम खेलते समय खेल का यह नियम होता है कि कैरम बोर्ड की दो रेखाओं के बीच स्ट्राइकर रखकर ही खेलना पड़ता है। तब हम इस नियम का पालन करते हुए खेलते हैं मगर जीवन जीते वक्त हम कहते हैं– दो रेखाओं के बीच रहकर कैसे जीएँ...? यह तो संभव नहीं है...। इसी शरीर में रहकर, इन्हीं दो रेखाओं (शरीर और मन) में रहकर, शरीर की पर-निर्भरता की मर्यादा में ही आपको अपनी अभिव्यक्ति करनी है। जब बच्चा आपसे सवाल पूछे कि मुझे कैरम बोर्ड की दो रेखाओं के बीच में खेलना नहीं आता तो आप उस बच्चे को यही जवाब देंगे कि ''अभ्यास करने के बाद एक दिन तुम्हें खेलना आ जाएगा।'' अभ्यास करने के बाद बच्चे का वक्तव्य बदल जाएगा। वह कहेगा, ''अब दो रेखाओं के बीच में रहकर मैं खेल सकता हूँ। कैरम की गोटी कहीं पर भी रखी जाए, मैं उसे निकाल सकता हूँ।''

'खूब गहरी बात कही तुमने।' श्रीनिवासनजी के चेहरे पर समझ की खुशी साफ झलक रही थी।

हरक्युलिस तो मानो किसी अदृश्य प्रेरणा से बोलता चला गया– 'इसी तरह जब आपका अभ्यास पूर्ण होगा, मनन पूरा होगा तब आप सहजता से हर परिस्थिति में अपने होने के आनंद में लीन रह सकेंगे। आनंद के लिए हमें दूसरों पर निर्भर रहने की आवश्यकता नहीं है। जो मर्यादा आप पर डाली गई है, वह चुनौती है। हर मर्यादा को चुनौती के रूप में देखना सीखें। कैरम बोर्ड का उदाहरण हमेशा

ध्यान में रखें। आपके लिए ही वे दो रेखाएँ खींची गई हैं। अगर सभी रेखाएँ मिटा दी जाएँ और आपको खेलने के लिए कहा जाए तो आप खुद कहेंगे कि खेलने में मजा ही नहीं रहा। अत: जीवन के खेल के नियम समझें, सही ढंग से अभ्यास करें और सफलतापूर्वक खेलें।'

श्रीनिवासनजी ने माना कि ऐसा उत्कृष्ट स्पष्टीकरण उन्हें कहीं नहीं मिला था। श्रीनिवासनजी को आराम करने के लिए कहकर हरक्युलिस भी अपने दिए जवाबों पर आश्चर्य करते हुए कुछ समय के लिए सो गया। शाम को जनरल वार्ड के तकरीबन सभी पेशंट किसी अज्ञात सूत्र में बँधकर एकत्र हुए और हरक्युलिस के बारे में चर्चा करने लगे। जिन लोगों ने हरक्युलिस के मुख से ज्ञान-वाणी सुनी थी, वे एक-दूसरे को बताकर उसकी प्रज्ञा की दाद देने लगे। सभी ने मिलकर तय किया कि दोपहर चार बजे विश्राम के बाद रोज सभी सत्य का पठन करेंगे तथा हरक्युलिस से अपने सवालों के जवाब पूछेंगे। पुजारी ने हरक्युलिस से *'खोज- स्वयं का सामना'* ग्रंथ लेकर दु:ख के कारणों का अध्याय पढ़ा। स्टैम्पिंग, दु:ख की पुन: माँग, मान्यता आदि का अभिप्राय जानकर वह अपने जीवन से उन्हें जोड़कर देखने लगा।

☙ 18 ❧

दूसरे दिन तय किए समयानुसार दोपहर विश्राम के बाद सभी लोग पुजारी और उसके साथ लगे चीकू के बेड के आस-पास बैठ गए। सभी ने मिलकर हरक्युलिस से निवेदन किया कि वह उन्हें बीमारियों के मूल कारण के बारे में विस्तार से बताए।

हरक्युलिस *'खोज- स्वयं का सामना'* ग्रंथ लेकर ही बैठा था। उसने ग्रंथ को प्रणाम किया और पढ़ना शुरू किया—

आज हम जानेंगे कि किस तरह हमारे विचार ही रोग उत्पत्ति का कारण हैं। हमारे मन में उठी भावनाएँ शरीर में रासायनिक परिवर्तन लाकर बीमारी को जन्म देती हैं।[१]

ईर्ष्या, क्रोध, भय, चिंता, तनाव, द्वेष आदि से पीड़ित मनुष्य द्वारा खाए हुए भोजन का पाचन ठीक से नहीं हो पाता। कपट जैसे विकार पेट के रोग उत्पन्न करते हैं। ऐसे मानसिक विकार; जिनके प्रकट होने से व्यक्ति के आत्म-सम्मान को आघात पहुँचने की आशंका रहती है, इंसान उन्हें दूसरों से छिपाना चाहता है। इस आदत की वजह से उसका शरीर रोगग्रस्त और कमजोर हो जाता है।'[२]

सब लोग उत्सुकता से हरक्युलिस को सुन रहे थे।

ये विकार रोगों को बढ़ाने में प्रभावी भूमिका निभाते हैं। ज्यादा क्रोध और चिड़चिड़ापन लिवर और गॉलब्लेडर को हानि पहुँचाता है। भय, गुर्दे और मूत्राशय को हानि पहुँचाता है। तनाव और चिंता, पैनक्रियाज को हानि पहुंचाते हैं। अधीरता और क्षणिक आवेश, हृदय और छोटी आंत (इन्टेस्टाइन) को कमजोर बनाते हैं। दुःख, फेफड़ों और बड़ी आंत की कार्यक्षमता को घटाते हैं। विचारों से परेशान लोगों में यह देखा गया है कि उन्हें किसी को कुछ देने की इच्छा नहीं होती। उनकी इस कंजूसी की आदत से उनकी आंतें मल विसर्जन करने में, त्वचा पसीना बाहर निकालने में और फेफड़े ठीक से साँस छोड़ने में तकलीफ देते हैं।'[३]

सभी अंतर्मुख होकर अपने-अपने विकारों के बारे में सोचने लगे। उन्हें दिखाई देने लगा कि यदि अभी से विकारों पर नियंत्रण न रखा गया तो भविष्य में वे किन रोगों के शिकार बन सकते हैं। फिर वे हरक्युलिस को ध्यान से सुनने में मग्न हो गए।

'हम अशुभ विचारों से नहीं बल्कि शुभ विचारों से अपनी सेहत का खयाल रख सकते हैं। अपमान होने पर भी मन को छोटा नहीं

करना चाहिए। नकारात्मक विचार बीमारियों को आमंत्रण देकर कई और बीमारियाँ प्रकट करते हैं। बेवजह ही शरीर को उन्हें भुगतना पड़ता है। अतः नकारात्मक विचार न दोहराते हुए सकारात्मक विचार मन में लाएँ।'[४]

'इसका अर्थ है- हमारा स्वास्थ्य हमारे मन के हाथों में है अगर ऐसा कहा जाए तो कोई अतिशयोक्ति नहीं होगी।' अभय ने बात को समझते हुए कहा।

'हाँ, बिलकुल।' कहकर हरक्युलिस ने पढ़ना जारी रखा। जो लोग सदा नफरत, घृणा और द्वेष के विचार मन में रखते हैं, वे पेट व दिल के कई रोगों को आमंत्रित करते हैं। कई बार हार्ट अटैक, हेट अटैक (नफरत का हमला) या हेड अटैक (विचारों का हमला) होता है। चिंता से भरा मन इंसान को पागल तक बना सकता है। चिंता का जहर धीरे-धीरे रोग पकड़ता है और इंसान को बीमारियों का रोगालय बना देता है। नकारात्मक विचार मन से सारा उत्साह छीन लेते हैं, जिस वजह से इंसान व्याकुल व निराश रहने लगता है। ऐसा इंसान जीवन की आशा छोड़ देता है। जिस शरीर में जीवन की आशा छूट जाती है, वह इंसान स्वस्थ होने में बहुत समय लगाता है लेकिन जिनमें जीवन की आशा, जीने की इच्छा प्रबल होती है, वे तेजी से स्वास्थ्य प्राप्त करते हैं।[५]

जिनके पास लक्ष्य होता है, करने के लिए दमदार कार्य होता है, जिनका मन रचनात्मक व सृजनात्मक विचारों से भरा होता है, उनकी जीने की इच्छा तीव्र होती है। वे बड़ी से बड़ी बीमारी से लड़कर बाहर आ जाते हैं। अपने मन में इसी आशा की ज्योत जलाएँ रखें। खाना खाते समय यह याद रखें कि यह खाना मैं अपने लक्ष्य को प्राप्त करने के लिए खा रहा हूँ ताकि शरीर तंदुरुस्त रहे और लक्ष्य प्राप्त करने में पूरा सहयोग करे। ऐसा करने से आप गलती से भी जरूरत से ज्यादा खाना नहीं खाएँगे। सदा

अपनी जुबान पर नियंत्रण रखकर उचित आहार, व्यायाम व आवश्यकतानुसार आराम करेंगे।[६]

क्रोध व तनाव से भरा मन नाड़ियों में खिंचाव लाता है, जो दर्द का कारण बनता है। कई बार यह तनाव तीन घंटे से लेकर तीन दिन तक चलता है। जब हम मन में स्वीकार भाव लाते हैं तब यह तनाव तुरंत कम होने लगता है वरना नींद की गोलियों का लंबे समय तक सेवन करना पड़ता है। दवाइयों का फायदा ले सकते हैं लेकिन तनाव के मूल कारण को मिटाना न भूलें। मन में डर व शंका के विचार आते ही हमारी शक्ति क्षीण हो जाती है। डर के विचार हमारे आत्मविश्वास के दुश्मन हैं। केवल डर व शंका की वजह से इंसान वे कार्य नहीं कर पाता, जिन्हें करने वह पृथ्वी पर आया है। अपने मन को सदा सकारात्मक, सुखद विचारों से लबालब रखें। मानसिक स्वास्थ्य पाने की शुरुआत करें और जल्द ही स्वस्थ मन का असर शरीर पर होते हुए देखें। जीने की आशा, स्वीकार भाव, शुभ विचारों को कभी भी मंद न होने दें। ऐसा करने से आप से दूर नहीं होगा आपका संपूर्ण स्वास्थ्य।[७]

इस पाठ के उपरांत सभी के चेहरे आनंद से दमकने लगे थे। बेड नंबर छह की गायत्री देवी भी सबके बीच बैठी थीं। गायत्री देवी राजघराने से संबंध रखनेवाली शांत गंभीर महिला थीं। वे खामोश रहकर हरक्युलिस की बातें ध्यान से सुना करती थीं। पिछले दो-तीन दिनों में अब तक अपने बारे में उन्होंने कुछ न कहा था लेकिन जितनी बार सामूहिक विचार सेवा हुई, वे उसमें हाजिर थीं।

इतने दिनों से मौन में रहनेवाली गायत्री देवी के सब्र का बांध टूट गया। बीमारी के मूल कारणों को सुनकर वे सुबक-सुबककर रोने लगीं। सभी खामोश हो गए। कुछ देर बाद सँभलते हुए उन्होंने कहना शुरू किया- 'मैं राजघराने से संबंध रखनेवाली शादीशुदा

स्त्री हूँ। हालाँकि आज समाज में हमारा पहले जैसा मान-सम्मान और रुतबा नहीं है। हमारी आर्थिक स्थिति भी बदतर होती जा रही है। मैं आप सभी को बताना चाहती हूँ कि उस परिवेश में पलनेवाली स्त्री की मनोव्यथा क्या होती है। बचपन से मैं तनावभरी जिंदगी जी रही हूँ। हम राजघराने के लोगों को जनता के सामने अपनी प्रतिमा, इज्जत, मान-मर्यादा का इतना खयाल रखना पड़ता है कि उसके बोझ तले इंसान का असली अस्तित्व खो जाता है। वह एक दिखावटी जिंदगी जीता है। इस कशमकश-भरी जिंदगी में मन का दमन करके वह कई रोग पाल लेता है। मेरे साथ भी ऐसा ही कुछ होता आया है। अब बहुत हुआ। मुझे उन्मुक्त जीवन जीना है। आज आपकी अमृत वाणी सुनकर मुझे एहसास हुआ है कि आपके द्वारा बताए सभी मानसिक विकार मेरे अंदर काम कर रहे हैं। इसके परिणामस्वरूप मुझे तरह-तरह की बीमारियों का सामना करना पड़ रहा है। अपनी प्रतिमा को मलिन न होने देने का आडंबर ही शारीरिक व्याधियों को आमंत्रित करता है। मैं अब अनावश्यक बातें छिपाकर नहीं रखना चाहती हूँ।'

हरक्युलिस ने सहानुभूति जताते हुए कहा- 'आपका नि:संकोच होकर बता पाना ही आपके उन्मुक्त जीवन की शुरुआत है। आप लिखकर मनन करते रहें। मुक्त अवस्था आपसे दूर न होगी।'

तभी डॉक्टर राउंड पर आए। सभी को एकत्रित बैठा देखकर और हँसता-खिलखिलाता देखकर उन्हें आश्चर्यमिश्रित आनंद हुआ। सभी उठकर अपने-अपने बेड पर चले गए। डॉक्टर को सभी में सकारात्मक बदलाव महसूस हुआ। डॉक्टर के जाने के बाद हरक्युलिस ने सभी को अपनी-अपनी भावनाओं को पहचानने का अभ्यास करने के लिए कहा।

सामूहिक पठन व हरक्युलिस के कथन से एक सकारात्मक बात यह हुई कि सभी रोगियों का ध्यान अपनी बीमारी की तरफ न जाते हुए खोज की ओर शिफ्ट हो गया। 'बीमारियाँ अभिशाप न होते हुए वरदान कैसे?' इस पर उनका मनन चलने लगा। जो जनरल वार्ड रोगियों के कराहने और आँसुओं से भीगा रहता था, वह अब मौन-मनन से भीग उठा। उन्हें महसूस हुआ कि एक ही चीज के कई पहलू होते हैं। इंसानी बीमारी के भी कई कारण होते हैं। हम केवल एक ही पहलू पर विचार करके दु:खी होते हैं।

शाम से अस्पताल में सभी मरीज मौन में दिखाई देने लगे। अंतर्मुख होकर सभी अपनी-अपनी खोज में लग गए। कुछ लोग लिखकर तो कुछ आँखें बंद कर मनन कर रहे थे।

☙ 19 ☙

दूसरे दिन दोपहर को जब सभी एकत्रित हुए तो उनके चेहरे चमक रहे थे। बेड नंबर ५ की श्रीमती मनजीत कौर व उनकी बेटी मंदिरा भी उपस्थित थीं। श्रीमती मनजीत कौर का अपेन्डिसाइटिस का ऑपरेशन हुआ था। देखभाल के लिए उनकी बेटी उनके साथ में थी। बेटी कुछ परेशान सी थी। उसी ने बातचीत की पहल की। व्यथित स्वर में वह बोली- 'ईश्वर ने मेरी हर प्रार्थना पूरी की है मगर माँ बनने की मेरी प्रार्थना अब तक पूरी नहीं हुई है। इस वजह से मैं बहुत दु:खी रहती हूँ।'

हरक्युलिस ने जवाब दिया- 'आपकी यह प्रार्थना भी पूरी हो चुकी है।'

मंदिरा ने हरक्युलिस की ओर प्रश्नात्मक दृष्टि से देखा।

'हाँ, आपका पहला बच्चा आप खुद हैं, उसे ठीक से

सँभालकर दिखाएँ। उसे बहुत प्रेम दें और उसे संपूर्ण तैयार करें, फिर देखें क्या होता है।'

'मैं कुछ समझी नहीं।'

'इस दुनिया ने हमें बहुत सी मान्यताएँ दे रखी हैं। उन मान्यताओं की वजह से ही हमें दुःख होता है वरना दुःख कहाँ से आया? खोज करके ही इससे बाहर निकला जा सकता है।'

'लोग संतान न होने की वजह से मुझे बहुत ताने देते हैं। इससे मेरा मन बहुत आहत हो जाता है।' मंदिरा ने अपना दर्द कह सुनाया।

'यह उनकी मान्यता है। आप उनकी कथाओं को ज्यादा कीमत न दें। लोग अज्ञानता में क्या कुछ नहीं कहते! वास्तव में लोग डरे हुए होते हैं। कोई रूढ़ी-परंपरा से हटकर कुछ कार्य करता है तो वे अपने आपको गलत महसूस करने लगते हैं। अतः खुद को सही साबित करने के लिए वे सामनेवाले को ताने देते हैं। यह उनकी दुविधा है, उनका अज्ञान है। जिस तरह आप जानते हैं कि बीमार लोग चिड़चिड़ाने लगते हैं, उसी तरह अज्ञानता में लोग बड़बड़ाने लगते हैं। उनकी बड़बड़ सुनकर आप उस पर स्टैम्पिंग करते हैं यानी उसे सत्य मान लेते हैं इसलिए दुःख शुरू हो जाता है।'

हरक्युलिस ने फिर समझाया– 'संतान होने के बाद ही पूर्णता मिलती है, ऐसा इंसान ने मान लिया है क्योंकि वह खुद को शरीर ही मानता है। असल में जो आप हैं, वह तभी पूर्णता महसूस करेगा, जब वह अपने आप पर लौटेगा। पहले उस पूर्णता को प्राप्त करने का प्रयास करें। पता करके देखिए कि जिन लोगों को संतान है, उनके साथ क्या हो रहा है?'

'मैं यह मानती हूँ कि बच्चा होने भर से पूर्णता प्राप्त नहीं

होती। आज जिनके संतान है, वे भी अकेले रह रहे हैं। मगर बचपन से ही यह प्रोग्रामिंग हो चुकी है कि संतान प्राप्ति में ही स्त्री-जीवन की सार्थकता है, यह बात दिमाग से जाती ही नहीं।' मंदिरा ने परेशानी दुहराई।

हरक्युलिस ने कहा- 'इंसान अधूरापन इसलिए महसूस करता है क्योंकि वह शरीर को ही 'मैं' मानता है। आप जब अपने आपको शरीर से परे जानेंगे तब इस अधूरेपन का सवाल ही नहीं आएगा क्योंकि आप पहले से ही पूर्ण हैं। पूर्णता से कुछ निकाला नहीं जा सकता और पूर्णता में कुछ डाला भी नहीं जा सकता। पूर्ण तो पूर्ण ही रहता है। संसार में जिन स्त्रियों को बच्चे नहीं हो रहे हैं, वे रो-धोकर जीवन काट रही हैं लेकिन आपको अब समझ से काम लेना है। सिर्फ बच्चा होने से ही पूर्णता होती है, ऐसा नहीं है। सच्चाई कुछ और है। अपने आप से पूछें- हम बेहतर जीवन कैसे जी सकते हैं? क्या बच्चा न होने से पूर्ण जीवन की सभी संभावनाएँ बंद हो गई हैं? अगर बच्चा नहीं हुआ तो क्या जीवन रुक गया है? नहीं ना! दुनिया में सभी लोग एक जैसा कार्य नहीं करते। कुछ लोग नए रास्ते खोजकर उस पर चल पड़ते हैं, जो अन्य लोगों के लिए निमित्त बनता है। नए रास्ते पर चलनेवाले लोगों को खुश होते हुए देखकर, अन्य लोगों को विचार आता है कि हम भी ऐसे जी सकते हैं। नए रास्ते पर चलने से इस तरह की बातें परेशान करना बंद कर देती हैं। हर इंसान की दिव्य संभावना खुल सकती हैं।

हम छोटी संभावना में ही खुश होकर रह जाते हैं कि एक स्त्री ने बच्चा पैदा किया तो उसका जीवन सफल हो गया! जब कि हकीकत यह है कि उस शरीर का वैसा कार्य है, वैसी भूमिका है। जिसके साथ भी बच्चा न होने की घटना घट रही है, वह अपने आपसे पूछे कि उसे इस घटना को वरदान बनाना है या अभिशाप?

बच्चे संबंधी एक और मान्यता को तोड़ना जरूरी है- स्त्रियाँ सोचती हैं कि मेरी कोख से पैदा हुआ बच्चा ही मेरा अपना बच्चा है। यह मान्यता छोड़ दी जाए तो प्रेम करने के लिए कितने सारे बच्चे उपलब्ध हैं! आप किसी भी बच्चे को लें, उसे प्रेम दें, कौन आपको रोकेगा?'

मंदिरा ध्यान से हरक्युलिस की बातें सुनती रही।

'आप पहले अपने बच्चे बन जाएँ। उसे प्रेम करना शुरू करें तो एक नया आयाम खुलेगा। वरना इंतजार करते रहेंगे कि मेरे जीवन में बच्चा आएगा और मुझे प्रेम करने का मौका मिलेगा...! अपने आपको प्रेम देना शुरू करें। अपने आपको उत्तम तरीके से पालकर दिखाएँ। अगर बच्चा चाहिए ही तो गोद भी लिया जा सकता है। आज विज्ञान प्रगति-पथ पर है तो बहुत सारी संभावनाएँ खुल रही हैं, नए रास्ते बन रहे हैं। मगर फिर भी याद रखें कि बच्चा नहीं हुआ तो आपका जीवन रुकता नहीं है। आपको तय करना है कि अपना जीवन हंसते-खेलते बिताना है या दुःख मनाते हुए! मनन नहीं किया या लोगों की बातों को ज्यादा महत्त्व दिया तो दुःख के सिवाय कुछ हाथ नहीं लगेगा।

अब मूलस्रोत से निकले विचारों को ज्यादा अहमियत देना शुरू करें। सत्य से प्रेम है तो आप सत्य के विचारों को महत्व देंगे। सत्य से प्रेम हो तो कोई समस्या है ही नहीं वरना हर विचार, हर बात समस्या है। अब जब भी विचार आए कि 'मुझे बच्चा नहीं है' तो स्वयं से कहें- 'मैं हूँ न!' ऐसा कहकर खुद को दुलार करें, अच्छा खिलाना-पिलाना शुरू कर दें तो एक नया आयाम खुलेगा। आपको बहुत आनंद आएगा। फिर आपके लिए कथित अभिशाप भी वरदान बन जाएगा। हर समस्या को वरदान बनाने की कला

सीखें। आपको ऐसा पारस बनना है कि आपके साथ जुड़कर लोग सिर्फ सोना ही नहीं बल्कि पारस बन जाएँ। सिर्फ आपके ही विचार न बदलें बल्कि आपकी वजह से आस-पास के लोगों के विचार भी बदल जाएँ, ऐसा इंसान बनना है।'

'मैं आपके विचारों से सहमत हूँ लेकिन मेरी बेटी के सास-ससुर आदि रिश्तेदारों को भी लगता है कि उसे बच्चा हो जाए। मुझे लगता है कि बेटी के साथ-साथ उसके घरवाले भी आनंद में रहें।' अंत में मनजीत कौर ने अपनी दुविधा कह सुनाई।

'क्या यह निश्चित है कि बच्चा होने के बाद घरवाले खुश हो जाएँगे? जिन स्त्रियों को औलाद है, क्या उनके सास-ससुर खुश हैं?'

'पक्का नहीं।'

'अत: आपको सिर्फ दो ही काम करने हैं- एक आपको खोज करके खुश रहना है और दूसरा सब कुछ ईश्वर को सौंप देना है। आपकी खुशी के बीच में बेटी का लेबल आ रहा है, जिसकी वजह से आपको तकलीफ हो रही है। अपने आपसे पूछें कि "क्या बच्चा होने से वाकई में मंदिरा के सास-ससुर हमेशा के लिए खुश हो जाएँगे?" हरेक की सोच अलग है, हर एक का जीवन अलग है। आपको यदि इस विषय पर स्पष्टता प्राप्त होगी तो सुलझे हुए दृष्टिकोण के साथ अपनी बेटी तथा उसके ससुरालवालों के साथ वार्तालाप करें। फिर उसके बाद जो भी हो, उसे स्वीकार करें।'

इतना कहकर हरक्युलिस ने अपनी बात समाप्त की।

'आपका बहुत-बहुत धन्यवाद जो आपने हमें इतनी अमूल्य समझ दी। आज तक संतान न होने की समस्या को हम अपने ही दृष्टिकोण से देख रहे थे। आपने हमारी सोच का विस्तार कितना

विस्तृत कर दिया है।' मनजीत और मंदिरा दोनों कृतज्ञता से भर उठीं।

'अब काफी समय बीत गया है। डॉक्टर भी राउंड पर आनेवाले हैं। अतः अब हम कल अपना-अपना मनन शेयर करेंगे।' हरक्युलिस ने कहा।

सबके सवाल व समस्याएँ सुनकर पुजारी भी आत्ममग्न हो गया। वह अपने बीते हुए जीवन का अवलोकन करने लगा-

-हरक्युलिस के पश्चात्ताप में मैं विघ्न डालने की सोच रहा था। कहीं इसलिए तो मेरे साथ दुर्घटना नहीं घटी?

-यदि यह दुर्घटना न घटी होती तो क्या मैं हरक्युलिस को सही अर्थों में जान पाता?

-यदि यह दुर्घटना न घटी होती तो क्या मैं हरक्युलिस के प्रबोधन का लाभ उठा पाता?

-अस्पताल में अन्य मरीजों की बातचीत से मेरी समझ में बहुत बढ़ोतरी हुई है।

-मंदिर में आनेवाले भक्तों को तो अकसर मैं ज्ञान की बातें बताया करता था लेकिन खुद कोरा कागज ही रहा। उस ज्ञान को अनुभव से जोड़ने के लिए ही शायद यह घटना घटी है।

-यह दुर्घटना मेरे ज्ञान-चक्षु खोलने का निमित्त बनी। फिर यह दुर्घटना कहाँ रही!

-जो भी हमारे साथ होता है, वह हमारी जरूरत होती है।

20

शाम को डॉक्टर ने पुजारी के पैर की जाँच की व अन्य जख्मों की मरहम पट्टी की। आज सभी मरीज कल के विपरीत मौन में थे।

डॉक्टर ने इसका कारण पूछा तो पुजारी ने जवाब दिया– 'मौन से वापस आने के बाद ही इंसान सच्ची खुशी महसूस करता है।' हालाँकि डॉक्टर को यह जवाब कुछ समझ में नहीं आया लेकिन उन्होंने सोचा– 'जो भी हो, सभी मरीज काफी शांत व संतुष्ट दिख रहे हैं।'

अपनी-अपनी बीमारी पर सभी की खोज जारी थी। सभी जल्द से जल्द अपनी दुःखद मनोदशा से बाहर निकलना चाहते थे। तभी डॉक्टर ने पुजारी से कहा कि कल शाम तक उसे डिस्चार्ज दे दिया जाएगा।

यह सुनकर वातावरण में खुशी और दुःख का मिलाजुला भाव जन्मा। कल से हरक्युलिस का साथ छूट जाएगा, इस वजह से सभी लोग उदास हो गए। सभी ने आपस में मिलकर तय किया कि कल दोपहर तक सभी अपनी खोज पूर्ण करके एक-दूसरे को सुनाएँगे, चाहे कितना भी वक्त लगे।

अभय और अनुया साथ में बैठकर चीकू की बीमारी को निमित्त बनाकर अपने विचारों की खोज करने लगे।

अनुपमा दीदी, जो दूसरों को रेकी देकर स्वास्थ्य प्रदान करती थीं, खुद की बीमारी पर मनन करने लगीं। मनजीत कौर और उनकी बेटी मंदिरा आपस में बाँझपन पर मनन कर रही थीं। उधर, पुजारी अपनी काली करतूतों और कपट से भरे व्यवहार पर आंतरिक दृष्टि डालकर दुर्घटना का कारण ढूँढ़ने में मग्न था। मिस्टर श्रीनिवासन जो काफी वर्षों से आध्यात्मिक साधना कर रहे थे, हरक्युलिस द्वारा बताई विधि से अंतिम खोज में लीन हो गए।

अब तक चीकू की तबीयत में काफी सुधार हो चला था।

उसने अपनी मीठी जुबान में कहा- 'हरक्युलिस चाचा, मैं भी अपने दुःख का कारण बताना चाहता हूँ।'

'हाँ-हाँ, बताओ बेटे।' सभी आश्चर्य में थे।

चीकू ने बोलना शुरू किया-

-मेरे मम्मी-पापा जब झगड़ते हैं तब मुझे बहुत दुःख होता है।

-मुझे, मेरे बीमार होने का दुःख नहीं होता लेकिन मेरे बीमार होने पर मम्मी-पापा के चिंता करने पर मुझे दुःख होता है।

-मेरे हाथों से कोई चीज टूट जाए तो माँ के क्रोध करने पर मुझे दुःख होता है।

-परीक्षा में अच्छे अंक न मिलने पर मम्मी-पापा की डाँट सुनकर मुझे दुःख होता है।

हरक्युलिस ने प्यार से चीकू को गोद में उठाकर उपहार में एक चॉकलेट दी।

बाल मुख से निकली निष्कपट वाणी को सुनकर सभी को एहसास हुआ कि उनके व्यवहार के कारण मासूम बच्चे कितना दुःख भुगतते हैं। अब जब यह समझ मिली है कि दुःखद भावना इंसान के लिए कितनी हानिकारक है तो हमें कितना सजग रहना चाहिए।

हरक्युलिस को इस बात का आनंद था कि फूड-पॉइजनिंग के निमित्त से वह अस्पताल में भर्ती हुआ और कितने लोगों को ज्ञान बाँटने के काम आया। इस दौरान वह खुद के स्वास्थ्य की भी गहराई से खोज कर पाया और उसे दृढ़ता मिली कि हर बात अच्छे के लिए ही होती है।

हरक्युलिस अब तक सोच रहा था कि 'पुजारी के द्वारा दिए गए कार्यों को करके मैं अपना प्रायश्चित्त पूरा कर रहा हूँ मगर इस अस्पताल में तो मुझे पुजारी ने नहीं भेजा है। फिर भी यहाँ रहना मुझे पुजारी द्वारा सौंपा हुआ कार्य ही लगा। यह कैसा आश्चर्य है...? उसे एहसास हुआ कि सारे कार्य ईश्वर ही करवा रहा है। हम उसे अलग-अलग लेबल देते हैं। पुजारी द्वारा दिए गए कार्य भी ईश्वरीय योजना के तहत मुझसे करवाए जा रहे हैं।' जीवन का एक नया अर्थ हरक्युलिस के सामने उजागर हुआ। उसे महसूस हुआ कि गायत्री देवी और मि. श्रीनिवासनजी के दृष्टिकोण में आमूल परिवर्तन हुआ है।

हरक्युलिस और पुजारी के जाने का वक्त नजदीक आ गया। सभी लोग कुछ उदास हो गए। वे चाहते थे कि हरक्युलिस के साथ उनका संपर्क बना रहे। हरक्युलिस ने उन्हें पहाड़ी पर स्थित मंदिर का ठिकाना बताया और अस्पताल से छुट्टी मिलने के बाद वहाँ आने के लिए कहा। साथ ही हरक्युलिस ने सभी को *'खोज- स्वयं का सामना'* ग्रंथ की एक-एक प्रति उपहारस्वरूप दी। अभय व अनुया ने सभी की तरफ से हरक्युलिस को वचन दिया कि वे अपने-अपने इलाके के अस्पताल में जाकर वहाँ के मरीजों को उनकी जरूरत के अनुसार इस ग्रंथ के अध्याय पढ़कर सुनाएँगे व लोगों को दुःख से बाहर निकालने का हर संभव प्रयास करेंगे।

सभी से विदा लेकर पुजारी और हरक्युलिस मंदिर में पहुँचे। घर खोलकर देखा तो कुछ डाक पड़ी थी। मंदिर में हर महीने आनेवाली दान-राशि, लाइट बिल आदि के अलावा पुजारी के नाम एक खत आया था। खत खोलकर देखा तो पुजारी

की खुशी का ठिकाना न रहा। पड़ोस के गाँव के एक सुसंस्कृत परिवार से उसकी बेटी के लिए रिश्ता आया था। पुजारी को अपने जीवन में हर चीज सुलझती हुई महसूस हो रही थी।

डॉक्टर ने बताया था कि कम से कम छह हफ्ते तक पैर में प्लास्टर रखना पड़ेगा। पुजारी के ठीक होने तक हरक्युलिस ने पूरे तन-मन से उनकी सेवा की। साथ ही उसने मंदिर में पूजा-अर्चना की जिम्मेदारी भी उठाई। शाम को आरती के बाद मंदिर मे आनेवाले भक्तों की समस्याओं का निराकरण करके वह उन्हें सदा खुश रहने का संदेश देने का कार्य भी करने लगा। उसे महसूस होने लगा था कि उसका तेजस्थान✽ जाग उठा है।

हरक्युलिस को अब प्रतीक्षा थी पुजारी के अगले आदेश की और बचे हुए चार महीनों में चार लोगों को दुःखमुक्त करने की।

✽*तेजस्थान यानी हृदय स्थान। अर्थात वह शून्यत्व जहाँ से हर विचार निष्पक्ष, निष्कपट होकर निकलता है।*

हरक्युलिस का पाँचवाँ कार्य

मंदिर में रोज की तरह नित्यकर्म चल रहा था लेकिन उसमें एक फर्क था। इन दिनों पुजारी आत्मग्लानि और दुविधा से भरा हुआ था। उसके मन में विचारों का द्वंद्व चल रहा था। पैर का प्लास्टर निकलने के बाद और पैर ठीक हो जाने के बावजूद भी अपनी कमजोरी का बहाना बनाते हुए पुजारी, हरक्युलिस को मंदिर की पूजा-अर्चना सहित सारे कार्य सँभालने के लिए कहकर, अपना अधिकतर समय एकांत में व्यतीत करने लगा था।

देवी माँ की पूजा-अर्चना, मंदिर की साफ सफाई और शाम को भक्तों का मार्गदर्शन आदि कार्य हरक्युलिस खुशी से निभाने लगा। उधर, पुजारी अपने गोरखधंधे और वासना-विकार में खो जानेवाली मनो-वृत्तियों पर खुद को कोसते हुए खोज में मगन रहने लगा। अब उसने दृढ़ निश्चय कर लिया था कि जल्द से जल्द वह अपने सारे अनैतिक धंधे बंद कर, अपनी वैचारिक-नींव मजबूत करके असली आनंद और भक्ति में लीन हो जाएगा।

बड़े सोच-विचार के बाद पुजारी ने निर्णय लिया कि जैसे ही हरक्युलिस कुछ दिनों के लिए यहाँ से चला जाएगा, वैसे ही वह अपनी काली करतूतों के सारे निशान मिटा देगा और नए सिरे से अपनी जिंदगी शुरू करेगा। इस निश्चय के साथ उसे सुकून मिला और काफी दिनों के बाद वह अच्छी नींद ले सका।

सुबह एक अलग प्रसन्नता के साथ पुजारी मंदिर में उपस्थित हुआ। तभी उसने देखा कि सामने से एक धनवान-सा दिखायी देनेवाला इंसान पूजा की थाली लिए चला आ रहा था। अंदर आकर उसने हरक्युलिस को पूजा की थाली सौंपी और देवी माँ को प्रसाद चढ़ाने का अनुरोध किया। पूजा के उपरांत जैसे ही वह मुड़ा, उसे सामने ही पुजारी खड़ा दिखाई दिया।

'अरे आप! क्या आपने मुझे पहचाना?'

पुजारी एकटक उसकी तरफ देखता रहा। असमंजस में पड़ते हुए वह उसे पहचानने की कोशिश करने लगा।

'कहीं तुम परिमल...?'

'हाँ, आपने ठीक पहचाना। मैं परिमल दवे।'

'तुम तो बहुत बदल गए...। पहले तो तुम बहुत दुबले-पतले हुआ करते थे...। काफी अरसे बाद दिखाई दे रहे हो...। अब तक तुम कहाँ थे...?' पुजारी ने आश्चर्य में पड़ते हुए एक साथ कई प्रश्न पूछ डाले।

'मैं जहाँ भी था, आपको याद किया करता था। आपकी बदौलत ही आज मैं समृद्ध जीवन जी रहा हूँ।'

'सब देवी माँ की कृपा है।' पुजारी ने कहा।

परिमल इसी इलाके का रहनेवाला था। कुछ साल पहले

प्राय: वह इस मंदिर में आया करता था। शिक्षा समाप्त करने के बाद उसने मॉरीशस में जाकर व्यापार करने का निर्णय लिया लेकिन अनजान देश में जाकर रहने का डर, व्यापार में सफलता पाने की आशंका इत्यादि भावनाओं ने उसे घेरा था। तब वह पुजारी की शरण में आया। पुजारी ने देवी माँ के सामने उसे साहस देते हुए कहा था कि 'देवी माँ के प्रति श्रद्धा और भक्ति कायम रखते हुए, अपने आप पर विश्वास रखकर निष्ठा और लगन से काम करोगे तो सफलता और कामयाबी जरूर पाओगे। सफलता प्राप्त करने के बाद भी देवी माँ और उसके कृपा-आशीर्वाद को हमेशा याद रखना।' पुजारी के आशीष-वचन और देवी माँ की कृपा से आज वह एक सफल व्यापारी और प्रतिष्ठित नागरिक बन चुका था।

परिमल ने आगे कहा-

'मॉरीशस में मैंने एक मंदिर का निर्माण किया है, जहाँ देवी माँ की मूर्ति की स्थापना मैं आपके करकमलों द्वारा करवाना चाहता हूँ। इसके लिए मैं आपको आमंत्रित करने आया हूँ। साथ ही इस मंदिर के लिए मैं दान स्वरूप एक छोटी-सी रकम आपको सौंपना चाहता हूँ। मॉरीशस जाने-आने के लिए हवाई-टिकट, रहने की सुविधा तथा पासपोर्ट, विजा इत्यादि व्यवस्था की जिम्मेदारी मेरी।'

पुजारी ने आनंदभरे स्वर में कहा- 'बहुत अच्छा। तुम इतनी दूर से आए हो, अत: अभी तुम विश्राम करो। शाम को मेरे खास शिष्य हरक्युलिस के मार्गदर्शन का लाभ भी उठाओ। फिर सुबह इस विषय पर सोच-विचार कर निर्णय लेंगे।'

पुजारी ने हरक्युलिस को परिमल के रहने-खाने का उचित इंतजाम करने की आज्ञा दी और वह अपने कमरे की ओर चल पड़ा।

हरक्युलिस के व्यक्तित्व और विनयशील व्यवहार से परिमल बहुत प्रभावित हुआ। शाम को हरक्युलिस ने मंदिर में आए लोगों की शंकाओं का समाधान भी किया। इसे देखकर परिमल का हरक्युलिस के प्रति आदर और बढ़ गया। उधर, पुजारी सोचता रहा कि 'बस यही सुनहरा मौका है। हरक्युलिस को परिमल के साथ भेजकर, शांति से मैं अपने काले कारनामों के सारे सबूत और सभी नशीली चीजें नष्ट कर दूँगा। हरक्युलिस को कानों-कान खबर तक न होगी। फिर मैं आत्मगौरव के साथ, शुद्ध अंत:करण से जीवन की एक नई शुरुआत करूँगा और सभी के आदर-सम्मान का असली हकदार बनूँगा।'

दूसरे दिन पुजारी ने परिमल से अपनी अस्वस्थता का कारण बताते हुए उसके साथ मॉरीशस जाने में असमर्थता प्रकट की। अपने बदले उसने हरक्युलिस को ले जाने की बात कही। इसे परिमल ने सहज ही स्वीकार कर लिया। परिमल ने मॉरीशस के कार्यक्रम की रूपरेखा भी बनाकर रखी थी। जैसे जिस दिन हरक्युलिस वहाँ पहुँचेगा, उसी दिन मंदिर का उद्घाटन, प्रसाद भोजन, हरक्युलिस का भाषण इत्यादि होगा। बाद में ३-४ दिन स्थल-दर्शन, वहाँ के जाने-माने लोगों से मुलाकात-पहचान आदि। जल्द से जल्द सारी चीजों का इंतजाम करने का आश्वासन देते हुए परिमल वापस लौट गया। वह अपने वादे पर खरा उतरा।

कुछ दिनों बाद...

मॉरीशस जाने के लिए हरक्युलिस ने पुजारी से विदा ली। दोपहर को वहाँ से निकलकर वह रात को शहर के हवाई अड्डे पर जा पहुँचा। हवाई जहाज देर रात को उड़ान भरनेवाला था। हवाई अड्डे की चहल-पहल, चकाचौंध, सरगर्मी, वहाँ की दुकानें,

तकनीकी आविष्कार देखने में हरक्युलिस मशगूल हो गया। अपना बोर्डिंग पास लेकर सिक्युरिटी चेकइन करके वह विमान-उड़ान की सूचना की प्रतीक्षा करने लगा। हर ५-१० मिनट में वह किसी हवाई जहाज का उतरना या उड़ान भरना, अलग-अलग विमान कंपनियों की सतत् हो रही अनाउन्समेंट, स्टाफ की दौड़-धूप देखता रहा। वह सोचता रहा कि 'एक तरफ विज्ञान की तरक्की, नए आविष्कार हुए हैं और दूसरी तरफ इंसान सुख उपभोग में, व्यक्तिगत ईर्ष्या व महत्त्वाकांक्षा की अंधी दौड़ में लगा हुआ है। जीवन का सच न जाने कितना पीछे छूट गया है। आंतरिक अनुसंधान की तो किसी को आवश्यकता ही महसूस नहीं होती।'

निर्धारित समय पर बोर्डिंग की सूचना मिलने पर हरक्युलिस हवाई जहाज में अपनी सीट पर जा बैठा। उसकी सीट खिड़की के पास थी इसलिए बाहर का नजारा आसानी से देखा जा सकता था। सीट बेल्ट बाँधते हुए उसने देखा कि एक अधेड़ उम्र की महिला उसकी बगलवाली सीट पर आ बैठी है। जैसे ही नजरें मिलीं; उस महिला ने मुस्कुराते हुए हैलो कहा, जिसका हरक्युलिस ने सिर झुकाकर प्रतिउत्तर दिया। जैसे ही एयर होस्टेस की सूचनाएँ खत्म हुईं, हरक्युलिस ने कोल्ड टॉवेल से चेहरा पोंछा, जूस पीया और हवाई जहाज के उड़ान भरने की प्रतीक्षा करने लगा। कुछ देर बाद हवाई जहाज ने टेक ऑफ किया और आकाश की ऊँचाइयाँ छूने लगा। सीट बेल्ट खोलने का संकेत मिलते ही दोनों सहज हो उठे। अब वे एक-दूसरे से बातें करने लगे। महिला ने ही बातचीत का सिलसिला शुरू किया-

'मेरा नाम चारूशीला है। मैं भारतीय हूँ लेकिन काफी सालों से मॉरीशस में रहती हूँ। मैं एक शादी के सिलसिले में भारत आई थी। मॉरीशस में काफी भारतीय परिवार हैं, जो आपस में

मिल-जुलकर रहते हैं। समय-समय पर हम बहुत से कार्यक्रम आयोजित करते रहते हैं। अभी हाल में आत्मविकास से संबंधित एक सेमीनार 'विकासपथ-सूत्र' होने जा रहा है, जिसके सूत्र-संचालन तथा संयोजन का जिम्मा मुझ पर है।'

हरक्युलिस ने भी अपना नाम और अपने सफर का उद्देश्य बताया।

शायद दोनों को ज्यादा थकान महसूस नहीं हो रही थी इसलिए काफी देर तक उनकी बातचीत चलती रही। इसका दूसरा पहलू यह भी था कि हरक्युलिस के व्यक्तित्व और बोलने के ढंग से चारूशीला काफी प्रभावित हुई थी। चारूशीला ने बताया–

'सेमीनार में लोगों को वैचारिक स्तर पर आनेवाली समस्याओं पर मार्गदर्शन दिया जाएगा और उन्हें मानसिक तौर पर सक्षम करने तथा उनकी विचारधारा में परिवर्तन लाने का प्रयास किया जाएगा। इस सेमीनार के लिए अंतर्राष्ट्रीय स्तर के प्रख्यात मनोचिकित्सक डॉ. डेविड को मुख्य अतिथि की रूप में आमंत्रित किया गया है, जो सबका मार्गदर्शन करेंगे।'

बातचीत के दौरान दोनों को कब नींद आ गई, पता ही न चला।

भोर होते ही हरक्युलिस ने बाहर नजर दौड़ाई तो उसे आकाश एक उजले कैनवास की तरह प्रतीत हुआ और नीचे सफेद बादल इस तरह छाए हुए थे, जैसे किसी ने रूई बिखेर दी हो। बड़ी देर तक हरक्युलिस अनिमेष नेत्रों से बाहर का नजारा देखता रहा। तभी हवाई जहाज के लैंडिंग करने, सीट बेल्ट बाँधकर पीठ सीधी रखने की सूचना दी गई। थोड़ी देर बाद हरक्युलिस ने देखा कि सफेद बादल हवाई जहाज के ऊपर हैं। अब उसे नीचे का नजारा

साफ दिखाई देने लगा। पहाड़, झाड़ियाँ, समुंदर, सर्पिल नदियाँ, रास्ते, इमारतें, बगीचे, भू-प्रदेश सब कुछ साफ दिखाई दे रहा था। उसे '*खोज-स्वयं का सामना*' ग्रंथ का एक वाक्य याद आया- 'कभी अनुमान मत लगाना, जब आप हेलिकॉप्टर व्यू से देखेंगे तो सारे पहलू एक साथ नजर आएँगे।' हवाई जहाज से नीचे का सारा दृश्य एक साथ देखने पर उसे हँसी आ गई। चारूशीला ने हरक्युलिस से हँसने की वजह पूछी तो उसने कुएँ और हेलिकॉप्टर से देखने के दृष्टिकोण के बारे में बताया। इस सीख का प्रत्यक्ष नमूना दिखाने के लिए हरक्युलिस ने खिड़की की ओर इशारा किया, जहाँ से एक लंबी रेलगाड़ी जाते हुए दिखाई दे रही थी।

उसने कहा- 'देखो, रेलगाड़ी घुमावदार मार्ग पर कैसे दौड़ रही है। इस वजह से स्टेशन पर खड़े लोगों की आँखों से कुछ समय बाद वह ओझल हो जाती है। उसी तरह नदी भी बलखाती हुई, पर्वतों से निकलकर नीचे भू-प्रदेश तक यात्रा करती है लेकिन उसकी असली लंबाई लोगों को नहीं दिखाई देती। लोगों के दृष्टिक्षेत्र में नदी का जितना हिस्सा दिखाई देता है, वे उसे ही सत्य मान लेते हैं लेकिन ऊपर से देखने पर हमें वास्तविकता दिखाई देती है। जीवन की सच्चाई भी यही है। हम अपनी संकुचित दृष्टि से ही जीवन को देखते हैं। वास्तव में संपूर्ण जीवन उतना ही नहीं है, जितना हमें दिखाई देता है।'

चारूशीला, हरक्युलिस से पहले ही प्रभावित हो चुकी थी, अब धीरे-धीरे वह उसकी प्रशंसक बनती जा रही थी।

उसने पूछा- 'क्या आप हमारे सेमीनार में अपना जीवन-दर्शन प्रस्तुत करने के लिए कुछ समय निकाल सकेंगे?

हरक्युलिस ने जवाब दिया- 'हाँ क्यों नहीं, अगर मुझे अपने

कार्यक्रम से समय मिला तो जरूर आऊँगा।'

हवाई-अड्डे पर हरक्युलिस ने चारूशीला से अपनी तरफ से पूरी कोशिश करने का वादा करते हुए विदा ली। परिमल अपने साथियों के साथ हरक्युलिस के स्वागत के लिए तैयार खड़ा था। बड़े आदर के साथ वह हरक्युलिस को विश्रामगृह में ले गया। कुछ देर विश्राम के बाद तैयार होकर वे मंदिर की ओर चल पड़े। मंदिर का उद्घाटन, भक्तों से वार्तालाप, भोजन-प्रसाद और शाम को ज्ञान संदेश ऐसा कार्यक्रम रखा गया था।

22

उधर, चारूशीला को सेमीनार की सारी व्यवस्था देखनी थी इसलिए जल्द ही वह कॉर्पोरेट सेंटर जाने के लिए रवाना हुई, जहाँ सेमीनार का आयोजन किया गया था। कॉर्पोरेट सेंटर एक अत्याधुनिक इमारत थी, जो विस्तृत क्षेत्र में फैली हुई थी। इमारत के चारों ओर खूबसूरत, रंग-बिरंगे फूलों से सजे बगीचे थे। प्रवेश द्वार तक जाने के लिए एक लंबे रास्ते से होकर गुजरना पड़ता था, जिसके दोनों ओर अलग-अलग राष्ट्र के झंडे लगाने के लिए खंभे गड़े हुए थे। मुख्य हॉल वातानुकूलित और ध्वनिरोधक था। हॉल में तकरीबन एक हजार लोगों के बैठने की व्यवस्था थी। स्टेज पर अर्धगोलाकार आकृति में टेबल सजा हुआ था, जिसके दोनों तरफ आकर्षक पुष्परचना की गई थी। मुख्य हॉल के दायीं तरफ के हॉल में नाश्ता, भोजन आदि का प्रबंध किया गया था। बाईं तरफ के हॉल में ग्रुप डिस्कशन की व्यवस्था थी।

चारूशीला और नियोजन समिति के बाकी सदस्य सारी व्यवस्था का मुआयना कर रहे थे। तभी संदेश मिला कि डॉ. डेविड, जो उस दिन शाम को वहाँ पहुँचनेवाले थे, एक छोटी सी

दुर्घटना के कारण आने में असमर्थ हैं। संदेश सुनकर चारूशीला स्तब्ध रह गई। उसे समझ में नहीं आ रहा था कि अब सेमीनार में मार्गदर्शन कौन देगा? मुख्य अतिथि के रूप में किसे बुलाया जाए? अब सेमीनार की गरिमा रह पाएगी या नहीं? कुछ देर तक किसी को समझ में नहीं आ रहा था कि क्या करें।

यकायक चारूशीला को हरक्युलिस की याद हो आई। हवाई यात्रा के दौरान हुआ वार्तालाप, उसका व्यक्तित्व, उसके प्रतिभाशाली विचार आदि बातें याद करके उसके मन में विचार आया कि सेमीनार में मार्गदर्शन देने के लिए हरक्युलिस ही योग्य इंसान है। उसने बाकी सदस्यों से विचार-विमर्श किया तो सभी ने इस विषय पर निर्णय लेने की जिम्मेदारी चारूशीला पर ही सौंपी।

एक-दो सदस्यों को साथ लेकर चारूशीला, मंदिर-स्थल पर जा पहुँची। वहाँ पर हरक्युलिस का ज्ञान-संदेश अपने अंतिम चरण में था। जिस ढंग से हरक्युलिस ने पूरे संदेश का सारांश बताया, उसे सुनकर चारूशीला का सिर आदर से नत्मस्तक हो गया। भीड़ कम होने के बाद चारूशीला ने हरक्युलिस के पास जाकर उसे प्रणाम किया। बातचीत के दौरान उसने हरक्युलिस को अपनी समस्या बताई। अपने तीन दिवसीय सेमिनार में, मुख्य अतिथि के रूप में मार्गदर्शन देने के लिए उसने हरक्युलिस को चलने का अनुरोध किया। चूँकि परिमल के आमंत्रण पर हरक्युलिस वहाँ पर आया था और सारी व्यवस्था तथा आगे के कार्यक्रम परिमल को तय करने थे इसलिए हरक्युलिस ने इस विषय पर परिमल से बात की। समय की माँग को देखते हुए परिमल ने हरक्युलिस को सेमीनार में जाने की सहमति दे दी। खुश और आश्वस्त होकर चारूशीला ने हरक्युलिस से कहा कि वह दूसरे दिन सुबह ११ बजे उन्हें लेने पहुँच जाएगी।

सफर तथा मंदिर के उद्घाटन के व्यस्त कार्यक्रम की वजह से हरक्युलिस को जल्दी ही नींद लग गई लेकिन तड़के ही उसकी आंख खुल गई। वह स्वयं को तरोताजा महसूस कर, *'खोज-स्वयं का सामना'* पढ़ने लगा। ठीक ११ बजे तैयार होकर वह चारूशीला के साथ कॉर्पोरेट सेंटर के लिए निकल पड़ा।

सेमीनार समय पर शुरू हुआ। तकरीबन सभी आमंत्रित सदस्य उपस्थित थे। चारूशीला ने सूत्र-संचालन शुरू किया। हरक्युलिस का संक्षिप्त परिचय देकर, चारूशीला ने उसे श्रोताओं को मार्गदर्शन देने के लिए आमंत्रित किया।

हरक्युलिस ने शुरुआत में खुश रहने के महत्त्व पर प्रकाश डालकर खुशी से खुशी की खोज पर बल दिया। साथ ही खोज का गहरा अर्थ, किसी भी समस्या पर हर आयाम से खोज करने का महत्व, खोज करने का तरीका तथा स्टैम्पिंग न करने, कथा न बनाने के बारे में विस्तार से बताया।

चूँकि सेमीनार का विषय विचारों को दिशा देने से संबंधित था इसलिए हरक्युलिस ने विषय की गहराई को स्पष्ट करने के लिए एक ऐनालॉजी का सहारा लिया। जो कुछ इस प्रकार थी-

एक गाँव में सभी लोग हाथों के बल यानी उलटे चलते थे। उनकी टाँगें ऊपर होती थीं और सिर नीचे। गाँव में सभी लोग वैसे ही जी रहे थे। आप कल्पना कर सकते हैं कि उनके काम कैसे होते होंगे। उन्हें हर काम में ज्यादा समय लगता था और प्रयास भी ज्यादा करना पड़ता था।

एक दिन उस गाँव में एक आदमी आया, जो सीधा चलता था यानी वह सीधा आदमी था। उसने गाँव में सभी लोगों को हाथों के बल चलते हुए देखा तो उनसे पूछा- 'आप सभी ऐसे क्यों चल

रहे हैं? इससे आपको काम करने में समय लगता होगा, तकलीफ होती होगी, आपके काम की गुणवत्ता भी कम होती होगी और आपकी ज्यादा शक्ति खर्च होती होगी।'

गाँव के लोगों को यह बात कभी महसूस ही नहीं हुई थी कि उन्हें काम करने में ज्यादा समय लगता है और काम में उनकी अधिक शक्ति खर्च होती है। अत: उन्होंने जवाब दिया- 'तुम जो कह रहे हो, वह साबित करके दिखाओ।' सीधे आदमी ने कहा- 'ठीक है, मैं साबित करके दिखाता हूँ। बताओ, तुम कौन-कौन से काम करते हो?' फिर उसने वे सभी काम कम समय में पूर्ण करके दिखाए, जिसे करने में गाँव के लोग काफी समय लगाया करते थे। सीधे आदमी के काम की रफ्तार देखकर गाँव के लोगों को उस पर विश्वास हो गया कि यह आदमी सच कह रहा है। गाँव के लोगों ने उससे कहा- 'आप हमें भी ऐसा प्रशिक्षण दीजिए ताकि हम भी आपकी तरह काम कर पाएँ।' उस आदमी ने गाँव के सभी लोगों को योग्य प्रशिक्षण देकर सभी को सीधा कर दिया। गाँव के सभी लोगों ने खुश होकर सीधे आदमी को इस बात के लिए धन्यवाद दिए कि उसने सभी को उल्टा कर दिया।

गाँव के लोगों की सीधे और उलटे की परिभाषा ऐसी ही थी। वे सीधा होने को उलटा होना समझते थे।

इसी प्रकार जब आपसे कहा जाता है कि दु:ख के विचारों को उलटा करके देखें तो असल में आपको कहा जा रहा है कि सीधा करके देखें। जैसे यदि आप सोचते हैं कि 'दुनिया धोखेबाज है' तो अब सोचें कि 'कहीं मैं ही तो धोखेबाज नहीं? कहीं मैं खुद को ही धोखा तो नहीं दे रहा?' इस तरह की सोच को सीधी सोच अर्थात खोज कहते हैं। पर जो हमेशा उलटा सोचते आए हैं, उन्हें अपनी ही बात सीधी लगती है।

यदि आप हमेशा दूसरों को धोखा देकर खुद भी धोखा खाते आए हैं तो आपको दुनिया धोखेबाज ही लगेगी। आप कभी यह नहीं सोचते कि आप लोगों को धोखा दे रहे हैं। मगर अब आपको अपने विचारों की तहकीकात कर सच्चा जासूस बनना है। जासूस का काम करने का अपना एक तरीका होता है। वह जब तहकीकात करता है कि खूनी कौन है? किसने चोरी की है? तो जिस इंसान पर उसे सबसे ज्यादा शक होता है, उस इंसान को छोड़कर वह बाकी लोगों के बारे में सोचता है। घूम-फिरकर नई दिशा से सोचता है। बस यही काम आपको भी करना है।

हरक्युलिस के लेक्चर का पहला भाग समाप्त होने के बाद चारूशीला ने सूचना दी कि 'अब कुछ देर के लिए ब्रेक लेने का समय आया है। सभी बायीं तरफ के ग्रुप डिस्कशन हॉल में जाएँ। वहाँ पर फ्रेश होकर बताई हुई बातों पर मनन-चिंतन तथा विचारों का आदान-प्रदान करें। बाद में भोजन करके इस हॉल में आएँ।'

भोजन उपरांत दूसरा सत्र शुरू हुआ। हरक्युलिस ने सभी सदस्यों से निवेदन किया कि मनन-चिंतन उपरांत किसी के मन में यदि सवाल उठे हों तो वे पूछ सकते हैं।

एक महिला ने तुरंत एक सवाल पूछा-

'आपने खोज के बारे में जो बताया, उससे मैं बहुत प्रभावित हूँ। अब मैं हर दुःख देनेवाले पहलू पर अवश्य खोज करूँगी। मेरी एक परेशानी है कि जब भी मैं कोई अच्छा काम शुरू करती हूँ तब ऐसी घटनाएँ होती हैं कि वह काम बीच में ही बंद हो जाता है इसलिए अब कोई भी नया काम करने का उत्साह मुझमें खत्म-सा हो गया है।'

हरक्युलिस ने कहा- 'आपके साथ ऐसा हुआ होगा मगर

यह स्टैम्पिंग न करें कि भविष्य में भी ऐसा ही होगा।'

'लेकिन काफी बार ऐसा हो चुका है।' व्याकुल होकर उस महिला ने कहा।

हरक्युलिस ने उसे समझाया– 'देखो, किसी बात पर स्टैम्पिंग करना उस घटना के होने में बढ़ावा देता है, फिर हमें वैसे ही सबूत मिलते जाते हैं। इसलिए हमें अब उलटी, हकीकत में सीधी साइकिल चलानी है। जब आप अपने विचारों, अनुमानों, मान्यताओं, कथाओं पर स्टैम्पिंग करते हैं, उन्हें सच मानने लगते हैं तब वे विचार कई गुना दुःखदायी बन जाते हैं। अपने आपको सही मानने से आपका ध्यान वापस उन्हीं विचारों में चला जाता है। इससे आपके नकारात्मक विचार और बढ़ जाते हैं। यदि आपने अपने विचारों की पूछताछ नहीं की और दिनभर विचारों पर स्टैम्पिंग यानी मुहर लगाती रहीं तो दुःख बढ़ता जाता है। अब सबसे पहले बड़े दुःख देनेवाली कथाओं पर खोज की तकनीक द्वारा मनन करें। वे दुःख मिट गए तो फिर सूक्ष्म दुःख देनेवाले विचारों की पूछताछ करें। इस तरह सूक्ष्म से सूक्ष्मतम विचारों, मान्यकथाओं को पकड़ें। दिनभर में आपको यह देखना है कि ऐसे कौन से विचार हैं, जो बहुत कलाबाजियाँ खाते हैं, उन पर आपको खोज करना है। इस तरह निरर्थक विचार करने में आपका जो समय जाता है, खोज करने से वह बच जाएगा तथा वही समय सृजनात्मक विचार और कार्य करने में काम आएगा। अब आपके द्वारा रचनात्मक काम भी होंगे और ऐसे विचार आने लगेंगे, जो आपको अपने मूल स्वरूप की तरफ ले जाएँगे। आपको यह पता होना चाहिए कि निरर्थक विचारों में जो शक्ति खर्च होती है, उसे कैसे बचाया जाए क्योंकि उसी ऊर्जा से रचनात्मक कार्य किए जा सकते हैं। एक समझदार और खुश इंसान ही ऐसा सोच पाता है, जिससे न सिर्फ उसका फायदा होता

है बल्कि संपूर्ण समाज, देश और विश्व का फायदा होता है।'

हरक्युलिस द्वारा दिया जवाब सुनकर वह महिला संतुष्ट हुई।

एक वृद्ध महिला ने अपना प्रश्न रखा- 'मैं वैसे ही विचारों में उलझी रहती हूँ। अब मुझे डर लग रहा है कि खोज करते-करते कहीं मैं विचारों में और न उलझ जाऊँ।'

हरक्युलिस ने कहा- 'नहीं, ऐसा नहीं होता बल्कि ठीक इसके विपरीत होता है। निरर्थक विचारों की दौड़ बंद हो जाने पर विचारों की कलाबाजियाँ कम होकर, मन की बड़बड़ बंद हो जाती है और साक्षीभाव पनपने लगता है। फिर आप विचारों का इंतजार करते हैं। जब भी आप विचारों को साक्षी बनकर देखते हैं तब विचार गायब हो जाते हैं। उस समय ऐसा प्रतीत होता है, मानो कुछ भी नहीं है; सिर्फ देखना है। इसी से दृष्टा भाव, साक्षीभाव जागृत होता है। यह साक्षीभाव ही आपको आंतरिक केंद्र (स्वसाक्षी) की तरफ ले जाता है। अत: यह समझ रखें कि खोज करने से विचारों को सही दिशा मिलती है। जहाँ नकारात्मक विचार खत्म होते हैं, वहाँ शुभ विचार शुरू होते हैं; जहाँ शुभ विचार होते हैं, वहाँ मन शुद्ध होता है; शुद्ध मन ही निर्विचार अवस्था लाता है और निर्विचार अवस्था आत्मसाक्षात्कार की ओर ले जाती है।'

कई सदस्यों का यह सवाल था कि 'हमें तो सकारात्मक विचारक ही बनना है लेकिन न चाहते हुए भी हमारे मन में नकारात्मक विचार आते हैं तो हमें क्या करना चाहिए?'

हरक्युलिस ने कहा- 'उसके लिए आपको हर क्षण सजग रहना चाहिए। कल इसी विषय पर हम विस्तार से बातें करेंगे।'

23

आज हरक्युलिस ने सकारात्मक विचारक बनने का महत्त्व बताना शुरू किया–

'सकारात्मक विचारक बनने के लिए इंसान को हमेशा होश में रहने की जरूरत है। उसे जीवन के सारे कार्य होश में रहकर करने चाहिए। होश का अर्थ है सजगता। जब भी कोई इंसान आपको चोट पहुँचाए या आपके मन मुताबिक घटना न घटे तब आपको सजग रहना चाहिए। ऐसे वक्त अकसर इंसान अपना आपा खो बैठता है। वह सामनेवाले को गाली देने लगता है या फिर खुद को कोसने लगता है। इस तरह नकारात्मक विचारों का सिलसिला शुरू हो जाता है। अत: आपको नकारात्मक घटनाओं के सकारात्मक पहलुओं को देखने की कला सीखना चाहिए। ऐसा करने से आप हमेशा होश में रह पाएँगे।

पहले इस बात को समझें कि लोग किस तरह अपना होश गवाँ बैठते हैं। टी.वी. और समाचार-पत्र इसके मुख्य कारण हैं। लोग टी.वी. देखकर नई-नई मान्यताएँ अपने अंदर डालते जाते हैं। समाचारों में देखते हैं कि यहाँ मार-काट मची है, वहाँ दंगे-फसाद हो रहे हैं, डकैती हो गई है आदि। यह सब देखकर लोगों को लगता है कि दुनिया बहुत खराब हो गई है मगर ऐसा नहीं है। खोज करने पर आपको जवाब मिलेगा कि आप खराब हो गए हैं, आपका ध्यान सिर्फ नकारात्मक पहलू की ओर है। दुनिया तो पहले से ही ऐसी है। धृतराष्ट्र, दुर्योधन जैसे लोग तो शुरू से ही हैं। फर्क सिर्फ इतना ही है कि आज की तारीख में न्यूज चैनल्स की वजह से आप तक जल्दी खबर पहुँच जाती है और वैसा होना इस दुनिया के विकसित होने की खबर है। सही दिशा में खोज करके आप लोगों के प्रति

नया दृष्टिकोण अपना लें तो लोग भी बदल जाएँगे। यह मजेदार बात है कि आप नहीं सीखते इसलिए लोग नहीं बदलते। पहले आप सोचते थे कि 'लोग बुरे हैं इसलिए हम दु:खी हैं।' मगर खोज के बाद पता चलेगा कि हम नहीं सीख रहे हैं इसलिए लोग अब तक नकारात्मक रोल कर रहे हैं।

आपने यदि अपना रोल सीख लिया तो सामनेवाले का रोल खत्म हो जाएगा। जैसे कोई आपको कुछ याद दिलाने के लिए रोज आता है और आप वह याद ही नहीं करते तो रोज आकर सामनेवाला अपनी भूमिका निभाता रहता है। फिर जिस दिन आप वह बात याद कर लेते हैं, उस दिन से उसका आना बंद हो जाता है। उसका नकारात्मक रोल खत्म हो जाता है। उसी तरह कुदरत भी घटनाओं द्वारा आपको कुछ सिखाने का प्रयास करती है। यह पृथ्वी की सुंदर व्यवस्था है।

टी.वी. पर अच्छी-बुरी खबरें सुनकर आप उन्हें दूसरों को बताते फिरते हैं। कोई नकारात्मक खबर सुनकर आपके अंदर डर की भावना पैदा होती है। उसके असर से आप सोचने लगते हैं कि 'मेरे साथ ऐसा तो नहीं होगा, वैसा तो नहीं होगा... मेरे बच्चों को कोई बीमारी तो नहीं हो जाएगी... उनका अपहरण तो नहीं होगा...' इत्यादि। इस प्रकार उस खबर का नकारात्मक असर आप पर होता है। यदि सजगता नहीं है तो कुछ सालों बाद आपकी संपूर्ण सोच नकारात्मक हो जाती है। फिर आप सभी को शक की निगाह से देखने लगते हैं। सभी को लाल चश्मे यानी अपनी मान्यकथा से ही देखने लगते हैं। अत: लोग आपको बुरे ही दिखाई देते हैं। ऐसी स्थिति में आप चैन से कहाँ रह पाएँगे?

आप सोचेंगे कि इसी दुनिया में और इन्हीं लोगों के बीच

चैन, आनंद और खुशी से रहना कैसे संभव है? क्योंकि मन आपको उसके बहुत से सबूत देगा। जैसे लोग बुरे हो गए हैं, नेता भ्रष्टाचारी हो गए हैं, देश के संचालक दुष्ट, अकुशल हो गए हैं, सभी की सोच खराब हो गई है, हर जगह हिंसा चल रही है तो कैसे कोई खुश रह सकता है? हालाँकि इस तरह की सोच इंसान के अज्ञान का सबूत है मगर जब आप सही तरीके से खोज करेंगे तब आपको पता चलेगा कि आप अपनी मान्यताओं के चश्मे से दुनिया को देख रहे थे। बेहोशी छा जाने के कारण आप अपने दुःख को दूर करने के जो भी इलाज ढूँढ़ते हैं, वे सब अस्थाई हैं मगर अस्थाई इलाज से आप दुःख में खुश रहने की बजाय ज्यादा दुःखी होकर दुःख को बढ़ाते ही हैं। जैसे किसी रिश्तेदार के साथ आपका झगड़ा हो जाए तो आप उससे बात नहीं करते। इससे आपका अस्थाई फायदा तो हो जाता है मगर बाद में उसके साथ बड़ा झगड़ा हो जाता है और सब कुछ सुलझने की बजाय उलझ जाता है। दरअसल, बोलचाल बंद करके आप युद्ध की नई तैयारी करने लगते हैं। उस तैयारी के लिए बीच में कुछ दिन तो लगते हैं। इन्हीं दिनों में खोज करें कि हमारे साथ जो भी घटनाएँ हो रही हैं, उनमें दुःखी होकर स्वयं को दुःख देना है या खुश रहकर अपनी शुभ इच्छा को बल देना है।'

'क्या खोज करने के लिए हमें हिमालय पर जाना चाहिए?' उपस्थित दर्शकों में से किसी के द्वारा एक सवाल आया।

हरक्युलिस ने कहा– 'लोगों के बीच रहकर प्रशिक्षण लेने के लिए ही आप पृथ्वी पर आए हैं। यदि आप हिमालय पर ही बैठ गए और वापस लोगों के बीच आए ही नहीं तो पृथ्वी पर आने का प्रयोजन ही क्या है? कभी-कभार हिमालय पर जाकर पिकनिक मनाना अलग बात है मगर यदि आप हिमालय पर ही बैठ जाएँगे तो आपकी पूर्ण संभावना कैसे खुलेगी? आप हिमालय से उतरकर

लोगों के बीच में आएंगे तो ही आपको आंतरिक खोज का मौका मिलेगा। खोज करने से आप हर घटना को नए ढंग से देख पाएँगे। कोई आपको भला-बुरा कहे या आदर न दे तो इस बात को भी आप नए ढंग से देखेंगे। कुदरत की सुंदर व्यवस्था को जब आप सही दृष्टिकोण से देखेंगे तो वही चीज जो पहले आपको कुरूप लगती थी, सुंदर लगने लगेगी। इस तरह यदि आपने खुद का मेकअप किया तो सामनेवाली चीज आपको सुंदर लगने लगेगी। मेकअप का शाब्दिक अर्थ न लें कि पाउडर या क्रीम लगाना। मेकअप का अर्थ है, ''मनन द्वारा खोज कर, होश में रहकर समझ बढ़ाना।'' आप अभी यह सुन रहे हैं यानी अपना मेकअप कर रहे हैं।'

एक कोने से आवाज आई- 'आपने अभी कहा कि सकारात्मक विचारक बनने के लिए हमेशा होश में रहकर खुद का ही मेकअप करना है। यह बात मुझे बहुत पसंद आई लेकिन अगर कोई घटना मन मुताबिक न हो तो मेरे अंदर प्रतिरोध पैदा होता है, जिस वजह से मेरा होश में रहना मुश्किल हो जाता है। ऐसे समय मैं क्या करूँ?'

जवाब देते हुए हरक्युलिस ने कहा- 'प्रतिरोध को हटाने के लिए पहले नापसंद को पसंद करें। किसी भी घटना को पसंद करने का अर्थ ही है अपने अंदर का प्रतिरोध समाप्त करना। एक बात हमेशा याद रखें कि आपके साथ जो भी हो रहा है, वह आपकी उस समय की जरूरत है। यह समझ प्रतिरोध हटाने में मदद करती है, जिस वजह से आपका ध्यान जो चाहिए, उसे आकर्षित करने में चला जाता है। यदि नफरत करके आप नकारात्मक भावना से ही लड़ते रहेंगे तो आपको उसके साथ बॉक्सिंग रिंग में रहना पड़ेगा। अत: वर्तमान में नफरत छोड़ सकारात्मक बीज डालकर

देखें कि उससे अगला दृश्य क्या आता है वरना नकारात्मक बातें सोच-सोचकर आप आगे भी बुरी बातों को ही अपने जीवन में आकर्षित करते रहेंगे। वैसे आपको कौन से लोग ज्यादा याद आते हैं? मित्र याद आते हैं या दुश्मन?'

सामने बैठी महिला ने कहा- 'दुश्मन।'

'सही है। जिनसे आपका रिश्ता अच्छा होता है, वे लोग आपको कम याद आते हैं। यदि आप अपने दुश्मनों को भी पसंद करने लगेंगे तो जल्द ही आप नकारात्मक भावना से मुक्त हो जाएँगे, उन्हें नापसंद करेंगे तो नकारात्मक भावना के साथ चिपक जाएँगे। मन ऐसा ही है। टूटे हुए दाँत पर जुबान बार-बार जाती है। 'मेरा एक दाँत नहीं है' इस बात को पसंद कर लिया तो फिर उस पर आप ज्यादा नहीं सोचेंगे। पसंद किया यानी जो जैसा है, उसे वैसा स्वीकार किया तो उससे आपको कोई नफरत नहीं होगी, उसका आपको कोई दुःख नहीं होगा। नफरत करेंगे तो ध्यान बार-बार वहीं पर जाएगा। किसी भी घटना को पसंद करने का अर्थ ऐसा नहीं है कि आप समस्या या बीमारी का समाधान नहीं ढूँढ़ेंगे, डॉक्टर के पास नहीं जाएँगे। पसंद का अर्थ है, आप बीमारी से विरोध निकाल देंगे ताकि वह आसानी से विलीन हो सके।'

एक अन्य महिला ने गंभीरता से पूछा- 'मेरा मन बार-बार भविष्य में चला जाता है इसलिए होश में रहना संभव नहीं हो पाता।'

'जो हो रहा है, वह आपको शिफ्टिंग (होश) देगा। जो नहीं हुआ, वह कैसे शिफ्टिंग देगा? वह तो कल्पना में है। कल्पना-विलास कभी भी स्थिरता (स्टेबिलाइजेशन) नहीं देता। जो हो रहा है, वही स्थिरता देता है। नफरत से यदि आपके अंदर नकारात्मक

भावना जागे और आपने उसका विरोध किया तो आप और ज्यादा नफरत आकर्षित करेंगे। कुदरत का यह नियम है कि जिस चीज को टोकेंगे, वह टिक जाएगी। जैसे किसी ने आपको गाली दी तो ऐसा समझें कि गाली आपकी उस क्षण की जरूरत है। उस समय आपको गाली देनेवाले इंसान के बारे में सोचते नहीं रहना है बल्कि अपने जीवन में प्रेम आकर्षित करना है। प्रार्थना करके आप यह बीज डाल सकते हैं कि 'मेरे जीवन में प्रेम ही प्रेम हो, आनंद ही आनंद हो।'

तभी चारूशीला ने स्टेज पर आकर भोजन-अवकाश की घोषणा की। उसने सभी को भोजन करके फ्रेश होकर वापस आने के लिए कहा।

24

भोजन-अवकाश के बाद अपनी शंकाओं का समाधान पाने हेतु लोगों ने अपने सवाल हरक्युलिस को लिखकर दिए। जिन्हें पढ़कर हरक्युलिस को एहसास हुआ कि लोग अपनी मान्यताओं और गलत विचारों में इस कदर फँसे हुए हैं कि उससे बाहर निकलना उनके लिए नामुमकिन-सा हो गया है। इसलिए अब हरक्युलिस ने विचारों के उद्गम स्थान पर प्रकाश डालने और खोज करके विचारों के जाल से बाहर आने के लिए मार्गदर्शन देना शुरू किया-

'इंसान बहुत भोला है। जो अपनी ही माया में खोकर खुद को न देख पाए, उसे भोला कहा जाता है। जैसे कोई इंसान तीन-चार टेपरेकॉर्डर लेकर हर एक में अलग-अलग डायलॉग रेकॉर्ड करके, सभी टेपरेकॉर्डर एक साथ चलाए तो ऐसा प्रतीत होता है कि बहुत सारे लोग आपस में बातचीत कर रहे हैं, एक सवाल पूछ

रहा है और दूसरा जवाब दे रहा है। कमरे के बाहर जो होगा, वह सोचेगा कि अंदर बहुत सारे लोग बैठे हैं। लेकिन जब वह अंदर जाएगा तब उसे पता चलेगा कि अंदर बहुत सारे लोग नहीं हैं बल्कि बहुत सारे टेपरेकॉर्डर चल रहे हैं। बाहर से तो लग रहा था कि बहुत सारे लोग अपने दु:ख की कथा बता रहे हैं लेकिन अंदर जाकर देखा तो पता चला कि कोई भी दु:खी नहीं है।

इसी तरह जब इंसान अपने विचारों से त्रस्त होकर उन्हें देखने का प्रयास करता है तब उसे एहसास होता है कि "मुझे यह विचार दु:ख दे रहा है, वह विचार दु:ख दे रहा है, कितने सारे विचार दु:ख दे रहे हैं।" लेकिन जब वह खोज द्वारा अपने अंदर जाकर देखता है तो पाता है कि कोई भी दु:खी नहीं है। हम विचारों को मैं मान लेते हैं इसलिए उनसे दु:खी हो जाते हैं। वास्तव में विचार तो सोर्स (परम मौन) से ही निकल रहे हैं। मकड़ी अपने ही मुँह से जाल निकाले और कहे, "मैं अब फँस गई हूँ, कैसे बाहर निकलूँ?" तो उसे कहा जाएगा, "जो उगला है, उसे पुन: अंदर ले लो तो जाल गायब हो जाएगा। हकीकत में जाल था ही नहीं मगर तुम्हारी मान्यकथा की वजह से दिखाई दे रहा था।"

इस तरह हर एक इंसान अपनी-अपनी मान्यकथा अनुसार अपने जीवन में जाल बुनकर कहता है- "ऐसा हो रहा है, यह नहीं होना चाहिए, वैसा हो रहा है, वह नहीं होना चाहिए, ईश्वर ने संसार क्यों बनाया, नहीं बनाया होता तो कितना अच्छा होता... !" इस तरह वह दु:ख मनाता रहता है, जब कि कुदरत ने आज तक दु:ख का निर्माण नहीं किया है। दु:ख में इंसान अपने आपको भूलकर विचारों के जाल में खो जाता है। हालाँकि दु:ख तो मूल स्त्रोत को समझकर, सच्चा आनंद प्राप्त करने के लिए है। संसार का निर्माण आनंद प्राप्ति के लिए ही किया गया है। मगर इंसान असली आनंद

को भूलकर बाहरी सुख को महत्त्वपूर्ण मान लेता है। दुःख आने पर इंसान को लोगों से जो सहानुभूति मिलती है, वही उसके लिए महत्त्वपूर्ण हो जाती है। दुःखद घटना द्वारा जो असली आनंद प्राप्त होनेवाला था, वह खो जाता है।

खोजी को जब दुःख के विचार आते हैं तो वह उन पर मनन करके ऐसे जवाब प्राप्त करता है, जिससे दोबारा वे विचार आने पर दुःख की भावना न आ पाए। एक आम इंसान के मन में दुःख का विचार आने पर वह तुरंत सोचता है कि ''यह दुःख मुझे ही क्यों आया है, इसका कारण कौन है?'' वह तुरंत किसी न किसी पर दोष लगाता है, अपनी जिम्मेदारी से भागकर राहत पाना चाहता है। उसे लगता है, ''जब फलाँ-फलाँ लोग सुधर जाएँगे, ये-ये कारण हट जाएँगे तब मैं खुश होऊँगा।''

एक नौजवान ने सवाल पूछकर खोज को आगे बढ़ाया– 'खोजी की तरह जीने के लिए हमें क्या करना चाहिए, कृपया इस पर मार्गदर्शन दीजिए।'

'खोजी तुरंत दुःख देनेवाली बातों पर गहराई से मनन कर, उन्हें लिखित रूप में लाता है और उससे आनेवाली दुःखद भावना को मिटाता है। वह इस कदर खोज करता है कि सिर्फ सत्य के विचारों की भावना तैयार हो। यदि असत्य के विचार इंसान के अंदर कोई भावना तैयार ही न कर पाएँ तो इंसान का जीवन कितना खूबसूरत होगा!

सुबह से लेकर रात तक इंसान को कुछ सत्य के तो कुछ असत्य के विचार आते हैं। सत्य के विचार हमारे अंदर आनंद भाव प्रकट करते हैं, जबकि असत्य के विचार दुःखद भावना का निर्माण करते हैं। असत्य के विचारों को आसमान में आने-जानेवाले

बादलों की तरह देखना चाहिए यानी उन विचारों से आपको कोई फर्क नहीं पड़ना चाहिए। उनके रहते हुए भी आपने आनंद लिया, वे आपको हिला नहीं पाए तो समझें कि आप सही रास्ते पर चल रहे हैं। जब हम दु:ख देनेवाले विचारों को तीसरे नेत्र (हेलिकॉप्टर व्यू) से देखते हैं तब उनकी शक्ति खत्म हो जाती है। काम, कामिनी और कंचन के विचारों को तीसरे नेत्र से देखने पर उनका असर खत्म हो जाता है।

जो-जो मान्यताएँ आपके अंदर जड़ें जमा चुकी हैं, उन्हें लिखकर, उन पर सेल्फ शिविर करें अर्थात खोज करें, दिनभर मनन करें। ऐसा शिविर कम से कम अपने जन्मदिन पर तो जरूर करें। अपनी हर एक मान्यता पर मनन करने से नकारात्मक विचारों की शक्ति खत्म हो जाएगी। जैसे विचार आए कि ''लोग मुझे प्यार नहीं करते'' तो इस विचार को लिखकर उस पर खोज करें। खोज करने पर जवाब आएगा कि तुम खुद से प्रेम नहीं करते। अगर खुद से प्रेम करते होते तो क्या यह चिंता करके दु:खी होते कि लोग मुझे प्रेम नहीं करते?... क्या जरूरत से ज्यादा खाना खाते?... क्या सालों-साल एक गलत पंक्ति लेकर जीते?... जो बात सत्य नहीं है, क्या उसे लेकर घूमते?... यदि तुम खुद से प्रेम करते तो यह सब नहीं करते...।'

श्रोताओं की तालियों की गूँज पूरे हॉल में गूँज उठी।

हरक्युलिस मुस्कुरा दिया। फिर कहा- 'जो इंसान खुद से प्रेम करता है, वह कभी फटे हुए कपड़े नहीं पहनता क्योंकि वह नहीं चाहता कि लोग उसके ऊपर हँसें। उसी तरह आप देखें कि आपके विचार फटे हुए तो नहीं हैं? यदि आप खुद से सच्चा प्रेम करते तो फटे हुए विचारों को नहीं पालते। आपको प्रेम लेना नहीं है बल्कि

प्रेम देना है क्योंकि आपके पास प्रेम का अथाह भंडार है। इतने प्रेम का आप क्या करेंगे? अत: जीवन में प्रेम बाँटते रहिए।'

इस पर एक महिला ने कहा- 'मुझे हमेशा ऐसे विचार सताते हैं कि मेरी माँ ने मुझे प्यार किया होता, मेरे शिक्षक ने मुझ पर ध्यान दिया होता तो आज मैं कुछ और होती!'

हरक्युलिस ने खुलासा किया- 'ऐसे विचार रखकर आप भूतकाल में जी रही हैं। आपको मालूम ही नहीं है कि आप क्या गलती कर रही हैं। जब आप सही मनन करेंगी तब रहस्य खुलेगा कि ''यह पंक्ति जिसे मैं आज तक सोचती आई, इसमें कोई दम ही नहीं है। वे मुझसे प्यार क्यों करें? क्या मैं भिखारी हूँ? क्या मेरे पास कुछ नहीं है? और मुझे प्यार क्यों चाहिए?'' इस प्रकार अपने आपसे सवाल पूछकर खोज करें वरना जिंदगीभर वही कैसेट चलती रहेगी। माता-पिता गुजर भी गए तो भी बच्चों के मन में वे बने रहते हैं। लेकिन अब उन्हें भी आगे की यात्रा करने दें और आप भी अपनी यात्रा जारी रखें। मन में कहें, तुम भी आज़ाद, हम भी आज़ाद। किसी को बाँधने का कारण ही नहीं है।'

यह सब सुनने के बाद सभी के चेहरे खिल उठे। हर एक को अपनी-अपनी गलती समझ में आ रही थी। सभी गहरे मनन में डूब गए। हरक्युलिस ने सभी को अपनी खोज डायरी में लिखने को कहा। प्रतिदिन डायरी लिखने का महत्व समझाते हुए उसने कहा- 'डायरी लिखने में लापरवाही मत बरतना। दु:ख और मुश्किलें सदा मस्तिष्क में जीती हैं। अत: उन्हें मस्तिष्क से निकालकर पेपर पर लाना बहुत आवश्यक है। डायरी लिखना आत्मविकास के लिए एक सुंदर आदत है। अपनी आत्मोन्नति के लिए तय किए कार्य करने व बाधाओं को हटाने के लिए दृढ़ संकल्प लेकर, उसे डायरी

में लिखकर रखें।'

उस दिन की समाप्ति पर लोग गंभीरता से मनन करते हुए हॉल से बाहर निकले। चारूशीला भी हरक्युलिस की ज्ञानपूर्ण बातें सुनकर अंतर्मुख हो गईं। आदरभाव से अभिभूत होकर चारूशीला ने हरक्युलिस को उनके निवासस्थान तक पहुँचाया।

रात में चारूशीला सोचती रही कि सेमीनार का अब एक ही दिन बाकी है। काश! और एक-दो दिन सेमीनार चलता तो कितनी और नई बातें हरक्युलिस से सीखने को मिलतीं।

❋ ❋ ❋

आज के दिन हरक्युलिस बहुत ही महत्त्वपूर्ण विषय की जानकारी देनेवाला था। विषय था- विचारों का व्यायाम। उसने कहना शुरू किया- 'शरीर के स्वास्थ्य के लिए लोग योगासन, प्राणायाम करते हैं लेकिन विचारों के व्यायाम की ओर वे कभी ध्यान ही नहीं देते। इंसानी शरीर में जिस तरह सांस स्वत: आती-जाती रहती है, उसी तरह विचार भी खुद-ब-खुद आते-जाते रहते हैं। जो चीजें खुद-ब-खुद आती-जाती रहती हैं, उन पर इंसान कभी काम नहीं करता इसलिए इंसान ने कभी अपने विचारों से यह सवाल नहीं पूछा होता है कि 'तुम क्यों आए हो?' न ही कभी अपने विचारों पर मनन किया होता है। विचारों के साथ मन बेलगाम घोड़े की तरह भागता रहता है। इंसान के विचार जो कहते हैं, वह उसी को सच मान लेता है, इसी को स्टैम्पिंग कहते हैं।

विचारों के व्यायाम में विचारों का शीर्षासन करवाया जाता है। पहले आपको ऐसा लगेगा कि शरीर की तरह विचारों को भी उलटा करेंगे तो क्या होगा? इससे कौन सा स्वास्थ्य मिलेगा?

विचारों का व्यायाम करके ही आप सम्यक, संतुलित

अवस्था पा सकते हैं। बिना मन की बड़बड़ बंद हुए यह अवस्था नहीं आ सकती। विचारों के व्यायाम पर आज तक अभ्यास नहीं करवाया गया है। जब आपको पैसा कमाना होता है, घर में कुछ वस्तुएँ जोड़नी होती हैं या कुछ आविष्कार करने होते हैं तभी आप विचारों की कसरत करते हैं। मगर विचारों का व्यायाम दुःख मुक्ति ला सकता है, इस पर कभी आपका ध्यान ही नहीं जाता। जिस क्षण इंसान अपने शरीर को ही मैं मान लेता है, उस समय वह अपने शरीर में उठनेवाले विचारों को तथ्य समझ लेता है। उस वक्त उसका मापदंड यही होता है कि मेरे शरीर में विचार उठा है इसलिए यह सही होगा। लेकिन वास्तविकता यह है कि जब आप अपने सही होने की भावना यानी अहंकार को छोड़ पाएँगे तभी खुश रह पाएँगे। अहंकार का कहना है; मेरे शरीर में जो विचार आया, वही सही विचार है। मगर यदि आपके पास सत्य का ज्ञान होगा तो आप केवल अपने ही शरीर को मैं नहीं मानेंगे। तब आपकी यह मान्यता कि 'मेरे शरीर में उठनेवाला विचार ही सही है' टूट जाएगी। उसके बाद विचारों को सही या गलत का लेबल न लगाते हुए, आपकी सच्ची खोज शुरू हो जाएगी। उस वक्त आपको सत्य को महत्व देना है, चाहे श्रेय किसी को भी मिले।

यह समझना महत्त्वपूर्ण है कि जो विचार मन में उत्पन्न हुआ है, वह क्या बताने के लिए आया है। आपके मन में जब भी कोई विचार उठता है तो वह विचारों को जाननेवाले की खबर तो देता ही है, साथ ही साथ कुछ संकेत भी देता है– जैसे जिस शरीर में यह विचार आया है, वह इस क्षण कौन सी मान्यता में है! इस क्षण उसकी क्या जरूरत है! अपने विचारों पर खोज करने से आप यह समझने लगते हैं कि वाकई सामनेवाला आइना बनकर मुझे मेकअप यानी आत्मनिरीक्षण, आत्मपरिवर्तन करने के लिए इशारा कर रहा

है तो क्या मैं अपना मेकअप कर रहा हूँ या नहीं? अपना मेकअप करने से ही आपमें परिवर्तन होगा। आइना दूसरों का सत्य बताता है मगर अपनी पीठ नहीं जानता। इंसान भी स्वयं को छोड़कर, सब कुछ जानने में लगा हुआ है। इतने सालों तक आप दूसरों का मेकअप करते रहे और उसका परिणाम भी आप देख चुके हैं। दूसरों को सुधारने के चक्कर में आपके अंदर कोई परिवर्तन नहीं हुआ या जो थोड़ा-बहुत हुआ होगा, वह भी विलीन हो गया। आप इस भ्रम में रहते हैं कि अब मेरे साथ सब अच्छा चल रहा है। मगर कोई छोटी सी बात हो जाए तो आप नाराज हो जाते हैं, मनमुटाव कर लेते हैं। जब आप हर विचार के साथ अपना मेकअप करेंगे तब आपको पता चलेगा कि अब धागे का सही सिरा यानी सुलझानेवाला सिरा मिल गया है।'

अपनी बात खत्म करते हुए हरक्युलिस ने सबकी ओर मुखातिब होते हुए कहा- 'अब आप लोगों में से किसी को कोई शंका हो तो पूछ सकते हैं।'

पहली कतार में बैठी हुई महिला ने पूछा- 'मेरे मन में उठनेवाले विचार मुझे हमेशा उलझन में डाल देते हैं। इस बात का मुझे बहुत दुःख होता है। इससे बाहर आने के लिए मैं मन को कौन सा व्यायाम दूँ?'

'उलझन का अर्थ ही है कि किसी विषय पर दो तरह के विचार रखना। जब तक आप एक विषय पर दो तरह के विचार रखेंगे तब तक आप उलझे ही रहेंगे। दुःख आपको यह बताने के लिए आता है कि अब इन दो विचारों से, दो के धोखे से निकलें, एक पर आ जाएँ। जब भी उलझन लगे तो उस विचार को लिखकर, उस पर मनन करें और कहें; मैं तब तक मनन करूँगी, जब तक मुझे शिफ्टिंग नहीं मिलती, यूरेका इफेक्ट नहीं होता।'

जब आप उलझन से मिलने जाते हैं तब अकेले न जाएँ, समझ को साथ लेकर जाएँ। अकेले जाएँगे तो वह आपको और दो-चार विचार देकर उलझा देगी। जीवन आपको हर परिस्थिति में पूरी तरह से खोलना चाहता है। आप केवल जहाँ, जो अनुभव मिल रहा है, वहाँ उपस्थित रहें। इससे आपकी उलझन सुलझ जाएगी।'

25

एक महिला ने अपनी समस्या यूं बताई- 'मुझे दिनभर उल्टे-सीधे विचार बहुत तंग करते हैं। उसके लिए मैं क्या करूँ?'

'यह स्वाभाविक है। विचार न आएँ, ऐसी शर्त रखने की आवश्यकता नहीं है। विचार आकर जाते हैं ताकि आप थोड़े सजग हो जाएँ। जैसे आपने गैस धीमा करके रखा है ताकि जब दूध गरम करने का समय आए तो तुरंत काम शुरू हो जाए। उसी तरह बीच-बीच में आपको विचार आते रहते हैं ताकि जब खोज करने का समय आए तो तुरंत समाधान मिल सके। आप चारों तरफ लोगों को देखते हैं, उनसे जुड़े विचार मन में आएँगे ही, उसमें कोई दिक्कत नहीं है। जैसे आपको रात में सपना आया कि आप जॉब ढूँढ़ रहे हैं तो क्या आप सुबह उठकर कहते हैं कि यह सपना मुझे क्यों आया?'

उस महिला ने कहा- 'नहीं। हम कहते हैं, ठीक है, सपना ही था तो उसमें कुछ ज्यादा उलझने की जरूरत नहीं है।'

'वैसे ही विचारों को भी देखना है कि एक विचार गुजर गया, एक बादल निकल गया।'

'धन्यवाद।' उस महिला ने कृतज्ञतापूर्वक कहा।

एक अन्य महिला ने अपनी समस्या इस तरह बयान की- 'मेरे

मन में तो हमेशा विचारों का तांता लगा रहता है। इससे मैं बहुत परेशान रहती हूँ। समझ में नहीं आता कि इससे कैसे उबरूँ? डॉक्टर ने कहा है कि बहुत विचार करने के कारण आपका रक्तचाप कम नहीं हो रहा है।'

'मान लीजिए आप इस तरह का आइना देख रहे हैं, जिस पर कोई नक्षी बनी है तो क्या आप उससे रोज परेशान होते हैं? नहीं न! क्योंकि आपको पता है कि नक्षी से आपको कोई फर्क नहीं पड़ता। वैसे ही आप यह समझ रखें कि शरीर आपका आइना है और उसमें उठनेवाले विचार आइने पर की गई नक्षी के समान है। जब आपका शरीर आइने का काम करना बंद कर दे तब आप शिकायत कर सकते हैं कि अब शरीर ने आइने का काम करना बंद कर दिया मगर शरीर तो ऐसा कभी नहीं करता! यहाँ तक कि अस्पताल में भी वह आइने का काम करता रहता है।

इस खोज के साथ ही आपका अनचाहे विचारों से लड़ना और विचारों के प्रति प्रतिरोध समाप्त हो जाएगा। यदि फिर भी कभी मन विचारों के पीछे भागे तो कहें, ''ठीक है अब याद आ गया है तो वापस मूल स्रोत पर लौटते हैं।'' अपने आपसे पूछें, ''मुझे विचार आ रहे हैं तो निश्चित तौर पर वे कहाँ हैं?'' अपने आप से पूछने पर पाएँगे कि आपके साथ कुछ नहीं हो रहा है बल्कि आपके लिए हो रहा है यानी आपके सामने स्क्रीन (आइने) पर विचार चल रहे हैं। विचार आपको दिख रहे हैं यानी आपके पास सजगता है। जिस प्रकार दृश्य देखने पर आपको सबूत मिलता है कि आपके पास आँखें हैं। उसी प्रकार विचारों द्वारा पता चलता है कि आप हैं, जो विचारों से अलग है क्योंकि विचार को जाननेवाला विचार नहीं होता। जैसे दृश्य को जाननेवाला दृश्य नहीं होता, सुगंध को जाननेवाला सुगंध नहीं होता। ये सभी बातें कौन जान रहा है, यह

जब आप जान जाएँगे तो फिर विचारों से प्रतिरोध आना बंद हो जाएगा।'

'हाँ, मेरे अंदर कहीं न कहीं तो यह मान्यता बैठ गई थी कि विचारों का ज्यादा चलना यानी कुछ गलत होना। आपके कहने पर अब वह मान्यता टूट रही है।' उस महिला ने कहा।

'बढ़िया! वास्तव में इंसान अपने जीवन में बुद्धि का पूरा इस्तेमाल भी नहीं कर पाता। वह जितना भी सोचता है, बहुत कम सोचता है। जैसे आसमान में सुबह से लेकर रात तक आपको बहुत सारी चीजें दिखाई देती रहती हैं। कभी-कभी जब आसमान खाली दिखाई देता है तो उसे आप नॉर्मल समझते हैं। बादल आते-जाते हैं, उससे आपको किसी भी प्रकार का प्रतिरोध नहीं आता। उसी तरह विचार भी आते-जाते रहते हैं। उनका फायदा लिया जाए, न कि वे रुकावट बनें। विचारों को दिशा दें और फिर निश्चिंत हो जाएँ। विचारों को इस तरह दिशा दें कि ''चलो जो मैं अनुभव कर रहा हूँ, मैं जो हूँ उसके बारे में बताओ।'' कुछ बोलना ही चाहते हो तो ये बोलो कि ''मैं कौन हूँ?'' तो फिर विचार उस दिशा में शुरू हो जाएँगे और आपके सेवक बन जाएँगे। जब आप उनसे काम नहीं लेते हैं तो वे व्यर्थ होते हैं।'

'विचारों को अपना सेवक कैसे बनाना है, कृपया इस पर मार्गदर्शन दीजिए।' एक अन्य सदस्य ने सवाल किया।

'आपके नौकर को यदि आप काम ही नहीं देंगे तो वह क्या करेगा? निश्चित ही वह एक कोठिला∗ का अनाज दूसरे कोठिला में डालेगा और आपके लिए समस्याएँ खड़ी करता रहेगा। किसी भी चीज को उठाकर यहाँ-वहाँ रख देगा। फिर आप ढूँढ़ते रहेंगे। इससे

∗कोठिला- अनाज रखने का मिट्टी का बरतन

तो अच्छा है कि आप उसे खाली न रखें, कोई न कोई काम जरूर दें। इसी तरह विचारों को भी सही दिशा दें वरना व्यर्थ में भटककर वे आपको परेशान करेंगे। साँस खुद-ब-खुद चलती है मगर आपको उससे तकलीफ नहीं होती। विचार भी खुद-ब-खुद चलते हैं मगर उनसे आपको तकलीफ होती है क्योंकि खुद-ब-खुद चलनेवाले विचारों को जानकर हम मान लेते हैं कि ''यह मैंने सोचा।'' जब आप हकीकत में जो आप हैं, उसके बारे में सोचेंगे तब कोई दिक्कत नहीं है। विचारों का निर्माण इसलिए किया गया है कि हम अपने बारे में सोच पाएँ मगर हम जब तक अपने सच्चे स्वरूप के बारे में नहीं सोचते तब तक मन क्या विचार करे? मशीन चलते रहना चाहिए वरना उसमें जंग लग जाएगा। यदि आपके मशीन रूपी शरीर में विचार आएँ ही नहीं और एक दिन लगे कि ''अब मुझे अपने बारे में जानना है'' तो आप देखेंगे कि मशीन चल ही नहीं रही है। दिनभर विचार चलते रहें तो समझ जाएँ कि मशीन अपना काम ठीक तरह से कर रही है। मशीन चलती रहेगी तो तंदुरुस्त रहेगी। यदि बंद हो जाएगी तो जब जरूरत होगी तब नहीं चलेगी। फिर मैकेनिक को बुलाना पड़ेगा, तेल डलवाना पड़ेगा। बेहतर है कि आपकी मशीन (शरीर) खुद-ब-खुद चल रही है, इसे चलाने के लिए आपको किसी भी प्रकार की तकलीफ नहीं है। यह इसलिए चल रही है ताकि एक दिन अपने सच्चे स्वरूप को जानने के लिए आपके काम आ सके। ऐसी मशीन से क्या झगड़ा करना? सिर्फ आप अपनी जिम्मेदारी समझें बस!'

अंत में एक सॉफ्टवेयर इंजीनियर ने पूछा– 'मुझे एक विचार हमेशा सताता रहता है कि मेरे काम में आए दिन नया ज्ञान आत्मसात करना पड़ता है, जिसमें मुझे कठिनाई महसूस होती है। बदलाव को आत्मसात करने में मैं कमजोर साबित होता हूँ। इस विचार की खोज कैसे करें?'

हरक्युलिस ने जवाब दिया- 'बदलाव को मैं आत्मसात नहीं कर पाता' यह विचार ही आपकी प्रगति में बंधन बन रहा है। यदि आपने अपना विचार बदल दिया तो आप निश्चित ही अपनी समस्या से उबर सकते हैं। विचारों का बंधन यानी आप मानकर बैठे हैं कि "मैं यह-यह कर सकता हूँ, मेरी क्षमता, मेरी सीमा इतनी ही है, इससे ज्यादा मैं नहीं कर सकता?" हकीकत में ऐसा नहीं है, आप बहुत ज्यादा कर सकते हैं। आपकी योग्यता, आपकी सोच से कहीं ज्यादा है। सिर्फ यह सोचकर कि मेरा चेहरा तो उतना खूबसूरत नहीं जितना औरों का है, मेरा आत्मविश्वास उतना नहीं जितना औरों का है, मेरी पहुँच (जान-पहचान) उतनी नहीं जितनी औरों की है, मेरे पास उतना पैसा नहीं जितना औरों के पास है, आप संपूर्ण अभिव्यक्ति नहीं कर पाते। यदि विचारों की शक्ति जगाई जाए तो असंभव से लगनेवाले काम भी किए जा सकते हैं।

जैसे एक इंसान पर सम्मोहन शक्ति का प्रयोग किया गया। पहले उससे पूछा गया कि "आप कितने किलो वजन उठा सकते हैं?" उसने बताया- "मैं तीस किलो वजन उठा सकता हूँ।" फिर उसे सम्मोहित कर देखा गया कि उस अवस्था में आत्मसूचनाओं की वजह से वह पचास किलो वजन उठा पाया। उसी वक्त विडियो शूटिंग भी की गई। बाद में उसे वह फिल्म दिखाई गई कि कैसे उसने पचास किलो वजन उठाया। यह देखकर उसका आत्मविश्वास और बढ़ गया। उसके विचारों की सीमा टूट गई। इंसान के विचारों में भी कई सीमाएँ हैं। ये सीमाएँ तोड़ने के लिए उसे छोटे-छोटे प्रयोग करना चाहिए। हर प्रयोग के बाद उसका आत्मविश्वास बढ़ता जाएगा, उसके विचारों की सीमा टूटती जाएगी।'

इतना कहकर हरक्युलिस रुक गया। फिर चारूशीला ने कुछ सूचनाएँ देकर सेमीनार समाप्ति की घोषणा की। सभी सहभागियों की

मनोदशा पूरी तरह से बदल चुकी थी। किसी को किसी से कोई शिकायत नहीं रही। प्रत्येक सदस्य अपनी गलतियों, स्वभावदोष और वृत्तियों की खोज कर रहा था। यदि अपनी खोज सही ढंग से हो जाए और हम खुद बदल जाएँ तो कैसे सारी दुनिया का वातावरण बदल जाएगा, इसका सपना सभी देख रहे थे।

हमेशा की तरह हरक्युलिस *'खोज-स्वयं का सामना'* ग्रंथ की कुछ प्रतियाँ साथ में लाया था। उसने वे संयोजकों के पास दे दीं। चूँकि सहभागियों की संख्या ज्यादा थी, अत: उसने संयोजकों से अनुरोध किया कि इस पुस्तक की प्रतियाँ मँगवाकर जिस किसी को जरूरत हो, उनके पास पहुँचा दी जाए।

❈ ❈ ❈

चारूशीला, संयोजकों और सहभागियों से विदा लेकर हरक्युलिस परिमल के पास पहुँचा। आगे परिमल द्वारा तय किए समय अनुसार सारे कार्यक्रम पूरे होने के बाद हरक्युलिस वापस भारत आने के लिए निकल पड़ा। परिमल ने बड़े श्रद्धाभाव से हरक्युलिस को हवाई-अड्डे पर विदा किया। जैसे ही हवाई जहाज ने उड़ान भरी, हरक्युलिस के भीतर मनन का विमान उड़ना शुरू हो गया। उसे महसूस हुआ कि सेमीनार के निमित्त से उसकी अपनी विचारों की खोज पूर्ण हुई। वह अपने मुख से निकलनेवाली वाणी से आश्चर्यचकित था। धन्यवाद के भाव उसे आनंद दे रहे थे। पहले वह हमेशा अपने विचारों से आसक्त रहा करता था। हेलिकॉप्टर-दृष्टिकोण से वह कभी विचारों को नहीं देखता था। उसे समझ में आया कि अगर हेलिकॉप्टर-दृष्टिकोण से देखने की कला उसे अवगत होती तो कभी भी, किसी भी तरह की परेशानी उसे नहीं झेलनी पड़ती। उसे अनायास ही वह काली रात याद हो आई,

जब वह अपने विचारों के कोलाहल में डूबकर तेज रफ्तार से गाड़ी चलाते हुए एक महिला की मौत का कारण बना और परिस्थिति से छुटकारा पाने के लिए मुँह छिपाकर भाग खड़ा हुआ। यह तो केवल देवी माँ की कृपा थी कि वह बच गया और एक-एक विषय पर खोज करते हुए अब वह अपने सारे दुःख और मान्यकथाओं से मुक्त हो रहा है। यहाँ तक कि उसे पिछले दो महीनों से माइग्रेन का दौरा भी नहीं पड़ा था। यह सच था कि काफी अरसे से वह अपनी इस बीमारी को भूल चुका था। अचानक उसे यूरेका इफेक्ट हुआ कि वह खुद ही विचारों में माइग्रेन की याद को हरा-भरा बनाए रखकर उसे आमंत्रण देता आ रहा था।

शरद पूनम की रात थी, जब हरक्युलिस अपनी वापसी यात्रा सफलतापूर्वक पूरी करते हुए देवी माँ के मंदिर में पहुँचा। इन दिनों पुजारी ने आत्ममंथन करके यह जाना कि वह अनावश्यक रूप से अपराध बोध का शिकार बन गया था। जिस तरह लोग हरक्युलिस से अपने बुरे कर्मों का इकरार कर रहे थे और हरक्युलिस उन्हें स्वाभाविक कहकर उनकी दवा बता रहा था, उसे देखकर पुजारी के मन का बोझ भी उतर गया। उसने निश्चय किया कि अब वह अपने अनैतिक धंधे के बारे में हरक्युलिस को बेझिझक सब कुछ बता देगा। यह सोचकर ही वह हल्का महसूस करने लगा। अब शुद्ध आचरण की तमन्ना उसके मन में भी जागी थी और वह बेसब्री से हरक्युलिस की राह देख रहा था।

जैसे ही हरक्युलिस मंदिर पहुँचा, पुजारी ने बड़े प्यार से उसे आलिंगन देते हुए उसका स्वागत किया। हरक्युलिस तरोताजा होकर, खा-पीकर मंदिर के प्रांगण में पुजारी के साथ सीढ़ी के एक पायदान पर बैठकर अपनी यात्रा का ब्यौरा सुनाने लगा। परिमल के मंदिर में मूर्ति स्थापना का समारोह, चारूशीला के सेमिनार की

विस्तार से जानकारी आदि गपशप में दोनों डूब गए। आज पहली बार खुले दिल से, असली आनंद से पुजारी हरक्युलिस के साथ वार्तालाप कर रहा था। चारों ओर पूनम के चाँद की शीतलता फैली हुई थी। सारा मंदिर दीप-माला से सजाया गया था तथा मंदिर के प्रांगण में तेल के दीयों की मनमोहक सजावट की गई थी। मंदिर में लोगों के आने-जाने का सिलसिला खत्म होने के बावजूद पुजारी हरक्युलिस के साथ विचार-विमर्श कर रहा था। पुजारी के इस अनोखे प्रतिसाद से हरक्युलिस अपनी सारी थकान भूलकर देर रात तक उससे विचारों का आदान-प्रदान करता रहा। बीच-बीच में विचारों में खोए हुए दोनों स्तब्ध होकर मौन में चले जाते थे। फिर किसी विचार से बातचीत शुरू होती थी। दोनों एक दूसरे की तारीफ कर रहे थे। इस तरह दोनों का एक दूसरे के प्रति आदरभाव बढ़ता जा रहा था। ऐसे में भोर कब हुई पता ही न चला। एक दिशा में पूनम के चाँद का अस्त होना और दूसरी दिशा में सूरज का उदय होना, इस मनोहारी दृश्य को दोनों अपलक नेत्रों से निहारते रहे। दोनों की अनुभूति एक ही थी- नकारात्मक भावना, दु:खों, मान्यताओं का विसर्जन तथा सकारात्मक भावना, आनंद, सत्य का सृजन... आनंद ही आनंद!

हरक्युलिस का छठवाँ कार्य

सुबह पूजा-पाठ के उपरांत हरक्युलिस पुजारी का दिया हुआ पत्र पढ़ने लगा। उसमें पुजारी ने जैसे अपना पूरा आत्ममंथन उंडेलकर रख दिया था। कपटमुक्त होकर उसने अपनी मान्यताएँ, स्टैम्पिंग, सोच, सद्गुण-दुर्गुण, डर इत्यादि के बारे में विस्तार से लिखा था। उसने अपने चरस-गाँजा के अनैतिक धंधे का सारा कच्चा-चिट्ठा खोलकर, इन सबसे बाहर निकलने का जिक्र भी किया था। हरक्युलिस पत्र पढ़कर पुजारी के हृदय परिवर्तन पर बहुत खुश हुआ। हरक्युलिस के लिए यह किसी पुरस्कार से कम न था कि पुजारी का मन शांत, निर्मल और निष्कपट हो चला है। 'अरे! यही तो मेरा नौवाँ खिलाड़ी है!' हरक्युलिस के भीतर से उठी दिव्य आवाज उसे संकेत दे रही थी। वाकई में हरक्युलिस का पश्चात्ताप रंग ला रहा था।

इधर, पुजारी हरक्युलिस के समक्ष कपटमुक्त होकर बेहद हलकापन महसूस कर रहा था। मानो हृदय से सारा जहर निकल

गया हो। पहली बार वह निष्कपट होने का स्वाद चख रहा था। इस प्रफुल्लित अवस्था में कुछ नए विचारों ने उसके मन में प्रवेश किया और वह मुस्कुरा उठा। सोचते-विचारते ही वह मंदिर में पहुँचा। पुजारी को मुस्कुराते देख हरक्युलिस पूछ बैठा-

'मन ही मन किस बात पर मुस्कुरा रहे हैं?'

'कुछ भी तो नहीं।'

'अच्छा, मन अब ''कुछ भी नहीं'' होने के कारण खुश है, है न?'

'हाँ, बिलकुल यही बात है।' पत्र के बारे में प्रत्यक्ष रूप से कुछ न कहने पर भी दोनों बात का मर्म समझ गए।

'देवी माँ के आदेशानुसार मैं अपने उद्देश्य में सफल हो रहा हूँ। अब मैं उत्सुकता से आपके अगले आदेश की प्रतीक्षा में हूँ।' हरक्युलिस ने बात को आगे बढ़ाते हुए कहा।

'लो मैं तुम्हारी प्रतीक्षा खत्म किए देता हूँ। तुम्हारे मॉरीशस जाने के बाद मेरी बेटी के विवाह का प्रस्ताव लेकर लड़के के पिता यहाँ आए थे। हमारी बातचीत सफल रही। १५ दिनों बाद शादी की तारीख निकली है। इसमें तुम्हारी उपस्थिति अनिवार्य है। तुम्हारे लिए यही मेरा अगला आदेश है।'

इस नए-अनूठे आदेश को सुनकर हरक्युलिस कुछ हैरान-सा हुआ। 'इसमें भी कुछ न कुछ अच्छा प्रयोजन ही छिपा होगा।' यह सोचकर वह शादी में जाने के लिए राजी हो गया।

मंदिर में नियमित रूप से आनेवाले एक भक्त को रोज की पूजा-अर्चना की जिम्मेदारी सौंपकर पुजारी और हरक्युलिस गाँव की ओर निकल पड़े। घर पहुँचकर पुजारी ने अपनी पत्नी रुक्मिणी, बेटी, छोटे भाई लखन और उसकी पत्नी उर्मिला से हरक्युलिस का

परिचय कराया तथा उन सभी को हरक्युलिस की विद्वत्ता तथा प्रबोधन कला के बारे में भी बतलाया। दो दिनों बाद माया और महेश भी आ गए। हरक्युलिस से मिलकर दोनों की खुशी का ठिकाना न रहा।

इंतजार की घड़ियाँ खत्म हुईं। आखिरकार शादी का दिन नजदीक आ गया। शादी के एक दिन पहले बाराती आ पहुँचे। शाम से सभी रीति-रिवाज और धार्मिक विधियाँ शुरू हो गईं। सारा कार्यक्रम प्रसन्न वातावरण में संपन्न हुआ। पुजारी ने बारातियों की व्यवस्था में कोई कसर न छोड़ी थी। उनकी सभी सुख-सुविधाओं का खयाल रखा गया था। शादी के दिन हरक्युलिस ने निरीक्षण किया कि बीच-बीच में रस्मों-रिवाज के दौरान नाराजगी के सुर उठ रहे हैं। पुजारी और रुक्मिणी के चेहरे पर चिंता झलकने लगी। लोगों में खुसफुसाहट होने लगी। पुजारी ने किसी तरह परिस्थिति को सँभाला और बिना किसी बखेड़े के बारात की विदाई की।

एक-दो दिनों में ज्यादातर रिश्तेदार अपने-अपने घर लौट गए। अगले दो-तीन दिन पुजारी हिसाब-किताब करने में व्यस्त रहा। हरक्युलिस ने उसकी हर तरह से मदद की।

अब घर में सिर्फ पुजारी, रुक्मिणी, लखन, उर्मिला, माया व महेश ही बचे थे। सभी दोपहर को बरामदे में बैठकर शादी में हुई घटनाओं पर चर्चा करने लगे। रुक्मिणी दुःखी व उदास थी। एक तो बेटी की विदाई और दूसरा वरपक्ष की रुसवाई। धीरे से उर्मिला ने जुबान खोली- 'कुछ भी हो, बारातियों की ऐसी ज्यादती अच्छी नहीं। हमने अपनी ओर से कोई कसर न छोड़ी फिर भी हर बात में खोट निकालने से वे बाज न आए।'

'शादी-ब्याह में तो ऐसी ऊँच-नीच चलती रहती है। तुम

बात को इतना दिल से क्यों लगा रही हो?' लखन ने समझाते हुए कहा।

यह सुनकर रुक्मिणी बिफर उठी। 'यह भी कोई बात हुई? सामनेवाला कैसा भी व्यवहार करे और उसे ऊँच-नीच का मुलम्मा चढ़ाकर सही करार दिया जाए, यह कहाँ का न्याय है? मैंने आज तक ऐसे बदमिजाज लोग नहीं देखे।'

'आखिर माजरा क्या है?' परिस्थिति की गंभीरता को भाँपते हुए हरक्युलिस ने पूछा।

सारी बातों का खुलासा करते हुए लखन ने कहा- 'शादी में रहने की व्यवस्था पर टीका-टिप्पणी तथा रस्मों-रिवाज में थोड़ा-बहुत फर्क होने के कारण वाद-विवाद की स्थिति आ गई थी इसलिए सभी नाराज हैं।'

'क्या आप सभी एक-एक करके अपनी नाराजगी का कारण बताएँगे?' हरक्युलिस ने सहानुभूति जताते हुए सवाल किया।

रुक्मिणी तो मानो भरी हुई बैठी थी। हरक्युलिस का इशारा पाते ही तुरंत शुरू हो गई।

'शादी में वरपक्ष के पंडित और हमारे पंडित का एकमत नहीं हो रहा था। हमने अपने पंडित के बताए अनुसार सारी पूजा-सामग्री मँगाकर रखी थी लेकिन वरपक्ष के पंडित की दृष्टि से वह अपर्याप्त थी। अत: वरपक्ष के पंडित ने ताना देते हुए कहा, "पुजारियों का घराना होकर भी ऐसा अज्ञान?" हमें अज्ञानी कहकर उन्होंने हमारा घोर अपमान किया। समधी भी उनकी बातों में आ गए। मैंने बेटी की शादी के कैसे अरमान संजोए थे- समधन के साथ ऐसा प्रेम का रिश्ता होगा... ऐसी प्यार की नोंक-झोंक चलेगी... सब बिखर-सा गया...!'

तभी उर्मिला बड़बड़ाने लगी- 'हमने रहने और खाने-पीने की इतनी अच्छी व्यवस्था करने के बावजूद वरपक्ष के लोगों को उसमें खामियाँ नजर आईं, यह गलत बात हुई कि नहीं? लोग पता नहीं अपने आपको क्या समझते हैं। मुझे तो लगता है कि ये लोग तय करके आए थे कि किसी तरह वधूपक्षवालों को तंग करना ही है।'

तभी पुजारी बोल उठा- 'वरपक्ष के लोग बड़े ढीले-ढाले थे। उन्हें समय की कोई कीमत ही नहीं थी। मुझे उनकी आरामतलबी बिलकुल पसंद नहीं आई।'

माया ने अपनी बात रखी- 'बारातियों की संख्या भी जितनी बताई गई थी, उससे कहीं ज्यादा लोग पहुँचे। अतः ऐन वक्त पर उनकी व्यवस्था करना मुश्किल हो गया।'

इस तरह हर किसी की कुछ न कुछ शिकायत थी। हरक्युलिस बड़े ध्यान से सबकी बातें सुन रहा था। शिकवे-शिकायतों के दौर में अचानक पुजारी को *'खोज- स्वयं का सामना'* ग्रंथ का स्मरण हो उठा। उसने फौरन सभी को शांत करके हरक्युलिस द्वारा मिली खोजरूपी दवा के बारे में बताकर सबसे पूछा- 'क्या आप अपनी शिकायतों से निर्मित दुःखों से मुक्ति पाना चाहते हैं?'

सभी ने मिले-जुले स्वर में हामी भरी।

'तो ठीक है, अब हम हरक्युलिस से रोज ज्ञानवाणी सुनेंगे। क्या आप सभी तैयार हैं?' यह प्रस्ताव सुनकर माया और महेश बेहद खुश हुए। रुक्मिणी और उर्मिला एक दूसरे का मुँह देखने लगीं। आँखों ही आँखों में उनकी बातचीत शुरू हो गई। पता नहीं कौन है यह... कहीं हम बोर न हो जाएँ... हमें दुनियादारी मालूम

है... ये हमें क्या सिखाएगा...! लेकिन घर के मुख्य सदस्य को ना कहने का साहस उनमें नहीं था। लखन की सोच भी इससे अलग नहीं थी। बेमन से ही सही सभी ने अपनी सहमति दे दी। रोज शाम को दीया-बाती के समय एकत्रित होने का एक मत से निर्णय लिया गया। फिर सभी उठकर अपने-अपने काम में लग गए।

बरामदे में केवल पुजारी और हरक्युलिस रह गए थे। पुजारी ने हरक्युलिस से कुछ दिन और रुककर घर के सभी सदस्यों का प्रबोधन करने की विनती की। हरक्युलिस ने सहर्ष ही अपनी सहमति प्रकट की।

शाम सात बजे सारा परिवार बरामदे में एकत्रित हुआ। हरक्युलिस ने सभी को शुभेच्छा देते हुए कहना शुरू किया- 'आप सभी बहुत ही नेक इरादे से यहाँ एकत्रित हुए हैं। हमेशा खुश रहने की इच्छा बहुत कम लोगों के अंदर पनपती है। अत: आप सभी का अभिनंदन। आज से मैं रोज शाम को कुछ ऐसे वचन बताऊँगा, जिनका रोजमर्रा के जीवन में अभ्यास करके आप अपने इरादे में कामयाब हों सकेंगे।

इंसान के जीवन में आए दिन कभी सुखद तो कभी दु:खद घटनाएँ होती रहती हैं। हर परिस्थिति में अकंपित रहने की कला सीखने के लिए ही इंसान पृथ्वी पर आया है। अकंप रहकर ही वह अपना तथा औरों का भला कर सकता है। वरना वह परिस्थिति को और भी बिकट बना देता है। आज की तारीख में आप सभी शादी में हुई छोटी-छोटी गड़बड़ियों के कारण नाखुश हैं लेकिन खोद-खोदकर खोज करने से आप इस स्थिति से बाहर आ सकते हैं। आपके दु:खों के सारे कारण प्रकाश में आ सकते हैं।'

'हमें पता है कि हमारे दु:ख का कारण कभी सामनेवाला

होता है तो कभी परिस्थिति। फिर हमें किस चीज की खोज करना है?' रुक्मिणी ने पूछा।

'आपको करना है- खुद की खोज, अपने स्वभाव की खोज। आप कब दुःखी होते हैं, कब खुश होते हैं, उन स्थितियों को ढूँढ़ निकालना है। मगर इंसान हमेशा खुद को सही समझकर अपने दुःख के लिए दूसरे को जिम्मेदार ठहराता है। अपने अंदर बसी मान्यताओं और धारणाओं के कारण वह खोज को पूर्णविराम लगा देता है। अतः अपनी मान्यताओं को किनारे रखकर खोज की शुरुआत करें।'

हरक्युलिस की वाणी सुनकर पुजारी, माया और महेश का तो मानो रीविजन हो रहा था। बाकी लोग उसकी बातें समझने का प्रयास कर रहे थे। हरक्युलिस ने अपना कथन जारी रखते हुए आगे कहा- 'खोज करते समय अकसर इंसान का अहंकार आड़े आता है। वह अपने असली चेहरे को दूसरे के सामने बेनकाब नहीं करना चाहता। यहाँ तक कि वह खुद से भी उसे छिपाकर रखता है इसलिए खोज के कुछ नियम बनाए गए हैं। कल हम इन नियमों के बारे में चर्चा करेंगे।'

'इसका मतलब क्या हमारी शिकायतें गलत हैं?' रुक्मिणी ने आश्चर्य जताते हुए पूछा।

जवाब में हरक्युलिस ने सभी को *'खोज- स्वयं का सामना'* ग्रंथ की एक-एक प्रति थमा दी और कल उसमें से प्रथम अध्याय पढ़कर आने के लिए कहा।

तभी एक महिला भाभी-भाभी पुकारते हुए बरामदे में चली आई लेकिन सभी को एकत्रित बैठा देख, ठिठककर रुक गई। रुक्मिणी ने उसे बुलाते हुए कहा- 'आओ-आओ तुलसी, सही

वक्त पर आई हो। तुम भी हमारे साथ बैठो।' शादी में तुलसी ने घर के सदस्य की तरह ही हर काम में हाथ बँटाया था, यह सभी ने देखा था। रुक्मिणी ने हरक्युलिस से तुलसी का परिचय कराते हुए कहा- 'यह हमारी किरायेदार है लेकिन हमारे परिवार के साथ ऐसे घुल-मिल गई है जैसे परिवार की ही सदस्य हो। तुलसी गाँव के स्कूल में शिक्षिका है।'

जवाब में नमस्ते कहकर तुलसी ने हरक्युलिस का अभिवादन किया। कल इसी समय मिलने का तय करके शाम की सभा बर्खास्त हुई। घर की महिलाएँ वहीं बैठी रहीं। पुरुष उठकर चले गए।

तुलसी ने रुक्मिणी के हाथ से *'खोज- स्वयं का सामना'* ग्रंथ लेकर उत्सुकतावश पन्ने पलटना शुरू किए। तभी रुक्मिणी ने अब तक हुई बातचीत का ब्यौरा तुलसी को दिया तथा उसे भी कल शाम से रोज सभा में आने के लिए आमंत्रित किया। उर्मिला ने कहा- 'क्यों न हम अभी एक साथ मिलकर पहला अध्याय पढ़ लें!'

'शुभस्य शीघ्रम' कहकर तुलसी ने पढ़ना शुरू कर दिया। पठन के बाद स्टैम्पिंग, मान्यताओं के बारे में जानकारी हासिल कर, सभी मनन करते हुए उठकर अपने-अपने काम में लग गए।

निश्चित किए समय के अनुसार दूसरे दिन शाम को सभी लोग एकत्रित हुए। सभी अपना गृहकार्य करके आए थे। रुक्मिणी धीमे से उर्मिला से बोली- 'हमारा अनुमान गलत निकला। मुझे हरक्युलिसजी की वाणी और उन्होंने दी हुई पुस्तक में दम नजर आ रहा है। पढ़कर मुझे वाकई में अच्छा लगा।' उर्मिला ने बात का

समर्थन करते हुए सिर हिलाया। तभी हरक्युलिस भी आ गया। लखन ने मुस्कुराते हुए कहा- 'पहला अध्याय पढ़ने के बाद अब हमारी सुनने की थोड़ी-बहुत तैयारी हुई है। अत: आप आज का प्रबोधन शुरू करें।'

हरक्युलिस ने बताना शुरू किया- 'खोज करते समय कुछ नियमों का पालन करना आवश्यक है। खोज का पहला नियम कहता है कि अपने साथ कपटमुक्त होकर ईमानदारी से बातचीत करें तथा अपनी मान्यताओं को पहचानें। जैसे- फलाँ ने मेरी बात नहीं मानी, मुझे बुरा लगा... चार लोगों के बीच मेरा अपमान हुआ, मुझे बुरा लगा... वैसा हुआ होता तो कितना अच्छा होता... ।' अभी हाल ही में शादी के अवसर पर इस तरह के जो भी विचार उठे हैं, उन पर गौर करें।'

'उनमें से कुछ तो कल हमने आपको बताए हैं।' उर्मिला ने कहा।

'हाँ तो इस पर और गहराई से काम हो। इस तरह के विचार यदि आपको दु:ख दे रहे हैं तो क्या आप जीवनभर दु:ख मनाना चाहते हैं?' हरक्युलिस ने पूछा।

'बिलकुल नहीं।'

'तो फिर आपको अपनी सोच बदलनी होगी। अपने विचारों को अलग-अलग दृष्टिकोण से देखना होगा। आपने जो सोचा, वैसा नहीं हुआ इसलिए तो आज आप खोज कर रहे हैं। अगर मनमुताबिक हुआ होता तो क्या हमारी रोज की यह सभा होती? आपकी खोज शुरू हुई होती?

'हाँ, अब हम सभी कम से कम खोज करने के लिए तैयार तो हुए हैं।' सभी ने एकमत होकर कहा।

हरक्युलिस ने बात आगे बढ़ाई- 'जैसे कोई आपको कामचोर कहे तो आपको उस पर विश्वास नहीं होता क्योंकि आप खुद को एक जिम्मेदार इंसान समझते हैं। आप कहते हैं, 'मैं तो सुबह जल्दी उठता हूँ... सैर के लिए जाता हूँ... दिनभर ईमानदारी से नौकरी करता हूँ...।' इस तरह आप अपने कामचोर न होने की दलीलें पेश करते हैं मगर ऐसे बहुत से काम हैं, जो अन्य लोग कर पाते हैं, आप नहीं। जो काम आप नहीं कर पाते, उन कामों के प्रति तो आप कामचोर ही हैं। इतना ही नहीं, उन कामों को न करने के अनगिनत बहाने भी आप ढूँढ़ते रहते हैं।

'अब कुछ-कुछ बातें मेरी समझ में आ रही हैं।' रुक्मिणी बुदबुदाई। कुछ सोचते हुए उसने कहा- 'वरपक्ष के पंडित द्वारा हमें अज्ञानी कहने पर मुझे लगा, कैसे उल्टी गंगा बहा रहा है! हमें अज्ञानी कह रहा है! पूरे परिवार के धार्मिक कर्मकांडों को मैं ही अपनी जिम्मेदारी पर करती हूँ। साथ ही मेरे पति खुद पुजारी हैं और यह पंडित मुझे ज्ञान सिखा रहा है! अब आपकी बातें सुनकर मुझे सोचना चाहिए कि मैं जीवन के किन विभागों में अज्ञानी हूँ।'

हरक्युलिस ने कहा- 'हाँ, खोज करने का यही सही तरीका है। एक इंसान के लिए कोई काम बड़ा सहज होता है तो वही काम दूसरे इंसान के लिए कठिन प्रतीत होता है। कुछ लोगों के लिए सुबह जल्दी उठना सहज है मगर ऐसे लोग देर से उठनेवालों को तुरंत ही सुस्त और कामचोर का लेबल लगा देते हैं। कुछ लोग देर से उठते हैं, इसका मतलब यह नहीं है कि वे आलसी हैं। अत: उन पर कोई लेबल न लगाएँ। लोगों में खामियाँ देखते रहने से आपकी अच्छी आदत भी आपको दु:ख ही देगी और यदि अच्छी आदत आपको दु:ख दे रही है तो वह अच्छी आदत कहाँ हुई! खुद को

सही साबित करने के बदले, अपने जीवन में झाँककर देखें कि आप कहाँ-कहाँ पर वही कर रहे हैं, जो आपकी शिकायत है। जब कोई आपको कामचोर कहे तो दुःखी होने की बजाय यह खोज करें कि आप कहाँ-कहाँ कामचोरी करते हैं।

हरक्युलिस के इस स्पष्टीकरण पर रुक्मिणी ने तुरंत ही अपने विचार प्रकट किए- 'अब मुझे समझ में आया कि मैं घरेलू कार्य और पूजा-पाठ करने में तो कुशल हूँ लेकिन बाहर के काम जैसे बैंक संबंधी कार्य, बिजली का बिल भरना, फोन बिल भरना तथा मोबाइल व कंप्यूटर का इस्तेमाल करने में बिलकुल ही अज्ञानी हूँ।'

27

अपनी शिकायत बताते हुए पुजारी ने कहा- 'मैं वक्त का पाबंद हूँ और जो लोग समय की कीमत नहीं समझते, उन पर मुझे क्रोध आता है। आपके बताए अनुसार क्या वक्त के पाबंदी की अच्छी आदत मुझे तकलीफ दे रही है?'

'हाँ, बिलकुल।'

पुजारी को हरक्युलिस की बातों में तथ्य महसूस हुआ।

'इसे एक उदाहरण से समझो।' हरक्युलिस ने कहा- 'एक इंसान रोज सुबह-सुबह कौओं को दाना खिलाकर सोचता है कि उसकी यह आदत बहुत अच्छी है। मगर यही आदत उसके दुःख का कारण बनती है। दाना खिलाने के दौरान कौओं को आपस में झगड़ते हुए देखकर वह बहुत दुःखी हो जाता है। अब आप ही देखिए, कौओं को दाना खिलाना अच्छी आदत है लेकिन उसके लिए वह दुःखदाई बन गई। कौए झगड़ते हैं तो उसमें आपको दुःखी होने की आवश्यकता ही नहीं है। आपकी तरफ से आपने अच्छा

काम किया, बात खत्म। आगे उसको कौन कैसे ले रहा है, इसमें नहीं उलझना है। वरना आपकी अच्छी आदत भी आपके दुःख का कारण बनेगी।'

'अब मुझे समझ में आया कि ''लोग मेरी तरह वक्त के पाबंद नहीं हैं'' यह सोचकर मैं बेवजह स्वयं को दुःख दे रहा था।' पुजारी ने कहा।

'हमें तो अपनी बेवकूफी पर हँसी आ रही है।' सभी ने एक साथ कहा। तभी तुलसी बोल उठी- 'हम कितनी आसानी से हरक्युलिसजी के सामने अपनी मूर्खताओं पर हँस रहे हैं, क्या किसी और के सामने ऐसा कर सकते हैं? यह एक आश्चर्य ही है।'

'यह सत्य का करिश्मा है। सत्य सुनकर असत्य का अस्तित्व गायब हो जाता है।' हरक्युलिस ने राज खोलते हुए कहा। 'अब वापस अपने विषय पर आएँ?'

'हाँ, जरूर।'

'इस तरह अपने आपसे कपटमुक्त बात करके दुःख के कारण और निवारण की खोज करें।' हरक्युलिस ने बोलना जारी रखा- 'खोज करने का पहला नियम याद रखें- स्वयं के साथ ईमानदारी से बातचीत। इस नियम के साथ आपका काम शुरू होना चाहिए। अपनी अच्छाइयों के अंदर दुर्गुणों को ढँकने की कोशिश करना व्यर्थ है। जो अपने आपसे कपट करता है, वह कभी भी विकास नहीं कर पाता। खुद से कपटमुक्त होकर पूछें कि ''पड़ोसी के पास नई कार आ जाए तो क्या मुझे दुःख होता है?'' यदि जवाब आए- हाँ तो फिर खोज करें कि ऐसी कौन सी मान्यता मेरे अंदर जड़ जमाए बैठी है, जो मेरे दुःख का कारण है। खोज करने पर आपकी मान्यता प्रकाश में आएगी। मान्यता प्रकाश में आने पर

आप उस पर काम कर हमेशा के लिए उस मान्यता से मुक्त हो जाएँगे। इसलिए खुद से कपट करना तुरंत बंद करें।

किसी पागलखाने में एक पागल अपने ही साथ ताश खेल रहा था। कोई आगंतुक उसका खेल देख रहा था। उसने पागल से कहा- 'यह क्या! तुम अपने साथ बेईमानी क्यों कर रहे हो?' पागल ने उससे कहा- 'धीरे बोलो, मैं दस साल से यही कर रहा हूँ।' इस पर आगंतुक ने उससे पूछा- 'दस साल से तुम अपने साथ बेईमानी कर रहे हो तो क्या तुमने अपने आपको बेईमानी करते हुए कभी पकड़ा नहीं?' इस पर पागल ने कहा- 'मैं बहुत होशियार हूँ, पकड़ने ही नहीं देता।' अब देखो, वह पागल अपनी ही नादानी से अनजान है। वह सबसे बड़ा होशियार भी है और सबसे बड़ा मूर्ख भी क्योंकि उसे पता नहीं कि वह अपने साथ कपट करके खुद का ही नुकसान कर रहा है।

उस पागल की तरह आप भी अपने साथ बेईमानी करके खुद को होशियार समझते हैं। जैसे आप अपने आप को दुःख देकर, खुद से ही यह बात छिपाते हैं और साबित करने में लगे रहते हैं कि कोई दूसरा आपको दुःख दे रहा है। दुःख से बाहर आने के लिए यह मूर्खता बंद करके अपने साथ ईमानदार रहें। अपने आपको वस्तुस्थिति बताकर ही आपकी खोज शुरू हो पाएगी। खोज के दौरान आपको तुरंत जवाब पकड़ में नहीं आएँगे फिर भी खोज जारी रखें। एक दिन आपकी खोज अवश्य पूर्ण होगी।'

बड़ी खुशी से हरक्युलिस को धन्यवाद देकर दूसरे दिन सभी ने स्वयं के साथ कपटमुक्त होकर बातचीत करके आने का वादा किया। सभी पुरुष अपने-अपने काम में लग गए। रुक्मिणी, उर्मिला व तुलसी ने तय किया कि रसोई में काम करते हुए वे निरर्थक

विचारों का प्रवेश निषेध करके खुद के साथ कपटमुक्त होकर बात करेंगी।

❀ ❀ ❀

दूसरे दिन शाम को सभी बरामदे में एकत्रित हुए। सभी खुद से की गई कपटमुक्त बातचीत बताने के लिए उत्सुक थे। रुक्मिणी ने बताना शुरू किया- 'मैं घर की बड़ी बहू हूँ, साथ ही मायके में भी भाई-बहनों में बड़ी हूँ। अपनी जिम्मेदारियों को निभाना मुझे अच्छी तरह से आता है। इस बात का मुझे फक्र भी है लेकिन इस गुण के साथ धीरे-धीरे मेरा अहंकार भी बढ़ता जा रहा है। मैं अपने आगे किसी को कुछ समझती ही नहीं। इसी मान्यता के आधार पर मेरी सारी सोच और क्रियाएँ टिकी हुई हैं। परिणामस्वरूप कई बार मेरे व्यवहार के कारण सामनेवाला आहत होकर कुछ ऐसी प्रतिक्रिया देता है, जिससे मैं आहत हो जाती हूँ। इस तरह हम एक कुचक्र में फँसकर एक-दूसरे को चोट पहुँचाते रहते हैं।'

उर्मिला आश्चर्य से अपनी जेठानी की ओर देख रही थी। जेठानी ने तो उनके बीच के रिश्ते की नब्ज ही पकड़ ली थी।

उर्मिला ने कहा- 'मनन कर मुझे एक बात समझ में आई कि इंसान अपनी मान्यता के अनुसार ही तय करता है कि कौन सी चीज उच्च स्तर की है और कौन सी निम्न स्तर की। हो सकता है कि वरपक्ष के लोगों की मान्यता के हिसाब से उन्हें गहने और कपड़े वाकई में पसंद न आए हों लेकिन हमने अपनी कथा बना ली कि उन्होंने हमें तंग करने की ठान रखी है। इस तरह इंसान एक के बाद एक कथाएँ बनाना जारी रखता है, परिणामतः उसका दुःख कभी खत्म होने का नाम ही नहीं लेता।'

'बहुत अच्छे। इसी तरह कपटमुक्त होकर स्वयं से बातचीत

करते रहें।'

'आज हम खोज का दूसरा नियम सुनना चाहते हैं।' लखन ने उत्सुकता प्रदर्शित करते हुए कहा।

'हाँ, जरूर। खोज का दूसरा नियम कहता है- स्वअनुभव को महत्व दें। जैसे कैलेंडर आपकी उम्र बताता है पर आप उस पर विश्वास न करें। घड़ी आपको बताती है कि आपने इतने घंटे काम किया मगर उस पर भरोसा न करें। सुबह नींद से उठते ही घड़ी देखकर आप कहते हैं, ''मैंने केवल पाँच घंटे ही नींद ली!'' मगर घड़ी को यदि कोई दो घंटे आगे कर दे तो आप कहेंगे, ''वाह! बहुत अच्छी नींद हुई!'' इसका अर्थ है आप अनुभव को महत्व न देते हुए इस बात को महत्व देते हैं कि घड़ी क्या समय बता रही है, कैलेंडर कौन सी तारीख दर्शा रहा है, लोग क्या कह रहे हैं?...

गौर करें कि आप जो दुःख मना रहे हैं, इस पर आपका स्वअनुभव क्या कहता है? जब कोई घटना हुई तब आपको दुःख हुआ था या अभी भी हो रहा है? जैसे दस साल पहले किसी ने आपको थप्पड़ मारा, उस वक्त आपको दर्द हुआ... ठीक है... मगर आज तक आप उसका दर्द सह रहे हैं... यह तो हद हो गई। जरा सोचें, क्या सचमुच अब तक कोई आपको थप्पड़ मार रहा है? बेवजह १० साल से आप उस घटना के बारे में सोच-सोचकर दुःखी हो रहे हैं। खोज करके आप स्वअनुभव से जानेंगे कि अभी तो सिर्फ सोचकर दुःख हो रहा है वरना दुःख तो कबका खत्म हो चुका है। खोज का दूसरा नियम यही है कि स्वअनुभव से अपने आपको सत्य बताएँ।

इसे एक मनोरंजक उदाहरण द्वारा और अच्छे से समझें।

रास्ते में तीन लोग मिलकर कहीं जा रहे थे। इनमें एक नाई,

एक गंजा और एक मूर्ख था। चलते-चलते कुछ देर बाद रात हो गई। तीनों ने निश्चय किया कि एक-एक करके सभी तीन-तीन घंटे पहरा देंगे, जिसमें दो लोग सोएँगे और एक जागेगा।

यह निर्णय लेने के बाद गंजा व मूर्ख दोनों सो गए और नाई पहरा देने लगा। नाई ने सोचा- ''ये तीन घंटे मैं कैसे काटूँ?'' चूँकि गंजे इंसान के बाल काटने का तो सवाल ही नहीं था, अत: उसने सोए हुए मूर्ख इंसान के बाल बड़ी सफाई से काटने शुरू कर दिए। धीरे-धीरे उसने मूर्ख इंसान के सारे बाल काटकर, उसे गंजा कर दिया। इस काम में उसका वक्त अच्छा बीत गया। तीन घंटे के बाद उसने मूर्ख इंसान को जगाकर कहा- ''अब पहरा देने का काम तुम्हारा है, मैं सोता हूँ।'' मूर्ख उठा, उसने अंगडाई ली, सिर खुजलाया और नाई से यह कहकर सो गया कि गलती से तुमने गंजे को उठा दिया।'

उदाहरण सुनकर सभी बेतहाशा हँसने लगे।

हरक्युलिस ने स्पष्ट किया- 'आप हमेशा यही सोचते हैं कि सामनेवाले से गलती हो रही है लेकिन हो सकता है कि गलती खुद से होती हो। मूर्ख इंसान को लगता है कि नाई ने गलती की है लेकिन वह खुद गलती कर रहा है। उसका अनुभव कहता है कि तुम उठे हो मगर उसका अपने अनुभव की तरफ ध्यान ही नहीं है। अपना गंजा सिर छूकर उसे लगता है कि नाई ने गलती से गंजे को उठा दिया है। अर्थात स्वअनुभव होने के बाद भी इंसान उसे अनदेखा कर दिखावटी सत्य में उलझ जाता है। अत: खोज करते वक्त स्वअनुभव को महत्व दें। इसके साथ ही यह समझ हो कि ''जो भी हो रहा है, आपके लिए हो रहा है; आपके साथ कुछ भी नहीं हो रहा है। जो कुछ हो रहा है, आपको आनंद देने के लिए

हो रहा है।'' यही सच्चाई है। क्या आप अपने होने का आनंद ले रहे हैं? अपने स्वअनुभव को महत्व दे रहे हैं? अगर नहीं तो आपसे कहीं न कहीं मान्यकथा की गलती हो रही है।'

हरक्युलिस के इतने सूक्ष्म विवेचन से सभी लोग बहुत प्रभावित हुए। सभी को एहसास हुआ कि हम परिस्थितियों तथा लोगों को ध्यान में रखते हुए अपने निर्णय लेते हैं। स्वअनुभव पर हमारा ध्यान ही नहीं होता। रुक्मिणी ने कहा- 'हमारी हर क्रिया के पीछे कोई न कोई मान्यता छिपी होती है। हर कार्य को हम सही-गलत के लेबल से तौलते हैं।'

'इससे समझें कि स्वअनुभव पर ध्यान न देने की वजह से ऐसी मूर्खताएँ होती रहती हैं।' हरक्युलिस ने समाप्ति करते हुए कहा- 'अत: कल सभी यह खोज करके आएँ कि कहाँ-कहाँ पर आप स्वअनुभव को महत्व नहीं देते हैं।'

सभी ने खुशी-खुशी हामी भरी और सभा बर्खास्त हुई।

आज सभी समय से पहले ही आकर बैठे थे। पुजारी ने शांति को भंग करते हुए कहा। 'अब हमें समझ में आ रहा है कि मान्यताओं के शिकंजे में फँसने के कारण किस कदर हम स्वअनुभव को अनदेखा करते हैं।'

'जैसे...?' हरक्युलिस ने पूछा।

'जैसे पाँच घंटे नींद लेने के बाद भी मैं तरोताजा महसूस करता हूँ लेकिन विभिन्न पुस्तकों व लेखों में पढ़ा है कि मनुष्य को स्वस्थ रहने के लिए आठ घंटे की नींद जरूरी है इसीलिए मुझे लगता है कि मेरी नींद पूर्ण नहीं हुई है। इस तरह स्वअनुभव को

अनदेखा कर मैं पुस्तकी ज्ञान में अटक जाता हूँ।' पुजारी ने अपनी बात रखी।

तभी तुलसी बोल उठी– 'मैंने भी अपनी कार्यक्षमता की एक सीमा बना रखी है। कई बार वार्षिक परीक्षा के समय कॉपियाँ जाँचते-जाँचते किस तरह सारा दिन निकल जाता है, पता ही नहीं चलता। जरा भी थकावट महसूस नहीं होती लेकिन अन्य सहकर्मी कहते हैं कि हम बहुत थक गए हैं तो मैं भी उनकी हाँ में हाँ मिलाने लगती हूँ और वाकई में थका हुआ महसूस करने लगती हूँ। अपने स्वअनुभव को महत्व न देते हुए दूसरों की बातों में आ जाती हूँ। शायद हमें अपने अनुभव से ज्यादा लोगों की बातों पर विश्वास होता है।'

हरक्युलिस ने हामी भरते हुए कहा– 'जो आपको लग रहा है, वास्तव में वैसा कुछ भी नहीं है। जब आपको यह स्पष्ट हो जाएगा कि दुःख के पीछे कुछ और ही बातें छिपी हुई हैं तब आप खुशी और प्रेम से खुद की खोज कर पाएँगे। आपका सोर्स चाहता है कि आप हर पल खुश रहें। जब आप खुश रहते हैं तब सोर्स के साथ रहते हैं, अपने स्वअनुभव के नजदीक रहते हैं और जब आप दुःखी रहते हैं तब मान्यताओं के साथ रहते हैं। जब भी मन कहे कि मुझे ऐसा-ऐसा लगता है तब तुरंत उस पर भरोसा न करें। मन जो भी कहे, उसकी बातों पर स्टैम्पिंग न करते हुए खोज शुरू करें क्योंकि खोज से ही सत्य पता चलेगा वरना मन की बातों को ही सच मानकर इंसान पूरा जीवन दुःख भोगता है।

हरक्युलिस ने एक उदाहरण देते हुए बात आगे बढ़ाई– 'एक इंसान में कई शारीरिक खामियाँ थीं। उसकी नाक मोटी, मुँह टेढ़ा, कान बड़े और बाल रूखे थे। उसका पेशा भी साधारण था।

इसलिए उसे लगता था कि "शारीरिक व आर्थिक दृष्टिकोण से मुझ में इतनी कमियाँ हैं तो लोग मुझे हीन समझते होंगे। यदि मैं खरीददारी करने के लिए किसी दुकान पर जाऊँ तो दुकानदार मुझे अनदेखा कर देगा। ...और तो और मेरे मित्र भी मेरा साथ पसंद नहीं करते होंगे।" इस तरह बनाई हुई कथाओं की वजह से वह इंसान हमेशा दुःखी रहता था। आखिर एक दिन उसने अपने मित्र से पूछा- "मुझे देखकर तुम्हें क्या लगता है?" मित्र ने उसे बताया- "तुम्हें देखकर मुझे बहुत अच्छा लगता है, तुमसे मिलकर आनंद आता है।" अपने मित्र का यह जवाब सुनकर उसे आश्चर्य हुआ। उसने मित्र से कहा- "मुझे तो ऐसा लगता था कि तुम मेरे बारे में बुरा सोचते होगे!" उसकी बात सुनकर मित्र को भी हैरानी हुई। उसने कहा- "अरे! तुम्हें ऐसे कैसे लगा कि मैं तुम्हारे बारे में बुरा अथवा निम्न सोचूँगा? अगर मुझे पता होता कि तुम अपने चेहरे और पेशे को लेकर ऐसा सोचते हो तो मैंने तुम्हें पहले ही बताया होता।" इस उदाहरण से आपने जाना कि जब उस इंसान ने खोज की तब उसे पता चला कि केवल इस "लगने की वजह से" वह दुःखी हो रहा था। उसे इतना दुःख भोगने की जरूरत ही नहीं थी।'

उर्मिला का रंग-रूप घर के अन्य सदस्यों की अपेक्षा कुछ फीका था। अतः उसके मन में हमेशा एक हीन भावना बनी रहती थी। आज उसे समझ में आया कि कहीं यह दुःख "मेरे लगने" से खरीदा हुआ तो नहीं?

हरक्युलिस ने आगे कहा- 'इंसान की शारीरिक विकृतियों से संबंधित कुछ मान्यताएँ इसलिए बनाई गईं ताकि किसी को हीन न समझा जाए। वरना जिन लोगों के शरीर में कोई विकृति होती है, लोग उनका मजाक उड़ाते हैं। स्कूल-कॉलेज में ऐसे लोगों को

तुच्छ समझा जाता है इसलिए उनसे संबंधित कुछ विशेष मान्यताएँ बनाई गईं। जैसे छह अंगुलियोंवाले इंसान को भाग्यशाली माना जाता है। हकीकत में न वह भाग्यशाली है और न ही अभागा। देखा जाए तो संसार में किसी भी चीज का कोई लेबल नहीं है मगर हम बिना लेबल के चीजों को समझ नहीं पाते इसलिए उन्हें लेबल दिया जाता है। जैसे कैमरा, स्पीकर, टेबल, घड़ी, पुस्तक। जिस लेबल से तकलीफ नहीं होती, वह लेबल लगाना ठीक है मगर जिस लेबल से तकलीफ होती है, उस पर जरूर काम करना चाहिए।

इसे ऐसे समझें कि अगर दुनिया की हर चीज को नंबर दे दिया जाए जैसे- कैमरा को नंबर १, पुस्तक को नंबर २, टेबल को नंबर ३ आदि तो क्या होता? तब किसी पेड़ को पेड़ नहीं बल्कि नंबर ११५ कहा जाता। इसी तरह अगर लोगों को भी नंबर दे दिया जाए तो कोई ऐसा नहीं कहेगा कि यह काला है, यह गोरा है। यदि काले इंसान को नंबर ३६ कहा जाए और गोरे इंसान को नंबर ४६ तो क्या किसी के मन में कोई नकारात्मक या दु:ख का विचार आएगा?

तुलसी बीच में ही बोल उठी- 'मुझे अकसर यह विचार सताते हैं कि काश! ऐसा हुआ होता... वैसा हुआ होता... मेरे साथ यह न हुआ होता... वह न हुआ होता, क्या इन सबके पीछे भी मान्यता ही छिपी है?'

'बेशक। इस सोच के पीछे यही मान्यता छिपी है कि जो आपके साथ हो रहा है वह बुरा और जो आपके साथ नहीं हो रहा है वह अच्छा। लेकिन यह समझ रखें कि ''होता'' बेपेंदी का लोटा है। आप जानते हैं कि बेपेंदी का लोटा कभी भरता नहीं है। उसमें कितना भी पानी डालें, ठहरता नहीं है। ऐसे लोटे को ''खोटा

लोटा'' कहा जाता है। आज आपके साथ जो हो रहा है, वह सच्चाई है, न कि जो आप सोच रहे हैं। यदि आप ''काश'' की दुनिया में जीते हैं तो इसका अर्थ आपने अपनी कथाओं से ही प्यार किया है। जो आज आपके पास है, उसे स्वीकार करें; उसके साथ प्रेम करें। ''ऐसा हुआ होता तो मेरा वर्तमान कैसा होता?'' यह सोच खोज की जरूरत की ओर इशारा करती है।'

'आज आपने जीवन का कड़वा सच बताया है। मान्यकथाएँ ही हमारे दुःख का मूल कारण हैं।' महेश ने बात को समझते हुए कहा।

हरक्युलिस ने आगे कहना जारी रखा- 'जब आप अपनी कथा से प्रेम करना और दूसरों पर लेबल लगाना बंद कर देंगे तब आपको सब कुछ साफ-साफ दिखाई देने लगेगा। उसके बाद आपको पता चलेगा कि जब दिखाई देना बंद हो जाता है तब सोचना शुरू होता है। अब इन कथाओं से बाहर आकर खोज करें कि आपके जीवन में जो हो रहा है, वह आपको आपका दर्शन करवा रहा है या नहीं।'

आज सही मायने में सभी को मान्यकथाओं का असली अर्थ समझ में आया। पुजारी ने कहा- 'इतने दिनों से मैं आपको सुन रहा हूँ लेकिन अब मुझे स्पष्ट हो रहा है कि किस तरह मान्यताओं की वजह से हम अपने जीवन में घटनाओं को आमंत्रित करते हैं। यही हमारे दुःख का कारण है।' माया ने कहा- 'कल हम सभी अपनी-अपनी मान्यताओं को मनन के प्रकाश में पहचानने की कोशिश करेंगे और अपनी सफलता को आपके साथ बाँटेंगे।'

सभा बर्खास्त हुई। सभी उठकर अपने-अपने कामों में लग गए। काम करते-करते सभी के मन में विचार चल रहे थे कि

कौन-कौन सी मान्यताएँ उन्हें अटका रही हैं।

28

दूसरे दिन शाम को सभी प्रसन्नचित्त मनोदशा में एकत्रित हुए। सभी के चेहरे मान्यकथाओं से पहचान होने की कहानी कह रहे थे। उर्मिला ने सबसे पहले अपनी बात कहना शुरू किया- 'कल मैंने अपनी मान्यताओं पर गहरी खोज की। शुरू से ही मैं गाँव में पली-बढ़ी हूँ। इसी गाँव में मैंने अपनी पढ़ाई पूरी की। फिर विवाह भी यहीं हुआ। हम दोनों शहरी तौर-तरीके व रहन-सहन से अछूते हैं। हमारे कुछ रिश्तेदार शहर में बसे हैं। उनके सामने मैं अपने आपको तुच्छ समझती हूँ। यह हीन भावना बचपन से मेरे मन में घर कर गई है। इस दु:ख के पीछे मैंने जब अपनी मान्यकथाओं की खोज की तब मुझमें स्वयं के प्रति आदर जागा।

हरक्युलिस ने तुरंत उर्मिला की प्रशंसा करते हुए कहा- 'बहुत खूब। जब आप स्वयं को प्रेम और आदर देंगे तो ही दूसरों से भी पाएँगे। मगर इस बात का ध्यान रखें कि आप दूसरों से प्रेम या आदर पाने के लिए नहीं बल्कि अपनी समझ से यह कार्य कर रहे हैं। समझ की मशाल जीवनभर जलती रहे, बुझने न पाए।'

लखन ने कहा- 'मैं भी अपनी एक गहरी धारणा बताना चाहता हूँ। ब्राह्मण परिवार से होने तथा लोगों के घर जाकर विधिवत पूजा करने के व्यवसाय के कारण मैं स्वयं को अन्य जातियों से उच्च समझता हूँ। ब्राह्मण परिवार में जन्म लेना हमारे समाज में गर्व की बात मानी जाती है। अपने इस रवैए के कारण मैंने जाति-पाति के बहुत भेद पाल रखे हैं। नीची जाति के लोगों के यहाँ मैं पानी तक नहीं पीता। आज मुझे लग रहा है कि कहीं

यह मान्यता तो नहीं?'

'हाँ, यह इंसान की गहरी मान्यता है। जन्म लेने के बाद इंसान को जाति का लेबल मिलता है वरना तो वह नामहीन, जातिहीन होता है। ब्राह्मण परिवार में जन्म लेना बड़ी बात नहीं है लेकिन ब्राह्मण होकर मृत्यु को प्राप्त होना बड़ी बात है।'

'इसका मतलब... मैं कुछ समझा नहीं?' लखन असमंजस में पड़ते हुए बोला।

'ब्राह्मण होकर मृत्यु को प्राप्त होना अर्थात शरीर की मृत्यु के समय ब्रह्म में विलीन हो पाना, स्वअनुभव में रह पाना। एक सच्चा ब्राह्मण ही ऐसा कर सकता है, चाहे फिर वह अछूत परिवार में ही क्यों न जन्मा हो।' हरक्युलिस ने बात का खुलासा करते हुए कहा।

'आज तक हम सभी कितने बड़े भ्रम में जीते आए।' माया ने सभी के मन की बात कही।

हरक्युलिस ने आगे कहा– 'जीवन में सत्य के साथ एक दिन भी जीने को मिले तो वह सार्थक है, बजाय सौ साल मान्यताओं का जीवन जीने से। शरीर को मैं मानना ही सबसे गहरी मान्यता है। शरीर तो केवल निमित्त मात्र है या यह कहें कि इस संसार में आने का केवल एक द्वार है। जैसे माइक केवल एक उपकरण है, जिसके द्वारा बोला जाता है; उसी तरह शरीर भी केवल एक यंत्र है, जिसके द्वारा बोला जाता है। इस शरीर द्वारा जो बोल रहा है, उसे ही जानना है। जिस क्षण आपको अपना ज्ञान होगा, उसी क्षण यह भी पता चलेगा कि शरीर तो निमित्त मात्र है।'

कुछ पलों के लिए मौन छा गया। सत्य को सुनकर अहंकार ने अपना स्वत्व खो दिया।

फिर धीरे से रुक्मिणी बोली- 'जैसे कि मैंने पहले ही बताया कि शादी में वरपक्ष और हमारे यहाँ की धार्मिक-विधियों में फर्क होने के कारण कुछ विधियाँ नहीं की गईं। इसलिए मन में बुरे-बुरे खयाल आते हैं कि कहीं कोई अनिष्ट न हो जाए, ईश्वर नाराज न हो जाए? क्या यह भी कोरी मान्यता ही है?'

'हाँ, यह भी मान्यता ही है। ईश्वर के प्रति डर बिलकुल ही अनावश्यक है। समाज में सभी से अच्छे कार्य करवाने के लिए ईश्वर के प्रति डर दिया गया। ईश्वर से डरकर नहीं बल्कि ईश्वर के प्रति समझ, प्रेम, श्रद्धा और आदर रखकर धार्मिक-विधियाँ करनी चाहिए। ईश्वर का अर्थ है प्रेम और प्रेम कभी नाराज नहीं होता।'

लखन कुछ सोचते हुए बोला- 'आप हमें पिछले कुछ दिनों से सदा खुश रहने की सीख दे रहे हैं लेकिन विश्व में कितनी अशांति फैली हुई है। हर समय युद्ध का साया मंडराता रहता है। कौन कब आक्रमण करेगा, कुछ कहा नहीं जा सकता। हर देश महासत्ता बनने की दौड़ में शामिल है। ऐसे में बिना डरे कैसे रहा जा सकता है?'

हरक्युलिस ने जवाब देते हुए कहा- 'इस डर के पीछे आपकी यह मान्यता छिपी है कि विश्व में अशांति है इसलिए हमारे अंदर अशांति है। अगर आप वाकई में युद्ध समाप्त करना चाहते हैं तो सिर्फ कहें नहीं बल्कि करें। लोग कहते हैं कि युद्ध समाप्त करने के लिए यह करना चाहिए, वह करना चाहिए लेकिन करते कुछ नहीं। सत्य यह है कि अगर आप संसार से युद्ध समाप्त करना चाहते हैं, विश्व में अमन और शांति लाना चाहते हैं तो सबसे पहले अपने अंदर का युद्ध खतम करें। जिस क्षण आपके अंदर का युद्ध

खतम हो जाएगा, उसी क्षण दुनिया से युद्ध खतम होने का शुभारंभ होगा।

जब आप मित्र/परिवार के झगड़ों से परेशान होते हैं तब अपने आपसे पूछें कि ''क्या तुमने अपने अंदर का झगड़ा बंद किया है? क्या तुम्हारा आंतरिक युद्ध खत्म हुआ है?'' वस्तुतः इन झगड़ों द्वारा वे आपको खोज करने का रिमाइंडर देकर, सत्य की याद दिलाते हैं। लोग कहते हैं कि ''हमें घर में अशांति पसंद नहीं है'' मगर वे अनजाने में अपने अंदर अशांति को खाना खिला-खिलाकर मजबूत कर रहे हैं। बाहर की अशांति खत्म होने से पहले अपने मन की अशांति दूर होना चाहिए। खोज करेंगे तो जानेंगे कि आप दूसरों पर अंगुली उठाते हैं कि फलाँ इंसान चूहे से डरता है लेकिन आप अशांति से डरते हैं, उसके बारे में आपने कभी नहीं सोचा। इस तरह जब आप खोज करेंगे तो ठीक उलटा जवाब आपको सही लगने लगेगा।

अतः इस पृथ्वी पर आप हकीकत में जो करने आए हैं, वह करें। अशांति से न डरते हुए अपने मन को अकंप बनाने की साधना करें। अशांति की शिकायत हमें अपने आपसे दूर लेकर जाती है। आपको जो मौके मिल रहे हैं, उनके द्वारा अपने अंदर झाँकने का प्रयास करें। वरना इतना सारा होमवर्क क्या आप अकेले कर पाते? इतनी सारी बातें अपने लिए कैसे याद रख पाते? इसलिए लोग ही आपको आकर याद दिलाते रहते हैं, आपको अपना दर्शन करवाते रहते हैं। यह संसार की सुंदरतम व्यवस्था है। इसका पूरा लाभ उठाएँ।'

सभी के चेहरे धन्यवाद के भाव से खिल उठे लेकिन तुलसी अभी भी किसी उलझन में थी। हरक्युलिस ने पूछा- 'क्या अब भी कोई शंका बाकी है?'

तुलसी ने हिचकिचाते हुए जवाब दिया– 'एक बात मुझे काफी अर्से से कचोट रही है। तकरीबन एक साल पहले मेरे साथ एक सड़क दुर्घटना हुई थी। मैं अपने स्कूटर पर जा रही थी, तभी बाईं तरफ के रास्ते से एक बाइक सवार आया और मुझे धक्का मारकर आगे निकल गया। स्कूटर से गिरकर मैं बुरी तरह से घायल हो गई। मेरी एक टाँग में फ्रेक्चर भी हो गया। लंबे समय तक मुझे अस्पताल में रहना पड़ा था।'

तुलसी की बातें सुनकर हरक्युलिस का दिल काँप उठा। अनायास ही उसके मन में पिछले साल १२-१२ को घटी दुर्घटना की याद ताजा हो गई।

'फिर...?' उत्सुकतावश उर्मिला ने पूछा।

'मैं ठीक तो हो गई लेकिन मेरा पैर बहुत कमजोर हो गया है। स्कूल में रोज खड़े-खड़े पढ़ाकर शाम तक पैर बहुत दर्द करने लगता है। पिछले कुछ दिनों से खोज की संकल्पना सुनकर मेरा मन बार-बार इन विचारों में गोता लगा रहा है। आखिर मैं ही क्यों...? मेरे साथ ही यह हादसा क्यों हुआ...? ईश्वर ने मेरे साथ ऐसा खिलवाड़ क्यों किया...? मैं उस बाइक सवार को माफ ही नहीं कर पा रही हूँ। उसके कारण मुझे कितना कष्ट सहना पड़ा। रह-रहकर मुझे उस काली रात की याद सताती है। इस दुःख के पीछे क्या मान्यता छिपी है, इसकी मैं खोज नहीं कर पा रही हूँ। क्या आप इस पर मार्गदर्शन देंगे?'

तुलसी की बातें सुनकर कुछ क्षणों के लिए हरक्युलिस ने आँखें मूंद लीं। कहीं यह वही तो नहीं...? क्या वह जीवित है...? मैं इतने दिनों से बेवजह ही अपराधबोध से ग्रस्त रहा। कुछ क्षण खामोशी के बाद सत्य का प्रकाश जागृत हुआ... हरक्युलिस ने

सोचा - 'यदि मुझे पता होता कि वह महिला मरी नहीं है तो क्या मैं पश्चाताप में जलकर यूं घर से निकलता? क्या खोज नामक पारस मेरे हाथ लगता...? क्या मैं अपनी वृत्तियों से मुक्त हो पाता...? क्या मैं औरों के लिए निमित्त बन पाता...? नहीं न! उस महिला के मृत होने का अज्ञान मेरे लिए कितना हितकारी साबित हुआ है।'

काफी देर विचारों में खोए हरक्युलिस को देखकर जब तुलसी ने अपना सवाल फिर से दोहराया तब अचानक हरक्युलिस की तन्द्रा भंग हुई। उसने तुलसी से हिचकिचाते हुए सवाल पूछा- 'यह हादसा कहाँ हुआ था?'

'पिछले साल १२-१२ को मेरे पुश्तैनी गाँव में यह हादसा हुआ था। वहाँ पर भी मैं स्कूल में पढ़ाती थी। दुर्घटना के बाद चार महीने तक मेरा इलाज चला और फिर मेरा यहाँ तबादला हो गया।'

तुलसी की बातें सुनकर हरक्युलिस को पक्का हो गया कि हो न हो तुलसी वही महिला है, जो मेरे प्रायश्चित्त के लिए निमित्त बनी है। विस्मय, आनंद, धन्यवाद और न जाने कितने भावों से हरक्युलिस का दिल भर आया। मन ही मन वह कह उठा- 'हे परमेश्वर, मैं बेवजह ही इतने दिन अपराधबोध के बोझ तले दबा रहा, तूने कितनी बड़ी गाँठ को सुलझा दिया है।'

हरक्युलिस ने अपनी भावनाओं पर नियंत्रण लाकर कहना शुरू किया- 'आपके साथ जो कुछ हुआ है, उसमें यह समझ रखें कि ''यह वह है जिसकी मुझे जरूरत है।'' आपकी जरूरत को पूरा करने के लिए यह घटना घटी है तो उसका अधिकतम लाभ उठाएँ। हर घटना आपके बारे में कुछ बता रही है। सुबह उठने से लेकर रात सोने तक, यहाँ तक कि सपने में भी आपको कुछ न कुछ बताया

जा रहा है मगर आप वह नहीं सुनते। आप वही सुनते हैं, जो आपकी मान्यकथा कहती है। जैसे आपने बताया कि आपके साथ घटी दुर्घटना के दौरान आपको शारीरिक रूप से बहुत कष्ट झेलना पड़ा। यह घटना भी आपको कुछ न कुछ बता रही है। मगर आप अपनी मान्यता की वजह से उसे बुरे का लेबल लगाकर, जो सुनना चाहिए, उसे नहीं सुन रहे हैं। सच में जो बताया जा रहा है, उसे सुनें।'

'मैं कुछ समझी नहीं।' कहते हुए तुलसी के मन की उहापोह जारी रही।

'आप इस बात पर मनन करें कि उस हादसे के बाद आपके जीवन में कौन-कौन सी अच्छी घटनाएँ हुई हैं। ऐसी कौन सी बातें हैं, जो दुर्घटना होने के कारण आपने शुरू की हैं वरना कभी न करतीं। तब आपको समझ में आएगा कि दुर्घटना की भी अपनी भूमिका होती है। वह हमसे कुछ करवाने आती है। रही बात कि यह सब मेरे ही साथ क्यों? तो यह सवाल उठना शुभ लक्षण है। हम कल इसी बात को समझेंगे। आज की सभा यहीं खत्म करते हैं। कल तक के लिए अलविदा।'

सभी को असमंजस में छोड़कर हरक्युलिस चला गया। कल सुलझाई जानेवाली गुत्थी को जानने की उत्कंठा में सभी अपने-अपने काम में जुट गए।

रात तुलसी को नींद नहीं आ रही थी। वह बिस्तर से उठ बैठी और उसने डायरी-पेन लेकर लिखित मनन करना शुरू कर दिया।

- पिछले साल के १२-१२ की सड़क दुर्घटना के बाद मेरा यहाँ तबादला हुआ। आज तक मैं अपने पुश्तैनी गाँव से

बाहर नहीं निकली थी। यहाँ आकर मैं स्वावलंबी जीवन जी रही हूँ, जिससे मेरा आत्मविश्वास बढ़ रहा है।

- पैर में विकृति आ जाने के कारण मैं अपने कार्य ज्यादा जिम्मेदारी से निभाती हूँ ताकि कोई यह न कहे कि मैं अपनी कमजोरी का बहाना बना रही हूँ।
- यहाँ आकर रुक्मिणी और उर्मिला जैसी अंतरंग सहेलियाँ मिली हैं, जिनसे मैं अपना दुःख-दर्द बाँटकर सुकून महसूस करती हूँ।
- यहाँ आकर सबसे बढ़कर बात यह हुई है कि हरक्युलिसजी नामक प्रज्ञावान मार्गदर्शक से मार्गदर्शन मिल रहा है।
- मनन-चिंतन द्वारा जीवन की सच्चाई उजागर करने का मौका मिल रहा है।
- वास्तव में सड़क दुर्घटना तो जीवन-परिवर्तन के लिए निमित्त बनी है। मुझे दुर्घटना के इस पहलू पर ही ध्यान देना चाहिए। उस बाइक सवार को माफ करना तो क्या बल्कि मुझे उसे धन्यवाद देना चाहिए।

अंत में धन्यवाद भाव के साथ तुलसी कब नींद के आगोश में समा गई, उसे पता ही न चला।

इधर, आज हरक्युलिस की भी नींद उड़ गई थी। उसका मन रह-रहकर भूतकाल के चक्कर काट रहा था। तुलसी की असलियत जानकर उसे दिव्य योजना का रहस्य समझ में आने लगा। लोग किस तरह से एक दूसरे के लिए निमित्त बनते हैं... ईश्वर ने कैसी उत्तम व्यवस्था करके रखी है..! क्या यह कृपा नहीं है...?

29

दूसरे दिन शाम को तुलसी ने अपना मनन सभी को पढ़कर सुनाया। हरक्युलिस तुलसी का मनन सुनकर मुस्कुराने लगा। बाकी लोगों को भी तुलसी के मनन में एक नया दृष्टिकोण नजर आया।

तुलसी ने अपनी उत्सुकता व्यक्त करते हुए कहा- 'कल की अधूरी बात सुनने के लिए मैं बहुत बेताब हूँ। हालाँकि कल मैंने सकारात्मक मनन तो किया है, फिर भी मन में एक टीस-सी उठती है कि यह सब मेरे साथ ही क्यों?'

'आज मैं अपने साथ *'खोज- स्वयं का सामना'* ग्रंथ लेकर आया हूँ, यही मेरा गुरु है।' यह कहते हुए हरक्युलिस ने एक स्वच्छ-शुभ्र वस्त्र पर ग्रंथ रखा। 'आज हम आपके सवाल से संबंधित जवाब इस ग्रंथ में पढ़ेंगे।' कहकर उसने ग्रंथ खोला और उसे प्रणाम करके पढ़ना शुरू किया-

'सब मान्यताओं का खेल है, समझ अपने आपमें पूर्ण है।'

अपने आपको शरीर मानकर जीना ही सबसे गहरी और मूल मान्यता है। दरअसल आप शरीर नहीं बल्कि जिंदा चैतन्य हैं। शरीर तो इस चैतन्य को जानने के लिए निमित्त मात्र है। जिस तरह आइना आपको अपना चेहरा दिखाने के लिए निमित्त होता है, उसी तरह आपका शरीर आपको अपना असली रूप दिखाने के लिए निमित्त मात्र है। मगर यह भूल जाने की वजह से ही इंसान शरीर को मैं मानकर जीता है।[१]

सभी लोग एक-दूसरे का मुँह ताकने लगे।

'आगे ध्यान से सुनें।' कहते हुए हरक्युलिस ने पढ़ना जारी

रखा-

'यदि आप अपने आपको शरीर मानते हैं तो आप कहेंगे कि शरीर को थोड़ी सहूलियत, थोड़ा आराम, थोड़ी आज़ादी, थोड़ा सुख मिल जाए। इससे ज्यादा कुछ नहीं चाहिए। स्वयं को शरीर मानने से ऐसी ही इच्छाएँ जागेंगी लेकिन अब आपको उसके लिए निमित्त बनना है, जो वाकई में आप हैं। यही सबसे महत्त्वपूर्ण है। आप अब तक खुद को शरीर मानकर जी रहे थे मगर शरीर के परे जिंदा होने का जो अनुभव है, वही आप हैं। इस शरीर को निमित्त बनाकर उस अनाकार अनुभव को जाना जा सकता है। आप शरीर, मन या बुद्धि को मैं मानते हैं मगर आप इनमें से कुछ भी नहीं हैं। आपका असली अस्तित्व शरीर से परे है। जब आप कहते हैं कि मेरा शर्ट, मेरा पेन... तब कहनेवाला शर्ट और पेन इन वस्तुओं से अलग होता है, इसे तो आप मान लेते हैं लेकिन जब आप कहते हैं कि मेरा शरीर! तब आपको भ्रम हो जाता है कि 'मैं शरीर हूँ'। है न यह मजेदार बात...![२]

'मेरा शरीर मैं नहीं तो फिर मैं कौन हूँ?' रुक्मिणी ने सवाल किया।

इसी को आगे समझाया गया है। ध्यान से सुनें-

यह 'मेरा' कहनेवाले चैतन्य ही आप हैं। इस 'मैं पन' की याद होना बहुत महत्वपूर्ण है। इस बात को एक उदाहरण द्वारा गहराई से समझें। एक इंसान ने एक घटना में अपने बारे में चार पंक्तियाँ कहीं।

१. मैं छत पर गया।

२. मेरा हाथ जख्मी हुआ।

३. मुझे बुरा लगा।

४. मैंने सोचा कि डॉक्टर के पास जाऊँ।

पहली पंक्ति में जब उसने कहा- 'मैं छत पर गया' तो इसमें उसने 'मैं' शब्द शरीर के लिए इस्तेमाल किया। इसी तरह दिन में कई बार आप भी खुद को शरीर मानते हुए बात करते हैं। जैसे- मैंने खाना खाया, मैंने पानी पीया, मैं गया, मैं आया, मैं हँसा, मैं रोया इत्यादि।[३]

दूसरे वाक्य में जब उसने कहा- 'मेरा हाथ जख्मी हुआ' यानी वह खुद को शरीर से अलग मान रहा है। खुद को शरीर से अलग मानने के बाद ही आप मेरा इस शब्द का इस्तेमाल कर सकते हैं। जब आप 'मेरे हाथ को, मेरे शर्ट को, मेरे माइक को' इस तरह के शब्द प्रयोग करते हैं तब यह स्पष्ट होता है कि आप इन चीजों से अलग हैं यानी कोई और है, जो शरीर से अलग है।[४]

तीसरे वाक्य में जब उसने कहा- 'मुझे बुरा लगा' यानी वह मन को मैं मान रहा है क्योंकि शरीर को कभी बुरा नहीं लग सकता। इंसान के मन को ही बुरा लग सकता है। अत: इस बात को अच्छी तरह से समझें कि जब आप 'मुझे बुरा लगा या मुझे अच्छा लगा' ऐसे वाक्य कहते हैं, तब आप खुद को मन मानकर बात करते हैं।[५]

चौथे वाक्य में जब उसने कहा- 'मैंने सोचा कि डॉक्टर के पास जाऊँ।' तब समझें कि बुद्धि से बात चल रही है। अर्थात यहाँ पर बुद्धि को मैं माना गया है। इस प्रकार एक ही घटना में एक बार शरीर को तो दूसरी बार मन को, तीसरी बार बुद्धि को तो अगली बार इन सबके पीछे हकीकत में जो आप हैं, उसे मैं माना गया है।'[६]

कुछ सोचते हुए तुलसी बोल पड़ी-
- मेरे साथ सड़क दुर्घटना घटी।
- मेरी टाँग को गहरी चोट लगी।
- मुझे बहुत दु:ख हुआ।

आरंभिक उपचार के बाद पैर के सही हलन-चलन के लिए मैंने फिजियोथेरेपिस्ट के पास जाने का निर्णय लिया। मेरे द्वारा कहे गए ये वाक्य अभी बताई समझ को सूचित करते हैं।

'बिलकुल सही।' हरक्युलिस ने पुष्टि की। 'अच्छा यह बताओ, यदि आप कहतीं, ''मैं खुशी हूँ'' तब आप कौन हैं?'

'तब... मैं ''मैं'' हूँ।' तुलसी ने अपनी बुद्धि पर जोर देते हुए कहा।

'आप ठीक समझ रही हैं, खोज ग्रंथ को आप समझ पा रही हैं, अब आगे सुनो।' यह कहते हुए हरक्युलिस ने ग्रंथ पढ़ना जारी रखा।

यहाँ तो उदाहरण के तौर पर सिर्फ चार वाक्य ही बताए गए, जिनमें चार प्रकार के मैं जाने गए। अगर आप गहराई से मनन करेंगे तो बहुत सारे मैं सामने आएँगे। कभी कोई मैं सामने आता है तो कभी कोई मगर आपको यही लगता है कि एक ही मैं बोल रहा है। इन झूठे मैं के चक्कर में 'असली मैं' बाजू में रह जाता है।[७]

'इस असली मैं को कैसे जानें?' पुजारी ने व्याकुल होकर पूछा।

असली मैं को जानना बहुत सरल भी है और बहुत कठिन भी। कठिन इसलिए है क्योंकि यह असली मैं आपके बहुत नजदीक है। इतना नजदीक कि उस तरीके से आपने कभी देखा ही नहीं। उदाहरण के तौर पर यहाँ पर जिन चार पंक्तियों का जिक्र किया गया है, उन्हें आप कई बार दोहराते रहते हैं मगर आपको कभी यह विचार नहीं आता कि इन पंक्तियों द्वारा आप खुद को शरीर, मन या बुद्धि से अलग मान रहे हैं। दिन में जब भी याद आए तब खुद से पूछें कि 'जब भी मैं- मैं, मेरा या मुझे इन शब्दों का इस्तेमाल करता हूँ तो ये मैं किसके लिए इस्तेमाल करता हूँ?' ऐसा करने से

स्वयं का सामना 239

आपकी चेतना का स्तर बढ़ेगा। स्वयं की पूछताछ करके आप क्या नहीं हैं, इस बात की खोज करेंगे तो आप जान पाएँगे कि आप कौन हैं? इस बात को समझें कि आप शरीर का इस्तेमाल कर रहे हैं, आप शरीर नहीं हैं। आप कार चलाते हैं तो कभी यह नहीं कहते कि मैं कार हूँ। हमेशा यही कहते हैं कि यह मेरी कार है। जिस चीज के साथ आप मेरा या मेरी शब्द इस्तेमाल करते हैं, वह आप नहीं हो सकते।'

'तुलसी, क्या अब आपको अपने इस सवाल का जवाब मिला कि मेरे साथ ही यह सब क्यों?' हरक्युलिस ने पूछा।

'हाँ, मुझे इस बात की समझ मिल रही है कि मेरे गत जीवन में जो हादसा हुआ, वह मेरे साथ नहीं बल्कि मेरे शरीर के साथ हुआ है। लेकिन इस नए मैं का मुझे कोई अनुभव नहीं है।'

'आइए इस बात को समझने के लिए हम सभी एक प्रयोग करेंगे।' इतना कहकर हरक्युलिस ने ग्रंथ बंद करके रख दिया। सभी को ध्यान की स्थिति में बैठने का निर्देश देकर, उसने सूचनाएँ देना आरंभ किया-

'सभी अपने दाहिने हाथ को कुछ क्षण देखते रहें। अब अपने आपसे एक सवाल पूछें- "क्या मैं यह हाथ हूँ?" इस सवाल के जवाब के लिए कुछ समय रुकें। अपने अनुभव से जवाब निकलने दें, बुद्धि से नहीं। आपको अपने हाथ के साथ क्या रिश्ता महसूस होता है...? आपको यह अनुभव मिलेगा- हाथ मेरा है मगर मैं हाथ नहीं...। उसी तरह शरीर के हर अंग (पाँव, पेट इत्यादि) के साथ यह करके देखें। हर अंग के साथ यह सवाल दोहराएँ, "क्या मैं यह पाँव हूँ...? क्या मैं यह पेट हूँ...?" सभी दस मिनट तक अलग-अलग अंगों के साथ यह प्रयोग करते रहें।'

कुछ समय पश्चात हरक्युलिस ने धीमें स्वर में सवाल

किया- 'यह प्रयोग करके आप क्या महसूस कर रहे हैं?'

तुलसी ने जवाब दिया- 'इस प्रयोग के साथ यह भावना आ रही है कि ये अंग तो मैं नहीं, फिर मैं कौन?'

'अब आँख बंद रखते हुए सभी अपने आपसे अगला सवाल यह पूछें कि ''यदि मेरा हाथ कट जाए तो मैं रहूँगा या नहीं?'' जवाब के लिए कुछ क्षण रुकें।'

...कुछ क्षणों के मौन के बाद हरक्युलिस ने कहा, 'जवाब आएगा- ''नहीं, मैं तो फिर भी पूर्ण हूँ। हाथ कट जाने के बाद भी मुझे अधूरापन नहीं लगता।'' दुर्घटना में किसी के हाथ-पाँव कट जाने पर भी वह यही कहता है- मैं तो पूर्ण हूँ। वह कभी नहीं कहता कि मैं आधा हूँ... क्योंकि शरीर के कटने से आप नहीं कट जाते। जब आप यह सत्य अनुभव करने लगेंगे तब आपकी ''मैं शरीर हूँ'' यह मूल मान्यता टूटेगी।'

'ओह...!' बरबस ही तुलसी की आँखों में आँसू छलक आए। 'कुदरत ने यह अनुभव मुझे पहले ही करवाया है लेकिन आज समझाया है। पैर के टूटने पर भी मेरा ''मैं पन'' खंडित नहीं हुआ था। मैं अपना एहसास वैसे ही कर रही थी, जैसे पहले किया करती थी।'

कुछ देर शांति छाई रही। सभी की आँखें बंद थीं। तुलसी के अनुभव में सभी के अनुभव विलीन हो गए। सभी शरीर के एहसास से मुक्त होकर भी अपना एहसास कर रहे थे। उनकी अवस्था देखकर हरक्युलिस ने भी अपने नेत्र मूंद लिए। कुछ देर बाद फिर दुनिया बनी। सभी हरक्युलिस के अगले संकेत का इंतजार करने लगे। हरक्युलिस ने धीमे स्वर में कहा- 'अब मेरा यहाँ रहने का प्रयोजन पूर्ण हुआ। मैं और पुजारी कल यहाँ से मंदिर लौट

जाएँगे।'

पिछले कुछ दिनों से सभी को शाम की सभा की आदत-सी हो गई थी। हरक्युलिस के जाने की खबर सुनकर सभी गमगीन हो गए। कुछ क्षणों बाद रुक्मिणी धन्यवाद देते हुए बोली- 'अब तक आपसे जो भी सुना है, उससे अंदर ही अंदर एक बड़ा परिवर्तन आया है। अब यही इच्छा है कि असली मैं का अनुभव करके मूल मान्यता से मुक्त हो जाएँ।'

'खोज जारी रखें। वही आपसे आगे के कार्य करवाएगी।' कहकर हरक्युलिस ने सभी को शुभेच्छा दी। बाकी लोगों ने भी एक-एक करके हरक्युलिस को धन्यवाद दिया।

दूसरे दिन पुजारी के साथ हरक्युलिस वापस मंदिर की ओर रवाना हुआ। रास्ते में हरक्युलिस ने मन ही मन कहा- 'अंतःप्रेरणा तो कहती है कि तुलसी और रुक्मिणी को वह समझ मिली है, जो मैं उन्हें देना चाहता था। अब तक कुल मिलाकर ग्यारह सदस्यों का जीवन बदला जा चुका है और साल खत्म होने में एक ही महीना बाकी है। देवी माँ के आदेशानुसार महीनेभर में और एक इंसान का जीवन बदलने पर ही मेरा प्रायश्चित्त पूरा होगा।'

❋ ❋ ❋

एक हफ्ता गुजरा... दूसरा हफ्ता गुजरा... बारहवाँ कहीं नजर नहीं आ रहा था। दिन-ब-दिन हरक्युलिस की व्यग्रता बढ़ती जा रही थी। एक अजब से अधूरेपन ने उसे घेर लिया। हर पल उसका ध्यान बारहवें की तलाश में खोया रहता। प्रायश्चित्त की अपूर्णता ने उसे पूरी तरह धर दबोचा। रात को वह ठीक से सो भी न पाता था। आखिरकार ११ दिसंबर का दिन निकल आया।

अनमनी तथा उद्विग्न मनोदशा में हरक्युलिस सारा दिन

उत्सव की तैयारी में लगा रहा। दिन तो किसी तरह निकल गया लेकिन रात में उसकी बेचैनी और बढ़ गई। उसका मन बड़बड़ाने लगा- 'इतनी प्रार्थना करके भी आखिर बारहवाँ कौन? यह प्रश्न अनुत्तरित ही रहा। अब मेरा प्रायश्चित्त कैसे पूर्ण होगा...? देवी माँ को मैं क्या जवाब दूँगा...?' इस मनोदशा से मुक्त होने के लिए उसने 'मैं कौन हूँ?' मेडिटेशन की मदद ली। धीरे-धीरे अपने सभी लेबल से दूर... इच्छाओं, चिंताओं से परे... ध्यान की गहराई में उसे दिव्य आवाज सुनाई दी- 'अरे पगले...! इन ग्यारह लोगों का जीवन जिसने बदला, वही तो बारहवाँ है...! तू ही तो बारहवाँ है...' और... और... गुत्थी सुलझ गई।

हरक्युलिस की आँखों से आँसुओं का बाँध फूट पड़ा। उसने अपने आपको न रोका, न टोका; होने दिया जो होना चाहता था। वक्त मानो थम गया। इस आत्मस्थिरता की स्थिति में न जाने कितना समय बीत गया। एक अवर्णित, अनामिक खुशी से सारा वातावरण आच्छादित हो गया। मैं ही बारहवाँ... और मैं ही पहला...! पहला आए बिना बाकी के सारे कैसे आते? ये पहला आया कहाँ से...? मैं तो पहले से ही था। कहीं पश्चात्ताप की आग ने पहले को उजागर तो नहीं किया...? फिर ये पश्चात्ताप तो निमित्त बना है, इस असीम आनंद को प्रदान करने का... और... यह शरीर निमित्त बना है उस आनंद को ग्रहण करने का...। अंतस में समझ का एक अविरल, अखंड झरना फूट पड़ा...।

30

आज १२-१२... मंदिर का वार्षिक उत्सव दिन। हर साल १२ दिसंबर को मंदिर में धूमधाम से उत्सव मनाया जाता था। मंदिर की परम्परा के अनुसार पुजारी गाँववालों की मदद से हर साल इस

महोत्सव का आयोजन करता आ रहा था। हालाँकि पहले उसे इसमें कोई रुचि नहीं थी लेकिन इस बार के आयोजन में बड़ा फर्क था। खुले मन से, शुद्ध अंत:करण से पुजारी ने इस बार का समारोह आयोजित किया था। मंदिर और परिसर बखूबी सजाया गया था। आकर्षक शामियाना भी लगाया गया था। बढ़िया रोशनाई की गई थी। हर साल की तरह भारी मात्रा में भक्तों की भीड़ लगी थी। सुबह अभिषेक, पूजा, आरती और दोपहर से भजन-कीर्तन का कार्यक्रम होनेवाला था। सभी भक्तों को प्रसाद बाँटने की व्यवस्था की गई थी। इस विशेष अवसर पर हरक्युलिस की तरफ से जितेंद्र, महेश, अंगद, पूजा, आलोक, जेसिका, गायत्रीदेवी, श्रीनिवासनजी, तुलसी और रुक्मिणी को आमंत्रित किया गया था।

हरक्युलिस के आमंत्रण को स्वीकार करते हुए सभी लोग उत्सव में शरीक होने के लिए आ चुके थे। सभी मेहमान भक्तिभाव से समारोह में जुड़ गए। दिनभर पुजारी और हरक्युलिस कार्यक्रम में व्यस्त रहे, भक्तों की भीड़ से घिरे रहे। अत: हरक्युलिस को अपने खास निमंत्रित मेहमानों से वार्तालाप करने का मौका ही नहीं मिला। मेहमान चाहते थे कि खोज करने के बाद, उन्हें जो आनंद मिला है, उसे वे हरक्युलिस के साथ बाँटें।

समारोह खत्म होने के बाद शाम को जब भीड़ कुछ कम हुई तब जाकर पुजारी और हरक्युलिस को फुर्सत मिली। विशेष मेहमानों ने हरक्युलिस से अलग से वार्तालाप करने की इच्छा प्रदर्शित की। हरक्युलिस ने उन्हें उस रात वहीं रहने की बिनती करके रात को भोजन के पश्चात सभी को एकत्रित होने के लिए कहा।

भोजन के बाद सभी लोग मंदिर के प्रांगण में इकट्ठा हुए।

जगमगाता हुआ मंदिर और उसकी रोशनी में लहराता हुआ फव्वारा... क्या विलोभनीय दृश्य था। आसमान में टिमटिमाती चाँदनी और चारों ओर का शांत-प्रसन्न वातावरण मौके की नज़ाकत में चार चाँद लगा रहा था। सभी के चेहरे पर आंतरिक खुशी और संतोष झलक रहा था। सभी लोग- दस मेहमान, पुजारी और खुद हरक्युलिस गोलाकृति में बैठ गए। हरक्युलिस ने पुजारी से मेहमानों का परिचय करवाकर उन्हें एक-एक करके अपने अनुभव बताने के लिए कहा ताकि अन्य लोग भी प्रेरणा प्राप्त कर सकें।

जितेंद्र ने बताया कि 'खोज करके हमें यह पता चला कि पति-पत्नी के झगड़ों में एक-दूसरे पर इल्जाम लगाने की बजाय खुद को सुधारने की जरूरत होती है। यह समझ पाकर हमारे रिश्तों में खुशियों की बहार आ गई है।' महेश ने बताया कि खोज करने से उसकी नौकरी से संबंधित परेशानियाँ हमेशा के लिए दूर हो गयीं। उसी तरह बात-बात पर माया का उत्तेजित होना और चिंता करना भी खत्म हो गया। अंगद और पूजा ने अपने तथा दूसरों पर होनेवाले अन्याय के विचार, खोज द्वारा कैसे खत्म हुए, यह बताया। आलोक ने कहा, 'मेरी यह मान्यता टूटी कि लोग पक्षपाती होते हैं। अब मैं निर्मल मन से लोगों के साथ व्यवहार कर पाता हूँ। इसलिए मुझे वैसे ही सबूत मिलते हैं।' जेसिका ने बताया कि 'मकान मालिक के अन्याय की घटना से मुझे यह सीख मिली कि मुझे मेरे ऊपर किए जानेवाले अन्याय पर रोक लगानी चाहिए तभी बाहर से किया जानेवाला अन्याय बंद होगा।' गायत्रीदेवी और श्रीनिवासनजी ने स्वास्थ्य संबंधी खोज बताते हुए शरीर का अनुभव और अपने होने का अनुभव कैसे अलग-अलग हैं, इसका बखान किया। रुक्मिणी ने कहा, 'मैं अपने आपको बहुत ज्ञानी समझती थी लेकिन खोज करके मुझे ऐसे बहुत से क्षेत्र दिखाई दिए, जहाँ मुझे

मेरे अज्ञानी होने का साक्षात्कार हुआ।' तुलसी ने जीवन में होनेवाली आकस्मिक दुर्घटना के आघात से निकलकर कैसे क्षमाशील बना जा सकता है, इसका उदाहरण प्रस्तुत किया।

सभी मेहमानों की बातें सुनने के बाद पुजारी ने अपनी दास्तान बयान की। एक पल के लिए सभी आवाक रह गए लेकिन मन ही मन सभी ने पुजारी के साहस की दाद दी। स्वयं का सामना करने का गुण उसे सभी का प्रशंसापात्र बना गया। सभी ने तालियों की गूँज के साथ पुजारी का सम्मान किया। इतने में वहाँ उपस्थित सदस्यों में से एक बोल पड़ा कि 'हरक्युलिस जैसी महान हस्ती के सान्निध्य और मार्गदर्शन से सभी के जीवन में आमूलाग्र परिवर्तन आया है। इसके लिए हरक्युलिस की जितनी सराहना की जाए, उतनी कम ही है।'

सभी लोगों की बातें सुनते-सुनते हरक्युलिस को अपने पूर्वजीवन की झलकियाँ दिखाई देने लगीं। उसके जीवन में जो यू-टर्न आया था, उसकी वजह से ही आज वह लोगों का जीवन परिवर्तन करने में सफल हो रहा है।

देवी माँ की अनंत कृपा के एहसास से हरक्युलिस का रोम-रोम कृतार्थ हो उठा। उसे इस बात की धन्यता महसूस हुई कि देवी माँ ने उसे बारहवाँ बनाकर उसका तो उद्धार किया ही, साथ ही ११ लोगों के जीवन में परिवर्तन लाने के लिए उसे निमित्त बनाया। हरक्युलिस ने सभी को शांत रहने की विनती करते हुए, उन्हें अपनी आपबीती विस्तार से कह सुनाई। अपना गुजरा हुआ जीवन... अपना बिछुड़ा हुआ परिवार... अपने शो-रूम के भागीदार से हुआ झगड़ा... सभी के साथ बिगड़े हुए रिश्ते... यहाँ तक कि वह काली रात, जिसमें उसकी लापरवाही की वजह से सड़क दुर्घटना घटी थी।

अंतिम पंक्ति सुनकर तुलसी के कान खड़े हो गए। कुछ पल के लिए उसे अपने कानों पर विश्वास ही नहीं हुआ। गुस्से से वह आग-बबूला हो उठी, क्रोधवश उसकी मुट्ठियाँ भींच गईं। आज तक मिली सारी समझ और शिक्षाएँ पलभर में काफूर हो गईं। आनन-फानन में वह जो मुँह में आए बकने लगी।

'धोकेबाज... झूठे... पाखंडी...! अब तक तुमने असलियत को क्यों छिपाकर रखा...? कपटमुक्त होने का बड़ा डंका पीटते हो तो गाँव में ही अपनी काली करतूतों का चिट्ठा क्यों नहीं खोला...? इसीलिए न कि फिर तुम्हारी कोई न सुनता...! कोई तुम्हें श्रेष्ठ नहीं मानता...! कोई तुम्हें इतना बड़प्पन न देता...! याद रखो! ऐसी ओछी हरकत करके तुम महात्मा नहीं बन सकते। इसका फल तुम्हें जरूर मिलेगा।'

सभी मेहमान जड़वत हो गए। मानो किसी ने उनकी सारी शक्ति छीन ली हो। उन्हें भी देखी-सुनी पर विश्वास नहीं हो रहा था। सभी के मन में तेज रफ्तार से विचारों की कलाबाजी शुरू हो गई। कहीं सच में यह धोखेबाज और ढोंगी तो नहीं...! कहीं हमें फँसाया तो नहीं जा रहा है...! गुनहगार कभी किसी का सच्चा मार्गदर्शक हो सकता है...?

तुलसी के इस रुद्रावतार को देखकर भी हरक्युलिस शांत बना रहा। वह जानता था कि तुलसी की यह अवस्था भी बदल जाएगी। मनन के प्रकाश में अज्ञान का अंधकार नहीं टिक पाएगा। पुजारी मेहमानों की प्रतिक्रिया से टस से मस नहीं हुआ। हरक्युलिस के प्रति उसका विश्वास जरा भी नहीं डगमगाया। हरक्युलिस के साथ गुजारे इतने दिनों का अनुभव जो उसके साथ में था। पुजारी ने सबको शांत करते हुए कहा- 'इस वक्त आप सभी नकारात्मक

विचारों को पनाह दे रहे हैं, जब कि इस क्षण की जरूरत है, विवेक बुद्धि जागृत रखना। हालाँकि यह सब के साथ सच नहीं परंतु इतिहास गवाह है कि ऐसे कुछ महापुरुष हुए हैं, जो अपने गत जीवन में अज्ञानवश पाप के भागीदार थे मगर प्रज्ञा जागृत हो जाने के बाद वे कमल-सा निर्लिप्त जीवन जीए। प्रसिद्ध धार्मिक ग्रंथ रामायण के रचयिता श्री वाल्मिकी पहले डाकू थे। नारद मुनि द्वारा पूछे गए एक सवाल ने उनका जीवन बदल दिया। युवावस्था में ही भगवान बुद्ध मृत्यु और बुढ़ापे के भय से ग्रस्त थे लेकिन इस भय रूपी साँप ने उन्हें खोज करने के लिए प्रवृत्त किया तथा वे आत्मबोध को प्राप्त हुए। 'चक्रवर्ती' का खिताब पाने के लिए सम्राट अशोक ने अपने साम्राज्य के विस्तार के लिए कई महासंग्राम किए लेकिन युद्ध की विभीषिका देखकर उन्होंने मानवजाति के कल्याण का संकल्प लिया और बौद्ध धर्म के प्रचार में शेष जीवन बिताया। इसी तरह भगवान बुद्ध के उपदेशों से प्रभावित होकर एक वेश्या ने अपना सारा जीवन सत्य के प्रसार में लगा दिया। अतः किसी इंसान के भूतकाल में न झांकते हुए, हमारा ध्यान इस बात पर रहे कि आज वह कैसा है।'

पुजारी की खरी-खरी बातें सुनकर माहौल कुछ ठंडा हुआ। तुलसी भी अपने भावनात्मक आवेश से कुछ हद तक बाहर आ गई लेकिन वह खुद को सँभाल नहीं पा रही थी इसलिए सभा छोड़कर वापस अपने कक्ष में चली गई। पुजारी ने स्थिति की नजाकत समझते हुए आज की सभा बर्खास्त करने का ऐलान किया। सभी ने अगले दिन सुबह जल्दी मिलने का फैसला किया।

मंदिर में ही बाजू के दो कक्षों में स्त्रियों और पुरुषों के ठहरने की व्यवस्था की गई थी। सभी की आँखों से नींद कोसों दूर थी। जो कुछ हुआ सारा अकल्पित और अघटित था। सभी हरक्युलिस

की बातें सुनकर हैरान थे। वे तो सोचते थे कि हरक्युलिस महामानव है, देवतुल्य है इसीलिए सभी को योग्य मार्गदर्शन दे पा रहा है मगर हरक्युलिस की सच्चाई सुनकर, उसकी शुभ्र-धवल प्रतिमा में दरार पड़ गई। सभी मनन करते हुए करवटें बदलते रहे।

स्त्रियों के कक्ष में भी यही नजारा था। तुलसी तो बैचेनी से अपने कक्ष में चहलकदमी कर रही थी। उसके मन में कुछ इस तरह के संवाद चल रहे थे- 'हे ईश्वर, यह मेरी कैसी परीक्षा ले रहे हो? जो कुछ पुजारी ने कहा, उसमें तथ्य होते हुए भी मैं उसे स्वीकार क्यों नहीं कर पा रही हूँ? हरक्युलिस का सत्य जानकर मैं आहत हुई हूँ तो क्या मैं स्वयं को मन मान रही हूँ? मैं अगर मन नहीं तो कौन हूँ? जिस तरह पैर के टूट जाने के बाद भी मैं अपना एहसास कर रही थी, उसी तरह मन के टूट जाने के बाद भी तो मैं अपना एहसास कर रही हूँ।

फिर मैं अपने आपको क्या मानकर यह सब शिकायत कर रही हूँ... तुलसी कौन है... सिर्फ एक शिक्षिका... या एक स्त्री... या फिर किरायेदार... या सहेली...? ये सारे आखिर लेबल ही तो हैं। आखिर इन लेबल की वजह से ही तो मान-अपमान, प्रेम-नफरत का अस्तित्व है। फिर मैं कौन हूँ...?

हरक्युलिस द्वारा सिखाए मेडिटेशन में हम शारीरिक एहसासरहित हो जाते हैं। तब हमारा न कोई नाम रह जाता है, न आकार। क्या वही अनुभव मैं हूँ...? हमारा शरीर बचपन, जवानी और बुढ़ापा इन अवस्थाओं से होकर गुजरते हुए बदलता रहता है। बाहरी घटनाएँ बदलती हैं तथा उनके अनुसार आंतरिक भावनाएँ, विचार और इच्छाएँ भी बदलती हैं। लेकिन हमारा अंतस अपरिवर्तनशील है... असली मैं वही है, जो कभी नहीं बदलता।

रात को कुछ घंटों पहले हरक्युलिस का सत्य जानकर मेरा मन आवेश से भर गया, बड़बड़ाने लगा, क्रोधित हुआ लेकिन अभी मन की अवस्था अलग है। सब बदल जाता है लेकिन वह नहीं बदलता। यदि इस असली मैं की याद सदा बनी रहे, तभी मैं मन के सारे रूपों को साक्षी भाव से देख पाऊँगी। मन की विभिन्न अवस्थाओं में निस्पृह रह पाऊँगी। हरक्युलिस द्वारा घटी भयंकर दुर्घटना ने अगर आज उसे इस मुकाम पर ला खड़ा किया है तो क्या वही घटना मुझे ''असली मैं'' तक नहीं पहुँचा सकती? एक ही घटना किसी के लिए सीढ़ी बन सकती है तो किसी के लिए खाई। सिर्फ इंसान की संवेदनशीलता में फर्क है। आज हरक्युलिस ने सड़क दुर्घटना के प्रायश्चित्तस्वरूप अपना घर-बार त्याग दिया लेकिन मैं मन के आक्रोश को लेकर बैठी हूँ!

यह दुर्घटना ''मैं शरीर हूँ'' इस गहरी मान्यता पर मुझे सोचने के लिए मजबूर कर रही है। वास्तविकता यह है कि हरक्युलिस का शरीर निमित्त बना है, मुझे जागृत करने के लिए और मैं अज्ञानवश उसे अपना दुश्मन समझ रही हूँ। हाय... यह मुझसे कैसा पाप होने जा रहा था।'

मनन के प्रकाश ने अज्ञान के घनघोर अंधेरे में भी आशा की नई किरण जगाई। सारी रात आँखों ही आँखों में कट गई। शरीर और विचारों की दुनिया से दूर तुलसी विलीन हो गई एक अनोखे एहसास में...।

दूसरे दिन सुबह ८ बजे तुलसी को छोड़कर बाकी लोग मंदिर में एकत्र हुए। रात्रि जागरण के चिन्ह सभी के चेहरे पर दिखाई दे रहे थे। पश्चात्ताप, अज्ञान, आत्मग्लानि के बावजूद सभी के चेहरे पर मनन की मुस्कान थी। पुजारी ने सभी को संबोधित करते हुए

पूछा- 'आज आप सभी की क्या अवस्था है?'

'आरंभ में हमारे मन में ना-ना तरह की शंका-कुशंकाओं का जाल बिछा था लेकिन एक सिरा मिलते ही धीरे-धीरे वह सुलझता गया।' महेश ने सभी की अवस्था को बयान करते हुए जवाब दिया।

'अच्छा', पुजारी ने सवाल किया- 'सभी बताएँ कि अंतिम सिरे पर उन्हें कौन-सी खोज पंक्ति मिली, जिससे उनकी अवस्था में परिवर्तन हुआ?'

एक-एक करके सभी ने अपनी-अपनी अंतिम खोज पंक्ति कह सुनाई।

१. ज्ञान प्रदान करनेवाले का पूर्व जीवन पवित्र और निर्मल ही होना चहिए।

२. हमने अपने गत जीवन में कौन-कौन से पापकर्म किए हैं, कितने मनों को दुर्घटनाग्रस्त किया है?

३. हमने लाल चश्मा लगा रखा है।

४. ईश्वर की लीला चल रही है, जिसमें हम सब कठपुतलियाँ हैं।

५. जो घटना दुःख दे रही है, वह दिखावटी सत्य है। मैं सिर्फ ईश्वर के गुण देखूँगा।

६. विचारों को उल्टा करके देखें।

७. यह वह है, जिसकी मुझे जरूरत है।

तभी सामने से शांत-संयत तुलसी का आगमन हुआ। कल के उग्र रूप की जगह सौम्यता ने ले रखी थी। आते ही उसने हरक्युलिस को हृदयपूर्वक धन्यवाद दिया और बिना कोई भूमिका बाँधे हरक्युलिस को कल की बात आगे बढ़ाने की विनती की। सभी

स्वयं का सामना

के लिए यह सुखद दृश्य था।

हरक्युलिस ने मंद-मंद मुस्काते हुए अपना कहना जारी रखा- 'आपको यूनानी पौराणिक कथाओं में प्रसिद्ध हरक्युलिस की कथा पता ही होगी। उस हरक्युलिस ने अपने जीवन में कुछ पापकर्म किए थे, जिसका प्रायश्चित करने के लिए वह अपोलो देवता के आदेशानुसार किसी राजा के पास उसका गुलाम बनकर रहा था। राजा ने उसे १२ ऐसे कठिन कार्य करने को कहा, जो सामान्य इंसान के बल-बुद्धि के परे होते हैं। हरक्युलिस ने वे सारे कार्य बखूबी पूरे किए, जो 'हरक्यूलियन टास्क' नाम से प्रसिद्ध हैं। उसकी तरह ही मेरा पुराना जीवन भी गलतियों से भरा हुआ था। पश्चात्तापदग्ध होकर जब मैंने देवी माँ से प्रार्थना की तब मेरे पाप के प्रायश्चित्तस्वरूप देवी माँ ने मुझे एक महान जिम्मेदारी सौंपते हुए कहा- ''तुम इस-इस पहाड़ी पर स्थित मंदिर के पुजारी के पास जाओ। वे जो कार्य बताएँ, उन्हें पूर्ण करते हुए अगली १२ दिसंबर तक तुम १२ लोगों का जीवन बदलो।'' आज मुझे बहुत खुशी है कि मैं देवी माँ की आज्ञा का पालन करने में सफल हुआ और देवी माँ की कृपा से कहाँ से कहाँ तक पहुँच गया। अब मुझे इतना दृढ़ विश्वास हो गया है कि मैं वापस अपनी दुनिया में जाकर एक खुशहाल परिवार बनाऊँगा। साथ ही आगे के जीवन में उच्चतम विकसित समाज बनाने के लिए प्रयत्नशील रहूँगा।'

हरक्युलिस ने सभी सहयोगियों से सवाल किया कि अगर वे उसे अपना मार्गदर्शक मानते हैं तो क्या उसके द्वारा आरेखित महायोजना को वे कार्यरूप में लाने के लिए तैयार हैं? सभी ने तत्काल अपनी सहमति जताई। हरक्युलिस ने विस्तार से बताते हुए कहा- 'मैंने यह योजना बनाई है कि अगले साल के १२ दिसंबर तक यहाँ उपस्थित हर एक सदस्य १२ लोगों को खोज का तरीका

सिखाकर उनका जीवन बदले। आपने जो बातें सीखी हैं, वे बातें आप उन १२ लोगों में उतारने का प्रयास करें। फिर अगले साल १२ दिसंबर को उन सभी लोगों को लेकर यहाँ आएँ... देवी माँ के दर्शन कराएँ... ''महानिर्वाण निर्माण'' उत्सव मनाएँ और फिर आज जैसे हम लोग बातें कर रहे हैं, वैसे बातचीत करके प्रत्येक इंसान को १२ लोगों के जीवन में परिवर्तन लाने के लिए प्रेरित करें। यह सिलसिला बारह वर्षों तक चलता रहे।'

सभी की आँखों में कुछ कर गुजरने की चमक दिखाई दी।

'यानी अगले वर्ष १४४ लोग यहाँ आएँगे!' हरक्युलिस ने गणना करते हुए कहा।

मन ही मन हिसाब लगाकर उत्साहित होते हुए पुजारी बोल उठा– 'और उसके अगले साल १४४ x १२ यानी... १७२८ लोग!!!'

तुलसी ने मोबाइल फोन पर गणना कर तीसरे वर्ष का आँकड़ा प्रस्तुत किया– 'बीस हजार, सात सौ, छत्तीस (२०७३६)।'

सुनकर सभी हैरान रह गए।

तभी अंगद कैलकुलेटर निकालकर आगे के सालों में कुल सदस्यों की संख्या का हिसाब लगाने में जुट गया। सभी अचंभित भाव से अंगद की तरफ देखते रहे। पाँच मिनट के बाद अंगद ने कहा– 'अकल्पनीय, मुझे तो विश्वास ही नहीं हो रहा। क्या आप विश्वास कर सकते हैं कि आज से १२ वर्षों बाद जीवन परिवर्तन हुए लोगों की संख्या कितनी होगी?' सभी को ज्यादा वक्त आश्चर्य में न रखते हुए कैलकुलेटर में देखते हुए अंगद कहता चला गया... १०६९९३२०५३७९०७२ (एक करोड़, छह लाख, निन्यानबे हजार, तीन सौ बीस करोड़) इसे इस तरह भी पढ़ा जा सकता है– एक

लाख, छह हजार, नौ सौ तिरानबे अरब)।

हे भगवान...! अविश्वसनीय...! कल्पना से परे...! समझ से बाहर...! कहते हुए सभी के नेत्र विस्फारित हो उठे। विस्मय और अविश्वास के भाव में डूबकर कुछ क्षणों तक सभी बुत बने बैठे रहे।

धीरे से तुलसी ने मुँह खोला- 'वर्तमान में विश्व की जनसंख्या तो मात्र ६.८ अरब ही है। बारह वर्ष में यह तकरीबन ७ से ८ अरब तक हो जाएगी! अंगद ने बताया हुआ आँकड़ा तो इससे कई गुना ज्यादा है। इस आँकड़े में तो कितने विश्व समा जाएँगे!'

अंगद तुरंत बोल पड़ा- '७ से ८ अरब का आँकड़ा तो ८ साल में ही पूरा हो जाएगा! मेरी गणना के हिसाब से तो नौवें साल में इकसठ अरब लोगों का जीवन परिवर्तन हो सकता है।'

'बाप रे', पूजा विस्मय से बोली- 'इतनी विशाल संख्या! वास्तव में हमें दिया गया काम कोई ज्यादा कठिन नहीं है। विश्व परिवर्तन का कार्य विभाजित करके किया जाए तो इतना सरल हो सकता है...!'

'यदि हमारा लक्ष्य ८ साल में ही पूरा हो जाएगा तो फिर आगे के ४ साल हम क्या करेंगे?' जेसिका ने आश्चर्य में डूबते हुए पूछा।

'आगे के ४ साल तो ग्रेस पीरियड है', हँसते हुए हरक्युलिस ने जवाब दिया- '८ सालों में कुछ कार्य बचा तो उसे भी पूरा किया जा सकता है।'

'मुझे तो विश्वास ही नहीं हो रहा है कि हम बारह लोग मिलकर इतनी बड़ी क्रांति ला सकते हैं!' गायत्री देवी के आश्चर्य की कोई सीमा न रही।

'एक बीज से बड़ा जंगल तैयार हो सकता है। एक परिवर्तन

विश्व को परिवर्तित करने की संभावना रखता है। विश्वास रखेंगे तो सत्य का कारवाँ चल पड़ेगा; जैसे जीज़स के बारह शिष्यों ने अपना कारवाँ शुरू किया था। यदि हम सभी वचनबद्ध जिम्मेदारी के साथ कार्य शुरू करेंगे और आगे लोगों से करवाएँगे तो जल्द ही यह दुनिया उच्चतम विकसित होकर प्रेम, शांति, आनंद और भक्ति से फलेगी-फूलेगी।'

पुजारी समेत हर एक दिल थामकर, भक्तिभाव से हरक्युलिस की बातें सुनता रहा...। सभी को इस बात की खुशी और दृढ़ विश्वास था कि बहुत जल्द ही सारी दुनिया की आबादी खोज करने में प्रवीण हो जाएगी। फिर क्या था, सभी एक अनामिक अंत:प्रेरणा से उठे और निकल पड़े स्वयं का सामना करवाने खोज पथ की ओर...।

इस बीच हरक्युलिस ने अपनी पत्नी राधा से फोन पर संपर्क स्थापित करके उसे दृढ़ विश्वास दिला दिया था कि अब वह पहले जैसा नहीं रहा। उसने अपने अहंकार के साक्षात्कार का बयान भी किया। उसे पता था कि अगले बारह खोजियों में पहला नंबर राधा का ही होगा।

फिर क्या था... अपनी गलतियाँ कबूल करते ही प्रेम और आनंद नए जीवन में उसका स्वागत करने के लिए इंतजार करने लगे।

हरक्युलिस ने बड़े भक्तिभाव से पुजारी से विदा ली और निकल पड़ा उस चिर-परिचित लेकिन नई दुनिया की दिशा में, जो बारह लोगों के लिए आइने का काम करने जा रही थी...।

●●●

परिशिष्ट

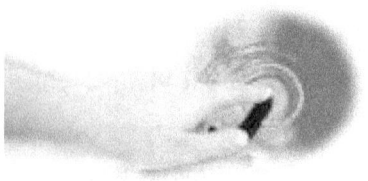

हरक्युलिस के बारह कार्य
पुरानी कहानी

हरक्युलिस एक महानायक था, जिसे देवताओं में स्थान हासिल था। यूनानी पुराण-कथाओं में हरक्युलिस का उल्लेख बहुत बार मिलता है। बहुत सी कहानियों और चित्रों में हरक्युलिस को बाहुबल और वीरता के प्रतीक के रूप चित्रित किया गया है। इन कहानियों में वह अपनी अलौकिक शक्तियों के लिए प्रसिद्ध था। खतरनाक दैत्यों का विनाश कर संसार को बचाने के अदम्य साहस का वर्णन इन कहानियों में किया गया है। परंतु इन सभी कहानियों में हरक्युलिस के 'बारह कार्य' सबसे ज्यादा प्रसिद्ध है।

कहानी इस प्रकार की है कि हरक्युलिस की सौतेली माँ 'हेरा' के द्वारा दिलाए गए क्रोध के कारण, पागलपन के दौरे में आकर हरक्युलिस ने अपने बच्चों व पत्नी 'मेगारा' की हत्या कर दी। होश में आकर उसे पता चला कि उसने कितना क्रूर कर्म किया है इसलिए वह डेल्फी नामक शहर की ओर भाग निकला। वहाँ पर उसने अपने पापों से मुक्त होने के लिए 'अपोलो देवता' से प्रार्थना

की। परिणामस्वरूप डेल्फी के 'ओरेकिल' हरक्युलिस के सामने प्रकट हुए और उन्होंने हरक्युलिस को आज्ञा दी कि वह १० वर्षों तक अपने सौतेले भाई राजा 'यूरिथियस' की सेवा करे तथा उसके द्वारा दिए गए सभी कार्य पूरे करे। इससे उसके पाप धुल जाएँगे। राजा 'यूरिथियस' हरक्युलिस से डरता था कि कहीं वह उसका राज्य न हथिया ले। अतः हरक्युलिस से पीछा छुड़ाने के लिए राजा 'यूरिथियस' ने उसे दस महा कठिन कार्य सौंप दिए। बाद में इन दस कार्यों में उसने यह कहकर दो कार्य और जोड़ दिए कि हरक्युलिस ने दो कार्यों को कपट करके पूरा किया है। इस तरह 'हरक्युलिस के बारह कार्य' आज भी प्रसिद्ध हैं।

हरक्युलिस के बारह प्रसिद्ध कार्य थे- भयानक 'नेमियन शेर' को खतम करना, नौ सिरवाले 'लर्नियन हायड्रा' (साँप) को मारना। 'आर्टेमिस' के सुनहरे हिरन को पकड़ना, 'ऍरीमन्थस' के जंगली सूअर को जिंदा पकड़ना, 'ऑजियन' के तबेलों की सफाई करना, 'स्टिमफेलियन' पक्षियों को जान से मार डालने का कार्य करना, 'क्रीटन सांड' को काबू करना, 'डायोमिडिज़' की घोड़ियों को इकट्ठा करना। अमेजोन की रानी की करधनी चुराना, 'गरयॉन' नामक दैत्य के पशु चराना। 'हेस्पेरिडेस' के सेब चुराना और आखिरकार 'सेरबेरस' नामक पशु को काबू करना, जो नरक में रहता था।

हरक्युलिस ने ये सभी असंभव कार्य अपने बाहुबल, चतुराई और बुद्धिमत्ता से कर दिखाए। इन हैरतअंगेज़ कारनामों पर यदि गहराई से सोचा जाए तो तत्वज्ञान और नैतिकता से संबंधित बहुत से सबक सीखने को मिलेंगे। इन बारह तरह के कार्यों को पूर्ण करने

के बाद भी हरक्युलिस ने वीरता से भरे कारनामे जारी रखे। अंत में उसने अमरत्व को प्राप्त किया और उसे देवताओं की श्रेणी में गिना जाने लगा।

इस पुस्तक में 'हरक्युलिस के बारह कार्य' इस कहानी का प्रयोग इंसान के बाहरी संघर्ष की बजाय अंदरूनी संघर्ष को दिखलाने में किया गया है। उदाहरण के तौर पर अहंकार के शेर का सामना करना, जो कि सचमुच के शेर से सामना करने की अपेक्षा ज्यादा महत्त्वपूर्ण और कठिन है। यह पुस्तक अपने अंदर के संघर्ष को मिटाने के लिए स्वयं का सामना करने की पद्धति सिखलाती है, जिससे आपके जीवन का संपूर्ण रूपांतरण हो सकता है। यद्यपि यह आज के समय की पुस्तक है लेकिन इसके मुख्य किरदार हरक्युलिस का नाम प्राचीन काल के हरक्युलिस के नाम पर ही रखा गया है ताकि विश्व के सभी लोग इसे समझ पाएँ। इस पुस्तक की कथा काल्पनिक है व इसकी संकल्पना अमर है। कहानी का मुख्य किरदार हरक्युलिस, 'हरक्युलिस के बारह कार्य' के बजाय छह कार्य संपन्न करके बारह लोगों के जीवन में परिवर्तन लाता है। इसमें बारहवाँ बहुत मुख्य है। सभी बारह लोगों के लिए विशेषतः बारहवें के लिए, स्वयं का सामना करने का जो तरीका बताया गया है, वह सभी पाठकों के जीवन में अवश्य प्रतिध्वनित होगा... सदा के लिए अंदर ही अंदर गूँजता रहेगा...।

यह पुस्तक पढ़ने के बाद अपना अभिप्राय (विचार सेवा) इस पते पर भेज सकते हैं :

Tejgyan Global Foundation,
Pimpri Colony Post office, P.O. Box 25,
Pune - 411 017. Maharashtra (India).

संपूर्ण विषय सूची

1. **दिव्य आवाज और स्वदर्शन** — 9
   प्रस्तावना

2. **विषय संकेत** — 12

3. **हरक्युलिस की खोज** — 13
   नई कहानी

4. **पारिवारिक सुख-शांति की खोज** — 27
   हरक्युलिस का पहला कार्य

5. **नौकरी/व्यवसाय संबंधी समस्याओं की खोज** — 60
   हरक्युलिस का दूसरा कार्य

6. **ईश्वरीय न्याय की खोज** — 90
   हरक्युलिस का तीसरा कार्य

7. **बीमारी में भी खुशी की खोज** — 136
   हरक्युलिस का चौथा कार्य

8. **विचारों की खोज** — 172
   हरक्युलिस का पाँचवाँ कार्य

9. **मूल मान्यता की खोज** — 207
   हरक्युलिस का छठवाँ कार्य

परिशिष्ट — 256

1. **हरक्युलिस के बारह कार्य** — 256
   पुरानी कहानी

2. **तेजज्ञान परिचय** — 260

तेजज्ञान फाउण्डेशन - परिचय

तेजज्ञान फाउण्डेशन आत्मविकास से आत्मसाक्षात्कार प्राप्त करने का एक रास्ता है। इसके लिए सरश्री द्वारा एक अनूठी बोध पद्धति (System for Wisdom) का सृजन हुआ है। इस पद्धति को अन्तर्राष्ट्रीय मानक ISO 9001:2008 के आवश्यकताओं एवं निर्देशों के अनुरूप ढालकर सरल, व्यावहारिक एवं प्रभावी बनाया गया है।

इस संस्था की बोध पद्धति के विभिन्न पहलुओं (शिक्षण, निरीक्षण व गुणवत्ता) को स्वतंत्र गुणवत्ता परीक्षकों (Quality Auditors) द्वारा क्रमबद्ध तरीके से जाँचा गया। जिसके बाद इन पहलुओं को ISO 9001:2008 के अनुरूप पाकर, इस बोध पद्धति को प्रमाणित किया गया है।

फाउण्डेशन का लक्ष्य आपको नकारात्मक विचार से सकारात्मक विचार की ओर बढ़ाना है। सकारात्मक विचार से शुभ विचार यानी हॅपी थॉट्स (विधायक आनंदपूर्ण विचार) और शुभ विचार से निर्विचार की ओर बढ़ा जा सकता है। निर्विचार से ही आत्मसाक्षात्कार संभव है। शुभ विचार (Happy Thoughts) यानी यह विचार कि 'मैं हर विचार से मुक्त हो जाऊँ।' शुभ इच्छा यानी यह इच्छा कि 'मैं हर इच्छा से मुक्त हो जाऊँ।'

ज्ञान का अर्थ है सामान्य ज्ञान लेकिन तेजज्ञान यानी वह ज्ञान जो ज्ञान व अज्ञान के परे है। कई लोग सामान्य ज्ञान की जानकारी को ही ज्ञान समझ लेते हैं लेकिन असली ज्ञान और जानकारी में बहुत अंतर है। आज लोग सामान्य ज्ञान के जवाबों को ज़्यादा महत्त्व देते हैं। उदाहरण के तौर पर कर्म और भाग्य, योग और प्राणायाम, स्वर्ग और नर्क इत्यादि। आज के युग में सामान्य ज्ञान प्रदान करनेवाले लोग और शिक्षक कई मिल जाएँगे मगर इस ज्ञान को पाकर जीवन में कोई बड़ा परिवर्तन नहीं होता। यह ज्ञान या तो केवल बुद्धि विलास है या फिर अध्यात्म के नाम पर बुद्धि का व्यायाम है।

सभी समस्याओं का समाधान है तेजज्ञान। भय से मुक्ति, चिंतारहित व क्रोध से आज़ाद जीवन है तेजज्ञान। शारीरिक, मानसिक, सामाजिक,

आर्थिक और आध्यात्मिक उन्नति के लिए है तेजज्ञान। तेजज्ञान आपके अंदर है, आएँ और इसे पाएँ।

यदि आप ऐसा ज्ञान चाहते हैं, जो सामान्य ज्ञान के परे हो, जो हर समस्या का समाधान हो, जो सभी मान्यताओं से आपको मुक्त करे, जो आपको ईश्वर का साक्षात्कार कराए, जो आपको सत्य पर स्थापित करे तो समय आ गया है तेजज्ञान को जानने का। समय आ गया है शब्दोंवाले सामान्य ज्ञान से उठकर तेजज्ञान का अनुभव करने का।

अब तक अध्यात्म के अनेक मार्ग बताए गए हैं। जैसे जप, तप, मंत्र, तंत्र, कर्म, भाग्य, ध्यान, ज्ञान, योग और भक्ति आदि। इन मार्गों के अंत में जो समझ, जो बोध प्राप्त होता है, वह एक ही है। सत्य के हर खोजी को अंत में एक ही समझ मिलती है और इस समझ को सुनकर भी प्राप्त किया जा सकता है। उसी समझ को सुनना यानी तेजज्ञान प्राप्त करना है। तेजज्ञान के श्रवण से सत्य का साक्षात्कार होता है, ईश्वर का अनुभव होता है। यही तेजज्ञान सरश्री महाआसमानी शिविर में प्रदान करते हैं।

महाआसमानी शिविर (निवासी)

क्या आपको उच्चतम आनंद पाने की इच्छा है? ऐसा आनंद, जो किसी कारण पर निर्भर नहीं है, जिसमें समय के साथ केवल बढ़ोतरी ही होती है। क्या आप इसी जीवन में प्रेम, विश्वास, शांति, समृद्धि और परमसंतुष्टि पाना चाहते हैं? क्या आप शारीरिक, मानसिक, सामाजिक, आर्थिक और आध्यात्मिक इन सभी स्तरों पर सफलता हासिल करना चाहते हैं? क्या आप 'मैं कौन हूँ' इस सवाल का जवाब अनुभव से जानना चाहते हैं।

यदि आपके अंदर इन सवालों के जवाब जानने की और 'अंतिम सत्य' प्राप्त करने की प्यास जगी है तो तेजज्ञान फाउण्डेशन द्वारा आयोजित 'महाआसमानी शिविर' में आपका स्वागत है। यह शिविर पूर्णतः सरश्री की शिक्षाओं पर आधारित है। सरश्री आज के युग के आध्यात्मिक गुरु और 'तेजज्ञान फाउण्डेशन' के संस्थापक हैं, जो अत्यंत सरलता से आज की

लोकभाषा में आध्यात्मिक समझ प्रदान करते हैं।

महाआसमानी शिविर का उद्देश्य :

इस शिविर का उद्देश्य है, 'विश्व का हर इंसान 'मैं कौन हूँ' इस सवाल का जवाब जानकर सर्वोच्च आनंद में स्थापित हो जाए।' उसे ऐसा ज्ञान मिले, जिससे वह हर पल वर्तमान में जीने की कला प्राप्त करे। भूतकाल का बोझ और भविष्य की चिंता इन दोनों से वह मुक्त हो जाए। हर इंसान के जीवन में स्थायी खुशी, सही समझ और समस्याओं को विलीन करने की कला आ जाए। मनुष्य जीवन का उद्देश्य पूर्ण हो।

'मैं कौन हूँ? मैं यहाँ क्यों हूँ? मोक्ष का अर्थ क्या है? क्या इसी जन्म में मोक्ष प्राप्ति संभव है?' यदि ये सवाल आपके अंदर हैं तो महाआसमानी शिविर इसका जवाब है।

महाआसमानी शिविर के मुख्य लाभ :

इस शिविर के लाभ तो अनगिनत हैं मगर कुछ मुख्य लाभ इस प्रकार हैं-

✱ जीवन में दमदार लक्ष्य प्राप्त होता है।

✱ 'मैं कौन हूँ' यह अनुभव से जानना (सेल्फ रियलाइजेशन) होता है।

✱ मन के सभी विकार विलीन होते हैं।

✱ भय, चिंता, क्रोध, बोरडम, मोह, तनाव जैसी कई नकारात्मक बातों से मुक्ति मिलती है।

✱ प्रेम, आनंद, मौन, समृद्धि, संतुष्टि, विश्वास जैसे कई दिव्य गुणों से युक्ति होती है।

✱ सीधा, सरल और शक्तिशाली जीवन प्राप्त होता है।

✱ हर समस्या का समाधान प्राप्त करने की कला मिलती है।

✱ 'हर पल वर्तमान में जीना' यह आपका स्वभाव बन जाता है।

✱ आपके अंदर छिपी सभी संभावनाएँ खुल जाती हैं।

✱ इसी जीवन में मोक्ष (मुक्ति) प्राप्त होता है।

महाआसमानी शिविर में भाग कैसे लें?

इस शिविर में भाग लेने के लिए आपको कुछ खास माँगें पूरी

करनी होती हैं। जैसे-

१) आपकी उम्र कम से कम अठारह साल या उससे ऊपर होनी चाहिए।

२) आपको सत्य स्थापना शिविर (फाउण्डेशन ट्रुथ रिट्रीट) में भाग लेना होगा, जहाँ आप सीखेंगे- वर्तमान के हर पल को कैसे जीया जाए और निर्विचार दशा में कैसे प्रवेश पाएँ।

३) आपको कुछ प्राथमिक प्रवचनों में उपस्थित होना है, जहाँ आप बुनियादी समझ आत्मसात कर, महाआसमानी शिविर के लिए तैयार होते हैं।

यह शिविर साल में तीन या चार बार आयोजित होता है, जिसका लाभ हज़ारों खोजी उठाते हैं। इस शिविर की तैयारी आगे दिए गए स्थानों पर कराई जाती है। पुणे, मुंबई, दिल्ली, सांगली, सातारा, जलगाँव, अहमदाबाद, कोल्हापुर, नासिक, अहमदनगर, औरंगाबाद, सूरत, बरोडा, नागपुर, भोपाल, रायपुर, चेन्नई, वर्धा, अमरावती, चंद्रपुर, यवतमाल, रत्नागिरी, लातूर, बीड, नांदेड, परभणी, पनवेल, ठाणे, सोलापुर, पंढरपुर, अकोला, बुलढाणा, धुले, भुसावल, बैंगलोर, बेलगाम, धारवाड, भुवनेश्वर, कोलकत्ता, राँची, लखनऊ, कानपुर, चंदीगढ़, जयपुर, पणजी, म्हापसा, इंदौर, इटारसी, हरदा, विदिशा, बुरहानपुर।

आप महाआसमानी की तैयारी फाउण्डेशन में उपलब्ध सरश्री द्वारा रचित पुस्तकों, सी.डी. और कैसेटस् सुनकर कर सकते हैं। इसके अलावा आप टी.वी., रेडियो और यू ट्यूब पर सरश्री के प्रवचनों का लाभ भी ले सकते हैं मगर याद रहे, ये पुस्तकें, कैसेट, टी.वी., रेडियो और यू ट्यूब के प्रवचन शिविर का परिचय मात्र है, तेजज्ञान नहीं। आप महाआसमानी शिविर में भाग लेकर ही तेजज्ञान का आनंद ले सकते हैं। आगामी महाआसमानी शिविर में अपना स्थान आरक्षित करने के लिए संपर्क करें :

09921008060/75, 9011013208

महाआसमानी शिविर स्थान :

यह शिविर पुणे में स्थित मनन आश्रम पर आयोजित किया जाता है। इस शिविर के लिए भोजन और रहने की व्यवस्था की जाती है।

यदि आपको कोई शारीरिक बीमारी है और आप नियमित रूप से दवाई ले रहे हैं तो कृपया अपनी दवाइयाँ साथ में लेकर आएँ। वातावरण अनुसार गरम कपड़े, स्वेटर, ब्लैंकेट आदि भी लाएँ।

'मनन आश्रम' पुणे शहर के बाहरी क्षेत्र में पहाड़ों और निसर्ग के असीम सौंदर्य के बीच बसा हुआ है। इस आश्रम में पुरुषों और महिलाओं के लिए अलग-अलग, कुल मिलाकर 700 से 800 लोगों के रहने की व्यवस्था है। यह आश्रम पुणे शहर से 17 किलो मीटर की दूरी पर है। हवाई अड्डा, हाइवे और रेलवे से पुणे आसानी से आ-जा सकते हैं।

मनन आश्रम : मनन आश्रम, पुणे, सर्वे नं. ४३, सनस नगर, नांदोशी गाँव, किरकट वाडी फाटा, तहसील - हवेली, जिला : पुणे - ४११०२४.
फोन : 09921008060

मनन आश्रम

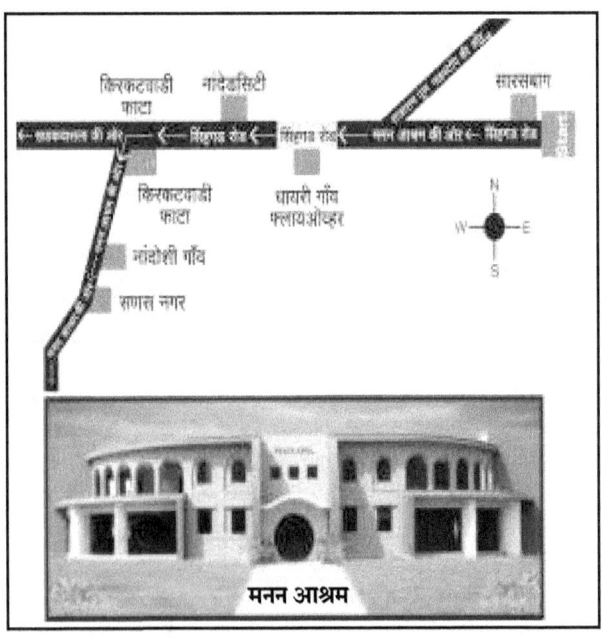

सरश्री द्वारा रचित श्रेष्ठ पुस्तकें

इमोशन्स पर जीत
दुःखद भावनाओं से मुलाकात कैसे करें

Total Pages - 176
Price - 135/-

अपनी भावनाओं को दुश्मन नहीं, दोस्त बनाने के लिए पढ़ें...

* दुःखद भावनाओं से मुक्ति का मार्ग
* क्या रोना अच्छा है या कमज़ोरी है
* असुरक्षा की भावना से मुक्ति कैसे मिले
* भावनाओं को मुक्त करने के चार योग्य तरीके
* भावनाओं से मुलाकात करने के चार उच्चतम तरीके
* भावनाओं को अभिव्यक्त करने के सच्चे तरीके

आपका इमोशनल कोशंट -EQ- कितना है?

क्या आपसे किसी ने उपरोक्त सवाल पूछा है?

आज लोग आय.क्यू. का महत्त्व तो समझते हैं परंतु इ.क्यू. (इमोशनल कोशंट) का महत्त्व उससे अधिक है, यह कम लोग जानते हैं।

भावनाओं से जूझ रहे इंसान के पास यदि 'इ.क्यू.' है तो वह जीवन की हर बाज़ी को पलट सकता है। परंतु यदि उसके पास इ.क्यू. नहीं है और केवल आय.क्यू. है तो उस कार्य को कर पाना उसके लिए मुश्किल हो सकता है। इसी लिए भावनात्मक परिपक्वता पाना महत्त्वपूर्ण है।

सिर्फ उम्र से बड़ा होना परिपक्वता नहीं है, भावनाओं से प्रभावित हुए बिना उनसे गुज़रकर, उनको सही रूप में देखने की कला सीखकर ही इंसान भावनात्मक रूप से परिपक्व बनता है। यही परिपक्वता आपको प्रदान करती है यह पुस्तक।

भावनाओं से मुक्ति पाने के दो ही तरीके इंसान ने सीखे हैं– एक है उन्हें निगलना और दूसरा है उगलना। जबकि भावनाओं को मुक्त करने के अनेक अचूक तरीके हैं, जो इस पुस्तक में आपको बताए गए हैं।

यह पुस्तक आपको भावनाओं के भँवर से निकालकर, प्रेम का टीका लगाएगी ताकि आपको कभी नकारात्मकता छू न पाए।

सन ऑफ बुद्धा
जाग्रति का सूरज

Making of a
SPIRITUAL WARRIOR

Total Pages - 256
Price - 125/-

यह पुस्तक 'स्पिरिचुअल वॉरियर' की कहानी है। जिसमें एक बालक समय के साथ उच्च प्रशिक्षण हासिल करता है और आध्यात्मिक योद्धा बनने का प्रयास करता है। वह इस लक्ष्य की तैयारी कैसे करता है... क्या वह अपने लक्ष्य तक पहुँच पाता है... उसके माता-पिता उसे किस तरह सहायता करते हैं...? इन सवालों का जवाब पाएँ इस पुस्तक में।

टीचर्स व अभिभावक तो यह पुस्तक जरूर पढ़ें। साथ ही वे भी पढ़ें जो कुँवारे हैं, नौजवान हैं। वे इस पुस्तक द्वारा अपनी ट्रेनिंग होने दें। गलत आदतों को समाप्त करने तथा अपने अंदर सद्गुणों का विकास करने की अत्यावश्यकता का निर्माण भी इस पुस्तक का एक उद्देश्य है।

यह पुस्तक आपको कर्मों और विचारों की गुलामी छोड़कर, उनके मालिक बनना सिखाती है।

विश्व में पहली बार 45 शहरों में, 9 भाषाओं में,
एक ही दिन प्रकाशित पुस्तक

निःशब्द संवाद का जादू

जीवन की १११ जिज्ञासाओं का समाधान

Total Pages - 192

Price - 150/-

Also available in English, Marathi, Gujarati, Malayalam, Kannada, Telugu, Bengali & Punjabi

प्रायः व्यक्ति के मन में कई ऐसे भाव व विचार आते रहते हैं जिन्हें शब्दों में व्यक्त करना संभव नहीं होता है। तब उसकी अनुभूति मौन में ही प्रकट होती है। यह सुनने, सोचने और अनुभव करने की स्थिति शून्य की अवस्था होती है। ऐसी अवस्था में उपजे गूढ़ सवालों का समाधान मौन चिंतन से प्राप्त किया जा सकता है।

सात खण्डों में प्रस्तुत यह पुस्तक ऐसे ही विचारों के जरिए हमारे उन सभी समस्याओं का निदान करती है, जो हमारे दैनिक जीवन की अनसुलझी पहेली बन जाती है। ऐसे प्रश्न अध्यात्म, ईश्वर, आत्मसाक्षात्कार और हमारे रोजमर्रा के काम-काज से भी संबंधित हो सकते हैं।

ऐसे ही विभिन्न विषयों से संबंधित १११ महत्वपूर्ण जिज्ञासाओं का सरल समाधान इस पुस्तक में बताया गया है। जिसके द्वारा इंसान सवालों के जवाबों को महसूस कर जीवन की रिक्तता को भर सकता है।

पुस्तक अत्यंत सरल और बोधगम्य भाषा में पाठकों को निःशब्द संवाद का रहस्य बतानेवाली है। जिससे पाठक मौन अनुभूति के सत्य को समझकर जीवन को नई दिशा दे सकते हैं।

पंचलाइन- दैनिक जीवन की कुछ ऐसी जिज्ञासाएँ भी होती हैं, जिन पर प्रकट रूप में विचार रख पाना असंभव होता है। ऐसी स्थिति में यदि मौन होकर मनन किया जाए तो उनका सरल समाधान पाया जा सकता है। ऐसी जिज्ञासाएँ चाहे अध्यात्म या दैनिक जीवन से जुड़ी हुई हों या फिर ईश्वर, आत्मसाक्षात्कार अथवा व्यावसायिकता से। इन विषयों से संबंधित प्रत्येक गूढ़ रहस्य का पर्दाफाश करती है- पुस्तक निःशब्द संवाद का जादू।

Total Pages - 184

Price - 150/-

लोक व्यवहार - मित्रता और रिश्ते निभाने की कला

इस पुस्तक से आप सीखेंगे -

* उच्चतम व्यवहार कब-कैसे किया जाए। * रिश्तों में सफलता हासिल करने के लिए लोक व्यवहार का सही तरीका। * चार तरह के व्यवहार का ज्ञान * सही समय पर सही व्यवहार कैसे किया जाए * दर्द और दु:ख में योग्य व्यवहार करने की कला

यह पुस्तक आपको मित्रता और रिश्ते निभाने तथा समग्र लोक व्यवहार की कला सिखाएगी। यह पुस्तक समग्र जीवन की कुँजी है। इस कुँजी द्वारा आप लोक व्यवहार कुशलता के खज़ाने का ताला बड़ी कुशलता से खोल पाएँगे।

Total Pages - 176

Price - 100 /-

विकास नियम - आत्मविकास द्वारा संतुष्टि पाने का राज़

विकास नियम हमारे चारों ओर काम कर रहा है। फिर चाहे वह शरीर का विकास हो, बुद्धि का विकास हो, शहर या देश का विकास हो। यह नियम तो एक बुनियादी नियम है; यह पूर्णता की चाहत है। आइए, इस पुस्तक द्वारा विकास नियम को अपना आदर्श बना दें और विकास की नई ऊँचाइयों को छू लें। विकास नियम हर इंसान और वस्तु में छिपी संभावनाओं को प्रकट करने का नियम है। यह आपकी संपूर्ण संतुष्टि की चाहत को पूरा करता है।

Total Pages - 216

Price - 175/-

Also available in Marathi, English & Gujarati

संपूर्ण लक्ष्य - संपूर्ण विकास कैसे करें

अपने जीवन के हर पहलू का संपूर्ण विकास करना ही मानव जीवन का संपूर्ण लक्ष्य है। सरश्री द्वारा रचित यह पुस्तक इसी लक्ष्य को पूरा करने में आपकी मदद करेगी। इससे आप अपने शारीरिक, मानसिक, आर्थिक, सामाजिक और आध्यात्मिक पहलुओं के संपूर्ण विकास का मार्गदर्शन प्राप्त करेंगे। पुस्तक मुख्यत: ६ खण्डों में विभक्त है। प्रथम खण्ड विद्यार्थियों तथा सफलता चाहनेवाले लोगों के लिए प्रेरणा स्रोत है। अगले चार खण्डों में शारीरिक, मानसिक, आर्थिक, सामाजिक पहलुओं के विकास के बारे में विस्तार से प्रकाश डाला गया है। छठे खण्ड में संपूर्ण आध्यात्मिक विकास करने की कला को बहुत ही रोचक और सरल तरीके से समझाया गया है।

Total Pages - 136

Price - 95/-

Also available in Marathi & English

स्वीकार का जादू - तुरंत खुशी कैसे पाएँ

'स्वीकार' मंत्र आज के इस तनावभरे जीवन में रोशनी की वह किरण है, जो तनाव को हटाने और तुरंत खुशी देने में सक्षम है। जीवन के प्रत्येक पहलू पर स्वीकार का जादू सकारात्मक असर करता है। हर घटना में स्वीकार भाव रखने पर जीवन सहज, सरल और आनंदित हो जाता है। इस पुस्तक में एक छूटी हुई कड़ी यह बताई गई है कि स्वीकार का स्वीकार तो हो ही मगर अस्वीकार भी कैसे स्वीकार हो। पुस्तक में आम दिनचर्या की घटनाओं पर स्वीकार मंत्र के प्रभाव को उदाहरणों के माध्यम से दिखाया गया है।

पुस्तकें प्राप्त करने के लिए नीचे दिए गए पते पर मनीऑर्डर द्वारा पुस्तक का मूल्य भेज सकते हैं। पुस्तकें रजिस्टर्ड, कुरियर अथवा वी.पी.पी. द्वारा भेजी जाती हैं।

पुस्तकों के लिए नीचे दिए गए पते पर संपर्क करें।

* WOW Publishings Pvt. Ltd. रजिस्टर्ड ऑफिस-E-4, वैभव नगर, तपोवन मंदिर के नज़दीक, पिंपरी, पुणे-411017

* पोस्ट बॉक्स नं. ३६, पिंपरी कॉलोनी पोस्ट ऑफिस, पिंपरी, पुणे - 411017

फोन नं.: 09011013210 / 9623457873

आप ऑन-लाइन शॉपिंग द्वारा भी पुस्तकों का ऑर्डर दे सकते हैं।

लॉग इन करें - www.gethappythoughts.org

300 रुपयों से अधिक पुस्तकें मँगवाने पर डाक-व्यय के साथ १०% की छूट।

अब एक क्लिक पर ही शिविर का रजिस्ट्रेशन !

तेजज्ञान फाउण्डेशन की इन शिविरों के लिए
अब आप ऑनलाईन रजिस्ट्रेशन भी कर सकते हैं-

* महाआसमानी महानिवासी शिविर (पाँच दिवसीय निवासी शिविर)
* मैजिक ऑफ अवेकनिंग (केवल अंग्रेजी भाषा जाननेवालों के लिए तीन दिवसीय निवासी शिविर)
* मिनी महाआसमानी (निवासी) शिविर, युवाओं के लिए

रजिस्ट्रेशन के लिए आज ही लॉग इन करें

www.tejgyan.org

बेस्ट सेलर पुस्तक 'विचार नियम' श्रृंखला के रचनाकार

सरश्री द्वारा सत्य संदेश का लाभ लें

संस्कार चैनल

सोमवार से शनिवार शाम 6:30 से 6:50

और रविवार शाम 8:10 से 8:30

www.youtube.com/tejgyan

पर भी सरश्री के प्रवचनों का लाभ ले सकते हैं।

For online shoping visit us - www.tejgyan.org,
www.gethappythoughts.org

हर मंगलवार, शुक्रवार, शनिवार, रविवार सुबह ९.१५ रेडियो विविध भारती, एफ. एम. पुणे पर 'तेजविकास मंत्र'

हर शनिवार सुबह ८.५५ रेडियो एम. डब्ल्यू. पुणे, तेजज्ञान इनर पीस ॲण्ड ब्यूटी कार्यक्रम

नोट : *उपरोक्त कार्यक्रमों के समय बदल सकते हैं इसलिए समय की पुष्टि करें।*

तेजज्ञान फाउण्डेशन – मुख्य शाखाएँ

पुणे (रजिस्टर्ड ऑफिस)

विक्रांत कॉम्प्लेक्स, तपोवन मंदिर के नज़दीक, पिंपरी, पुणे-४११ ०१७. फोन : 020-27411240, 27412576

मनन आश्रम

सर्वे नं. ४३, सनस नगर, नांदोशी गाँव, किरकटवाडी फाटा, तहसील-हवेली, जिला- पुणे - ४११ ०२४. फोन : 09921008060

e-books

•The Source •Complete Meditation •Ultimate Purpose of Success •Enlightenment •Inner Magic •Celebrating Relationships •Essence of Devotion •Master of Siddhartha •Self Encounter, and many more.
Also available in Hindi at www. gethappythoughts.org

Free apps

U R Meditation & Tejgyan Internet Radio on all platforms like
Android, iPhone, iPad and Amazon

e-magazines

'Yogya Aarogya' & 'Drushtilakshya'
emagazines available on www.magzter.com

e-mail, website

mail@tejgyan.com, www.tejgyan.org,
www.gethappythoughts.org

– तेजज्ञान इंटरनेट रेडियो –

२४ घंटे और ३६५ दिन सरश्री के प्रवचन और भजनों का लाभ लें, तेजज्ञान इंटरनेट रेडियो द्वारा। देखें लिंक

http://www.tejgyan.org/internetradio.aspx

– नम्र निवेदन –

विश्व शांति के लिए लाखों लोग प्रतिदिन सुबह और रात ९ बजकर ९ मिनट पर प्रार्थना करते हैं। कृपया आप भी इसमें शामिल हो जाएँ।

www.ingramcontent.com/pod-product-compliance
Lightning Source LLC
LaVergne TN
LVHW010156070526
838199LV00062B/4387

* 9 7 8 8 1 8 4 1 5 3 9 2 7 *